CARO LINE
Glück geht anders
– SBG Reihe 2 –

Über die Autorin

Caro Line wohnt in einem kleinen und beschaulichen Örtchen direkt an der Saar. Zu ihrer Familie gehören ein Ehemann, zwei Kinder und die Hunde.
Ihre Leidenschaft zum Schreiben entdeckte sie im Jahr 2015. Seitdem taucht sie fast täglich in die Welt ihrer Protagonisten ab, um sie letztendlich ihre eigenen Wege gehen zu lassen.

Homepage
autorin-caro-line.de

E-Mail
info@caro-line-autorin.de

Facebook
facebook.com/CaroLineAutorin

Twitter
twitter.com/CaroLine_Author

Weitere Bücher der Autorin finden Sie am Buchende.

Roman

Glück geht anders

– SGB Reihe 2 –

von Caro Line

Erste Taschenbuchausgabe Juli 2016
Copyright © 2016 by Caro Line - Alle Rechte vorbehalten.
Cover: Sabrina Rudzick, buchfertig.de
Lektorat: Li-Sa Vo Dieu
Korrektorat: Sabrina Rudzick, Stefanie Leiendecker
Satz: Sabrina Rudzick, Buchfertig.de
Herstellung und Verlag: BoD – Books on Demand, Norderstedt

ISBN: 978-3-7412-4074-4

Bibliografische Informationen der Deutschen Nationalbibliothek: Die Deutsche Nationalbibliothek verzeichnet diese Publikation in der Deutschen Nationalbibliografie; detaillierte bibliografische Daten sind im Internet über http://dnb.d-nb.de abrufbar.

Alle Rechte vorbehalten – Nachdruck, auch auszugsweise, nur mit schriftlicher Genehmigung der Autorin. Personen, Orte, Handlungen und andere Ereignisse sind entweder Produkte der Fantasie oder wurden fiktiv genutzt. Eventuelle Ähnlichkeiten mit realen Personen sind rein zufällig und nicht beabsichtigt. Die in diesem Buch erwähnten Markennamen und Warenzeichen sind Eigentum ihrer rechtmäßigen Eigentümer.

An alle Pechvögel dieser Welt:
Glück geht anders!

I

Nur ein Tritt in die Eier ist schmerzhafter als das, was Paul in diesem Moment verspürt. Sein Herz zersplittert in tausend Teile. Das hat er sich irgendwie anders vorgestellt, als er früher als sonst von seiner Arbeit nach Hause kommt, um seine Freundin zu überraschen. Die Überraschung ist ihm gelungen. Für sie, für Paul selbst, vor allem aber für seinen Nachbarn, der sich gerade genüsslich in seiner Freundin versenkt.

»Was ist denn hier los?«, brüllt er in einer ohrenbetäubenden Lautstärke.

Das sich liebende Pärchen schreckt auf. Jessica bedeckt ihre Scham mit beiden Händen und starrt ihn mit offenem Mund an. »Paul, was machst du schon Zuhause?«, kreischt sie. Doch was Jessi sagt, interessiert ihn nicht die Bohne. Viel wichtiger ist, ob Oliver die Wohnung lebend oder in einem Sarg verlassen wird. Nackt, wie Gott ihn schuf, rollt sich dieser in Pauls Bett und greift auch noch dreist nach seiner Bettdecke.

Jetzt reicht´s! Er schleudert die Tasche mit den Lehrbüchern in die Ecke und stampft auf diesen Trottel zu. Wütend zerrt er ihn aus dem Bett, knallt ihn gegen den Kleiderschrank. Ohne ein Wort zu sagen, kracht Pauls Faust mitten in seine Visage. »Du blödes Arschloch! Was fällt dir ein?«

Der Typ hält die Arme in einer schützenden Geste vor sein Gesicht, dabei brüllt er Jessi an, dass sie ihm gefälligst helfen soll. Paul ist jedoch nicht zu bremsen. Mit dem Unterarm drückt er ihn an der Kehle gegen die Schranktür, dann passiert es. Sein Knie verselbstständigt sich, stößt dem Idioten mit Schwung in sein Geschlechtsteil.

Nach Luft ringend und mit schmerzverzerrter Fratze, steigen Oliver die Tränen in die Augen. »Uah ... urrg ... aufhören!«, winselt er um Gnade, doch der nächste Faustschlag bringt ihn zu Fall.

Mit einer Mordswut im Bauch dreht Paul sich zu Jessi, die ihn mit Tränen verschleiertem Blick anstarrt. »Was hast du getan?« Sie geht auf die Knie, beugt sich zu dem Verletzten, der nur hin und wieder ein jämmerliches Stöhnen von sich gibt. Ohne Weiteres zerrt er sie an ihrem Arm zurück in den Stand. Sie wird bald Zeit genug haben, seine Wunden zu lecken.

»Paul«, krächzt sie panisch. »Ich muss ihm helfen!«

»Einen Scheißdreck musst du. Hoffentlich krepiert er!«, knurrt er ihr ins Gesicht.

»Bitte hör auf. Es ist doch gar nicht so, wie du denkst!« Ihr Gekreische klingt verzweifelt.

»Wie lange geht das schon?«, will Paul wissen, ohne auf den lächerlichen Rettungsversuch von Jessi einzugehen.

Sie starrt ihn an, versucht sichtlich, nach den richtigen Worten zu suchen. Eine weitere Träne rinnt ihr über die Wange. Immer wieder schüttelt sie den Kopf, während sie die Augen schließt. Gibt ihm damit zu verstehen, dass das heutige Intermezzo nicht das erste jener Art sei.

Er schaut sie ein letztes Mal an und erkennt auch in ihren Augen, dass die zehnjährige Beziehung hier und jetzt endet. Dann greift Paul sich zwei große Sporttaschen und packt seine Habseligkeiten zusammen. Anschließend verlässt er die Wohnung ohne ein Wort des Abschieds.

Die Landschaft zieht stillschweigend an ihm vorüber, während Paul sein Auto nach Saarburg lenkt. Etwas zu rasant befährt er den Hof seines Elternhauses. Fast hätte er das Schild, das auf die Gemeinschaftspraxis seiner Eltern hinweist, gerammt. Kieselsteine springen unter dem knirschenden Geräusch der Autoreifen in alle Richtungen. Den Schlüssel lässt er stecken und stürzt aus seinem Wagen, welches er quer auf dem Hof und mit offener Tür stehen lässt. Dann rennt er ohne Umschweife in die Praxis seiner Eltern.

Sobald er den Raum betritt, springen beide Frauen hinter der Anmeldung auf. Die jüngere der beiden, Pauls Schwägerin Betti, lässt die Karteikarten fallen und läuft auf ihn zu. »Meine Güte, wie siehst du denn aus?«, jappst sie.

Vor lauter Ratlosigkeit bringt er kein Wort heraus, schüttelt lediglich den Kopf.

Betti gibt ihrer Kollegin ein Zeichen, dass sie die Anmeldung übernehmen soll, und greift nach seiner Hand. Kurz darauf befinden sie sich in Behandlungszimmer Drei. Mit der Bitte, kurz zu warten, wird er wie ein kleiner Junge auf die Liege gesetzt. Was soll er sonst tun?

Das Denken fällt ihm momentan verdammt schwer. Das Einzige, womit sich sein Gehirn gerade beschäftigt, sind die Bilder, wie seine Freundin gevögelt wird – und das nicht von ihm. Ungläubig schüttelt er den Kopf. Sie hat ihn tatsächlich betrogen. In ihm breitet sich das Gefühl aus, in ein tiefes Loch zu fallen.

Die Tür fliegt auf, seine Eltern stürmen herein. Es vergeht keine Minute, als auch Betti mit seinem Bruder Tom den Raum betritt. Das alles bekommt Paul, der gedankenverloren zu Boden starrt, nur am Rande mit. Zu sehr versucht er, das Unbegreifliche zu fassen.

»Was ist passiert?«, wollen sein Vater und sein Bruder fast gleichzeitig wissen.

Ein paar Mal holt Paul tief Luft, um zu antworten, bringt die Worte jedoch nicht über seine Lippen.

»Ist Jessi etwas zugestoßen?« Betti umschließt mit beiden Händen die von Paul, fragt dann in einem besorgten Ton: »Mein Gott, wo ist sie?«

Ein hysterisches Lachen entkommt seiner Kehle. »Pff ... Tzz...«, ist zu diesem Zeitpunkt das Sinnvollste, was er von sich geben kann. Kurz schließt er die Augen, um in sich zu kehren. Als er sie wieder öffnet, schaut er in die besorgten, aber geduldigen Gesichter seiner Familie. Seine Stimme ist kaum mehr als ein Flüstern, als er zu sprechen beginnt. »Jessi ... ich habe sie gerade«, die Informationen kommen ihm schwerlich über seine Lippen, »mit einem anderen Typen erwischt ... in meinem Bett!«

Eine unangenehme Stille legt sich über den Raum, bis Betti sie mit einem Aufschrei zerreißt, somit den Hagelschauer aus Flüchen eröffnet: »Was? Du scherzt!«

»Verdammte Scheiße, die dreht doch völlig am Rad!«, schimpft Tom. Er schlägt mit der Faust auf die Liege, sodass Paul zusammenzuckt.

»Oh Gott! Das ist ja grauenvoll!« Seine Mutter legt sich entsetzt ihre Hand aufs Herz, lässt sich daraufhin gegen die Brust ihres Mannes fallen.

Dieser fordert Paul über die Brille hinweg schauend auf, ihm ja die richtige Antwort zu geben. »Du hast dem hoffentlich ein Ende gesetzt?«

Paul findet keine Antwort, trotzdem liegt in seinem verzweifelten Gesicht ein kleines Lächeln. Seine ganze Familie ist besorgt um ihn. Seine Familie. Plötzlich überkommt ihn der Gedanke, dass Jessi ab heute nicht mehr zu seiner Familie gehört. Ab jetzt wird er sein Leben ohne sie leben müssen. Schmerzhafte Stiche in der Brust quälen ihn, sodass er kurz die Augen schließt, bis sein Vater das Wort ergreift.

»Du darfst jederzeit in deinen alten Wohnbereich zurückkehren. Es ist wahrscheinlich besser, wenn du jetzt erst mal alleine bist, um deine Gedanken zu sortieren. Wir sind selbstverständlich für dich da, wenn du uns brauchst.« Dann wendet sich Michael Kirschen an die Anwesenden, spricht mit autoritärem Blick das Machtwort, welches die Familienzusammenkunft im Nu auflöst. »Und alle anderen gehen jetzt bitte zurück an ihre Arbeit!«

Nachdem die Horde meckernd den Raum verlässt, schaut Paul – wohlwissend, dass er noch etwas zu sagen hat – zu seinem Vater auf. Der lehnt an seinem Schreibtisch, während er mit dem Ende des Brillenbügels, den er zwischen Zeigefinger und Daumen hält, gegen seine Lippe tippt. »Hast du die Beziehung beendet?« Paul nickt. »Willst du vorerst zurück in deine alte Wohnung?« Wieder nickt er. Locker schubst sich Michael vom Tisch ab und nimmt neben Paul Platz. Die Behandlungsliege knirscht unter dem Gewicht des hochgewachsenen Mannes. »Hör zu, Paul. Was Jessi gemacht hat, ist unverzeihlich. Ich kann nur erahnen, wie es dir wirklich geht, aber wir sind alle für dich da. Wenn dir nach einem Gespräch ist, geh zu Tom oder komm zu mir. Hast du das verstanden?« Wieder nickt er, denn jedes Wort stellt für ihn eine unüberwindbare Hürde dar.

♥♥♥

Tom hat Pauls Wagen ordentlich geparkt, außerdem die Taschen aus dem Kofferraum geholt. Als er bemerkt, dass sein

Bruder hinauskommt, schlägt er die Heckklappe zu, verschließt das Auto und lächelt ihn ermutigend an. Gemeinsam gehen sie zu Pauls ehemaliger als auch zukünftiger Wohnung.

Kaum sind sie eingetreten, bleibt Paul im Wohnzimmer stehen, stellt seine Tasche ab und lässt seinen Blick durch das altbekannte Zimmer schweifen. Es ist ein merkwürdiges Gefühl, hier zu sein. Ursprünglich verließ er die Wohnung mit dem Gedanken, nie wieder zurückzukehren, denn Jessi war seine Traumfrau. Sie waren ein unschlagbares Team, wollten zusammen die Welt erobern. Zehn Jahre waren sie ein Paar, er war bereit, mit ihr eine Familie zu gründen. Schlagartig wird ihm bewusst, warum sie nicht die Pille absetzen wollte. Oh Mann, wie konnte er nur so blind sein? Wie konnte sie ihm das antun? Was ist aus ihrer Liebe geworden?

Das erste Kennenlernen, die ersten Dates, der erste gemeinsame Urlaub, die erste gemeinsame Wohnung, selbst nach Jahren blieb das Kribbeln wie am ersten Tag. Sogar der Alltag hat ihm Freude bereitet. Jessi, in ihrer atemberaubenden Schönheit, mit all ihren Macken, ihrer überdurchschnittlichen Intelligenz. Ihre reizvollen Lippen, die er so gerne mit seinen verwöhnte. Ihre Leidenschaft, wenn sie intim waren. Die süßen Geräusche, die sie von sich gab, wenn sie mit ihrer eigenen Hingabe überfordert war. Bei dem Gedanken an all die schönen Momente krampft sich sein Magen schmerzhaft zusammen.

»Willst du auch eins?« Tom tritt neben ihn, hält ihm eine Flasche Bier hin und setzt sich auf den Sessel.

Paul tut es seinem Bruder gleich, legt die Füße auf den Wohnzimmertisch, dann schmeißt er den Kopf in den Nacken. »Scheiße!«, kommt es erstickt über seine Lippen.

Sein Bruder gibt ihm die Zeit, die er benötigt, da er weiß, dass Paul redet, wenn ihm danach ist. Die Brüder kennen sich in- und auswendig. Sie standen sich in den schwärzesten Stunden ihres Lebens zur Seite. Zwischen ihnen existiert ein unsichtbares Band, welches sie durch dick und dünn vereint. Ganz klar, dass Tom seinen Bruder in seinem seelischen Abgrund nicht alleine lässt.

Nun schweigen sie schon seit fünfzehn Minuten. Das soll ihnen mal einer nachmachen, denn gemeinsam zu schweigen, ist meist schwerer, als ein Gespräch am Laufen zu halten. Schließlich gibt Paul seinem Herzen einen Ruck und beginnt zu sprechen.

»Heute hatten wir einen blinden Feueralarm in der Schule. Wir haben die Schüler nach der Vierten nach Hause geschickt ... Ich wollte Jessi überraschen«, kommt es leise über seine Lippen. »Als ich heimkam, sah ich die beiden. Tzz ...« Ein ersticktes Lachen entrinnt seiner Kehle. »Wer weiß, wie lange das schon so geht.«

»Das hätte ich ihr wirklich nicht zugetraut«, meint Tom kopfschüttelnd.

»Nein, ich auch nicht. Ich habe ihrem Lover ordentlich eins übergebraten.« In dieser Sekunde schleicht sich doch ein kleines, aber trauriges Lächeln auf Pauls Lippen.

»Zu Recht!« Tom entschlüpft ebenso ein freudloses Lachen.

»So schnell kann sich alles ändern.« Ein paar große Schlucke nimmt Paul aus seiner Bierflasche, bevor er weiterspricht. »Tja! Jetzt hocke ich wieder in der Bude bei Mama und Papa. Ich habe es echt weit gebracht.« Erneut setzt er die Flasche an, trinkt sie leer. »Hast du noch eins?«

Tom verlässt die Wohnung, kehrt nach einer Weile mit einer Flasche Wein zurück und hält sie ihm hin. »Das Bier ist aus.«

Geistesabwesend nickt Paul. Es ist ihm so was von egal, was er jetzt trinkt, Hauptsache er bekommt überhaupt irgendetwas.

»Wirst du ihr vergeben können?«, fragt Tom über den Couchtisch hinweg.

»Wir wollten eine Familie gründen, sogar heiraten. Ich weiß nicht, ob ich das alles einfach so hinschmeißen kann.«

Überrascht schaut Tom seinen Bruder an. »Überleg dir das gut, mein Lieber. Wer einmal betrügt, wird es immer wieder tun.«

Schweigend leeren sie die Flasche. Paul ist es ganz lieb, nicht sprechen zu müssen, dennoch ist er froh, dass Tom bei ihm sitzt.

Eine Weinflasche später geht Tom nach Hause.

♥♥♥

Paul weiß nicht, wie lange er schon auf der Couch liegt und die Decke anstarrt, doch schließlich rafft er sich auf. Die leeren Flaschen auf dem Tisch sehen einsam aus, daher verlässt er die Wohnung, um in den Keller zu gehen. Sein Vater ist ein großer Weinliebhaber, sein Weinarsenal lässt so manch einen vor Neid erblassen.

Paul steuert das erste Regal an, nimmt eine weitere Flasche Riesling Auslese, dann geht er wieder nach oben. Wenig später sitzt er mit einem vollen Glas in der Hand auf dem Sofa, starrt abermals Löcher in die Luft. Mutlos greift er nach seinem Smartphone. Er schaut sich ein Selfie an, was sie vor einem halben Jahr auf der Saarburg geschossen haben. Ihre Haare wehen im Wind, während sie ihm einen Kuss auf die Wange drückt. Die wunderschöne Landschaft des Saartals und die glücklichen Gesichter der beiden Liebenden ergeben ein harmonisches Bild.

Nach einer Stunde ist die Flasche leer … und Paul ist voll. Verdammte Hacke! In seinem Kopf surrt es wie verrückt. Er hievt sich in die Höhe, sackt dennoch auf die Couch zurück.

Die Anzeichen dafür, dass er zu viel getrunken hat, ignoriert er gekonnt. Erst nach dem zweiten Versuch kommt er auf die Beine, um sich erneut auf den Weg in den Tempel des Untergangs zu machen. Dasselbe Regal, dasselbe Fach – seine Beine kennen den Weg bereits. Sehr gut!

Nachdem er auch diese Flasche bis zur Hälfte geleert hat, ist er am tiefsten Punkt seines verkümmerten Daseins angelangt. Er weiß nicht, welcher Teufel ihn reitet, als er das Bedürfnis verspürt, Jessi zur Rede zu stellen. Der letzte Funke Verstand versucht sich vergeblich, gegen den stockbesoffenen Teufel auf seiner Schulter durchzusetzen. Er scheitert jedoch kläglich, denn Paul hat bereits Jessis Kontakt aufgerufen und der Anruf baut sich auf. Es klingelt einmal, der Schmerz in seinem Bauch wird immer stärker. Es klingelt zweimal, der Schmerz wandelt sich in stumme Wut. Es klingelt dreimal, Jessi nimmt ab! Sein Herz setzt eine Sekunde aus, als er seinen Namen aus ihrem Mund hört.

»Paul?«

Oh Gott! Welch beschissene Idee, sie in diesem Zustand anzurufen. »Jessi!«, lallt er in den Hörer.

»Wo bist du, geht's dir gut?« Macht sie sich tatsächlich Sorgen um ihn? Sie klingt so traurig. Vielleicht liebt sie ihn ja doch noch.

»Ich muss mit dir reden.« Eigentlich sollte es eine selbstbewusste Forderung sein, aber er hört sich eher wie ein flehender kleiner Junge an.

Auf der anderen Seite der Leitung atmet Jessi tief durch, bevor sie ihn empört zur Rede stellt: »Bist du etwa betrunken?«

»Ich habe wohl allen Grund dazu, findest du nicht auch? Wie lange vögelst du schon mit Oliver Hanswurst, hä?«

»Mensch, Paul, das war so nie geplant. Ich weiß, dass ich Scheiße gebaut habe. Du musst mir glauben, dass ich dich nie verletzen wollte«, antwortet sie mit zittriger Stimme.

»Wie lange? Sag es mir, verdammt!« Paul setzt die Weinflasche an, nimmt einen kräftigen Schluck.

Nach einem kurzen Zögern erwidert sie leise: »Vier Monate ungefähr.«

»Wie bitte? Vier Monate lang hast du mich betrogen? Das ist ... wirklich ... das Letzte!« Ihm fehlen die Worte zu so viel Dreistigkeit – oder wegen des Alkohols. Er kann es nicht klar definieren. »Erkläre mir, warum du das getan hast!«

»Wir waren zehn Jahre zusammen, Paul. Es fühlte sich alles so normal, so alltäglich an. Mir fehlte der Nervenkitzel und das Bauchkribbeln.«

Hat Jessi das gerade tatsächlich gesagt? Vor Kurzem hat er davon geschwärmt, dass der Alltag nach zehn Jahren immer noch wunderschön ist. Nun meint sie, er wäre langweilig?

»Konnte man das, was letztlich zwischen uns war, als Liebe bezeichnen? Oder ist es einfach zur Gewohnheit geworden, ohne dass wir es merkten? Ich denke, es war Letzteres«, gibt sie zu bedenken.

»Ich habe dich geliebt, Jessi!«, presst Paul zwischen zusammengebissenen Zähnen hervor. »Verflucht, ich tue es immer noch!«

Im Hintergrund murmelt eine männliche Stimme, wer um diese Uhrzeit stört. Als Paul die Stimme erkennt, versetzt es ihm den Todesstoß. Binnen einer Sekunde – okay, vielleicht auch fünf – sitzt er schnurstracks auf der Couch. »Liegt der Typ etwa in *meinem* Bett?«, brüllt er lallend in sein Handy, hält dabei seine Faust drohend in die Höhe.

»Paul ... du bist ausgezogen, also kann in *meiner* Wohnung übernachten, wer will!«

Der Schmerz in seinem Magen breitet sich bis in die Brust aus, nimmt ihm die Fähigkeit zu atmen. Heute Morgen war es noch sein Bett, kurz darauf schläft der nächste Mann darin, als hätte es Paul nie gegeben. Die Absurdität der Situation treibt ihn in den Wahnsinn. Paul spült sich den Schock mit der restlichen lauwarmen Plörre aus der Weinflasche herunter. »Ich bin heute Mittag ausgezogen ... vor weniger als zehn Stunden.« Ungläubig schüttelt er den Kopf.

»Es tut mir leid, Paul.«

Ein verächtliches Lachen entkommt seiner Kehle, bevor er sie fragt: »Wer bist du, wo ist meine große Liebe hin?«

Dann tutet es in der Leitung. Sie hat aufgelegt. Ihm rutscht das Handy aus der Hand, das mit einem dumpfen Knall zu Boden fällt. Fassungslos lässt er sich zur Seite fallen. Es ist vorbei. Es ist endgültig vorbei!

Er presst seine Augen zu, atmet tief ein und aus. Unaufhaltsam frisst sich der Schmerz durch sein Inneres, bis tief in sein Herz. Seine Würde hat gerade Reißaus genommen, hinterlässt ihn in einer tiefen Leere. Wird der Kummer irgendwann vergehen? Er suhlt sich in seinem Leid, bis seine Augen immer schwerer werden, dann driftet er in einen schwammigen Schlaf ab.

❤❤❤

»Paul, aufwachen!«

Wo kommen bloß diese Kopfschmerzen her? Was ist das für ein Lärm? Vorsichtig schlägt Paul die Augen auf. Seine Mutter. Was will die denn hier? Wo ist er überhaupt?

»Paul, du musst zur Arbeit.« Mit einem besorgten Blick streichelt sie ihrem Sohn über den Kopf.

»Mensch, lass das!« Er schlägt nach ihren Fingern wie nach einer lästigen Fliege. Verfehlt sie jedoch vollkommen, was Anja nur mit einem Kichern quittiert. Zwischen Paul und seiner Mutter stehen derartige Zankereien an der Tagesordnung, meist sind sie lediglich ein spaßiges Necken.

Als Paul aufsteht, wird ihm schwarz vor Augen, die Übelkeit schießt durch seinen Körper. Schnell hält er die Hand vor seinen Mund und stolpert zur Toilette. Nachdem er sich übergeben hat, stellt er fest, dass er immer noch sternhagelvoll ist. Oje, wie soll er diesen Tag nur überstehen?

Paul will sich den Alkohol vom Leib duschen, aber da seine Taschen genauso im Wohnzimmer stehen, wie er sie gestern dort abgestellt hat, muss eine Katzenwäsche reichen. Seine Alkoholfahne wird den Körpergeruch übertönen, da macht er sich keine Illusionen. Unrasiert und ungekämmt verlässt er das Bad. Rasch wirft er sich frische Kleidung über. Mein Gott, schon halb acht, er muss los.

»Komm doch wenigstens noch schnell etwas frühstücken, bevor du dich auf den Weg machst.« Mit einer angewiderten Miene sammelt Anja die leeren Wein- und Bierflaschen zusammen, die in einer angetrockneten Alkoholpfütze auf dem Tisch kleben. »Im Übrigen wirst du in diesem Zustand kein Auto fahren. Haben wir uns verstanden, mein Sohn?«

»Ach, wie soll ich denn deines Erachtens in die Schule kommen? Es ist halb acht durch!«, erwidert Paul genervt.

»Papa kann dich fahren«, entgegnet Anja prompt.

»Wie bitte?« Paul traut seinen Ohren nicht. »Vergiss es, ich fahre selbst. Soweit kommt es noch!«

Bitterböse blickt Anja ihn an, verlässt seine Wohnung mit dem Korb voller Flaschen unterm Arm und knallt die Tür zu.

Toll, endlich hat er Ruhe. Wenn er seine Mutter sonst auch ehrt, so geht sie ihm heute Morgen tierisch auf die Nerven. Schnell rafft er seine Habseligkeiten zusammen, sucht seinen Autoschlüssel und rennt raus.

Im Treppenhaus kommt ihm Anja noch mal entgegen. Grinsend geht sie an ihm vorbei. »Ich wünsche dir einen schönen Tag, Junge!« Davon abgesehen, dass er sowieso nicht ganz auf der Höhe ist, fragt er sich ernsthaft, ob seine Mutter neuerdings an Stimmungsschwankungen leidet.

Die frische Luft, die ihm entgegenschlägt, als Paul heraustritt, lässt ihn innehalten. Ihm ist hundeelend. Nur noch ein kleines Stück, dann kann er sich in sein Auto setzen und sich ausgiebig strecken.

»Was zum Teufel …!«, brüllt er. Seine Mutter hat ihn tatsächlich zugeparkt! Ihr silberner BMW steht quer hinter Pauls Wagen, daneben hat sie provokativ sein altes Fahrrad abgestellt. Fluchend tritt er in das Kiesbett, sodass die kleinen Kieselsteine quer über den Hof schießen.

Zähneknirschend geht Paul zu dem rostigen Drahtesel. Mit viel Mühe versucht er, die schwere Tasche auf dem Gepäckträger zu befestigen, aber sie kippt zur Seite. Alle Lehrbücher verteilen sich auf dem Boden. Was für ein Scheißtag!

Die Ledertasche geschultert, fährt er kurze Zeit später über die Saarbrücke. Er versucht, sich auf den Verkehr zu konzentrieren, doch seine Gedanken kreisen um den gestrigen Tag. Jessi! Sein Magen krampft sich schmerzhaft zusammen, die Übelkeit ist mit einem Schlag zurückgekehrt, hat ihn fest im Griff.

Ein Rechtsabbieger schneidet ihm den Weg ab, sodass Paul scharf bremsen muss. «Weg da!«, schreit er gerade rechtzeitig, bevor er auf den Bürgersteig ausweicht. Schlängelnd verliert er die Kontrolle über sein Fahrrad. Er stürzt zu Boden. Seine Bücher liegen erneut um ihn herum verteilt. Paul bleibt einfach liegen, während er den aufheulenden Motor des Unfallverursachers wahrnimmt, der sich gerade vom Unfallort entfernt. Er will nur noch ohnmächtig werden und erst in einem halben Jahr wieder aufwachen. Dann dürfte der größte Ärger in seinem Leben vorüber sein.

»Himmelherrgott, haben Sie sich verletzt?« In sein Blickfeld schiebt sich eine bildhübsche Erscheinung. Ein weiches Gesicht, umrandet von einer braunen Lockenmähne, nähert sich ihm.

Jetzt ist es doch geschehen, er ist im Himmel. Langsam hebt er seine Hand empor, berührt mit seinen Fingerspitzen ehrfürchtig das Engelshaar. Ihre Lippen formen sich zu einem wunderschönen Lächeln, welches ihre braunen Augen erstrahlen lässt. Paul lächelt sie selig an.

»Geht's Ihnen gut?«, fragt die Fremde ihn kichernd.

Kaum bemerkt Paul, wie albern er sich aufführt, schreckt er zusammen. Als er sich erheben will, greift sie nach dem Fahrrad, das halb auf ihm liegt, und stellt es zur Seite. Dann kniet sie sich vor den mittlerweile sitzenden Paul auf den Boden und wühlt in ihrer Handtasche.

»Zeigen Sie mal her.« Behutsam tupft sie mit einem Seidenschal sein blutiges Knie ab, während Paul sie ganz genau bei der Versorgung seiner Wunde beobachtet.

»Haben Sie sich sonst noch irgendwo verletzt?«, möchte sie besorgt wissen.

»Nein, nein, alles okay. Mir geht's gut, danke.« Nachdem er seine Bücher eingesammelt hat, steht er auf. »Ich muss dann los«, verabschiedet er sich, bevor er sich aufs Fahrrad setzt, um weiter zu fahren. Er wirft einen letzten Blick über die Schulter zu seinem Engel, weil das Rad schwankt, entscheidet er jedoch, sich wieder nach vorne zu richten.

Was war denn das jetzt? Diese Frau ist eine Augenweide. Ihre Ausstrahlung sowie ihr Lächeln unvergleichbar schön. Ein Kribbeln breitet sich in Paul aus, als er an ihre sanfte Stimme denkt. Wie sie ihn mit ihren zarten Fingern verarztet hat, beschert ihm eine Gänsehaut.

Reiß dich zusammen, Paul! Erst gestern hat Jessi dir das Herz gebrochen. Wie kannst du jetzt schon anderen Frauen hinterhergucken?

II

Mit zerrissener Hose sowie einer Laune, die bis zum Himmel stinkt, schiebt Paul sein Fahrrad durch die noch leeren Gänge der Schule und stellt es in der Werkstatt des Hausmeisters ab. Draußen würde er nichts Wichtiges stehen lassen, da die Schüler – auch zerstörende Monster genannt – es fertigbringen würden, das Rad zu demolieren, während sie es sich mit dem bloßen Auge anschauen. Das gilt es zu vermeiden.

Auf dem Weg zum Lehrerzimmer kommt ihm Liza entgegen. Die Powerfrau mit roten Haaren ist Pauls Arbeitskollegin, Freundin und ein absolut verrückter, aber auch liebenswerter Mensch. »Hi, Paul!« Besorgt schaut sie an ihm herab. »Wie siehst du denn aus?« Sie tritt näher an ihn heran, rümpft die Nase. »Sag mal, hast du etwa gesoffen?«

»Ich bin gefallen und ja, ich habe gestern Abend was mit Tom getrunken, ist etwas spät geworden.« Genervt will er sich an ihr vorbeischieben, um wenigstens noch einen Kaffee zu erhaschen, bevor er in den Unterricht muss.

»Moment!« Mit einem kräftigen Griff hält sie Paul am Kragen fest. »So kannst du nicht da reingehen, die zerfleischen dich, ehe du bis drei gezählt hast. Komm mit!« Sie zieht ihn zu den Toiletten und lässt ihn dort stehen. »Rühr dich nicht vom Fleck! Ich bin gleich zurück.«

Fünf Minuten später ist sie wieder da, drückt ihm eine Jeans in die Hände. »Hier, die hatte ich im Auto. Zieh sie an, beeil dich aber, der Unterricht beginnt bald.«

Weil Lizas Mann keinen Sport macht, er daher keine Wechselkleidung benötigt, besteht nur eine einzige Möglichkeit, weshalb er die Hose im Auto verloren hat. »Ich glaube, ich möchte nicht wissen, warum Jens' Hose im Auto herumfliegt?«

»Nein, das möchtest du wirklich nicht!« Sie zwinkert ihm mit einem Auge zu, geht dann ins Lehrerzimmer.

Nachdem Paul einen Moment lang skeptisch die Jeans beäugt, die ungewaschen erscheint, wechselt er zügig die Hosen. Danach folgt er seiner Kollegin, um schnell zu der Quelle seines Überlebenselixiers zu gelangen. Mit zittrigen Fingern greift er nach der Kaffeekanne und schenkt sich eine Tasse ein. »Willst du auch einen?«

»Nein, danke!«, murmelt Liza.

Er lässt sich neben ihr auf dem Stuhl nieder. »Bist du krank? Normalerweise würdest du morden, um an deinen Stoff zu kommen!«

Als sie nach einigen Sekunden immer noch schweigt, beugt er sich vor, um ihr ins Gesicht zu schauen, bleibt allerdings an ihrem freudigen Blick hängen. Sie wackelt kokett mit den Augenbrauen, greift nach ihrem Notizbuch, reißt ein Stück Papier heraus, dann kritzelt sie etwas darauf. Anschließend legt sie ihm den Zettel vor seine Nase, sodass nur er ihn lesen kann.

Bitte keine lauten Freudengesänge oder Heulattacken, sonst kündige ich dir die Freundschaft! Ich bin schwanger!

Was? Wow! Er strahlt sie an, greift nach Lizas Hand, die auf ihren Beinen liegt, drückt diese fest. Dann nimmt er sich den Kugelschreiber und schreibt:

Ihr bekommt gar nicht genug voneinander, was?; -) Glückwünsche auch an Jens.

PS: Du solltest dir lieber einen Pseudokaffee zulegen, sonst bleibt dein Geheimnis nicht lange geheim!

Es ist toll, zu sehen, dass es die wahre Liebe wirklich gibt. Jens und Liza sind das Traumpaar schlechthin. Sie haben bereits ein Kind, sind super glücklich, jede freie Minute verbringen sie miteinander. Eigentlich dachte Paul stets, dass Jessi und ihn das gleiche Glück heimsuchen würde. Unglaublich, wie man sich täuschen kann.

♥♥♥

»Guten Morgen, Herr Kirschen«, donnern ihm die dreißig Kinder seiner fünften Klasse entgegen.

Die Lautstärke ist dank seines monströsen Katers kaum zu ertragen. Mit schmerzverzerrtem Gesicht kneift Paul die Augen zusammen, während er seine Tasche auf den Tisch legt. Missmutig betrachtet er seine Bücher, die bis auf ein oder zwei Macken den Unfall unversehrt überstanden haben. »Guten Morgen, holt bitte eure Arbeitsmappen heraus. Beginnt mit Seite zehn.«

Ruhe. Hinsetzen. Während die Schüler leise für sich arbeiten, einfach zu sich kommen.

»Herr Kirschen?«, zerreißt die Stimme eines Schülers die wohltuende Stille. »Greta geht es nicht gut!«

Greta ... das ist das Mädchen, die erst kürzlich nach Saarburg gezogen ist. Schnell sucht Paul die Klasse nach Greta ab, findet das blasse Mädchen mit den Sommersprossen auf der Nase in der hinteren Reihe. »Was ist los, Greta? Fühlst du dich nicht gut?«

»Mir ist schlecht. Aber das geht gleich wieder«, verrät ihm das zarte Stimmchen.

»Möchtest du, dass ich deine Eltern anrufe?«

»Nein, meine Mutter hat einen wichtigen Termin, mein Vater wohnt woanders.« Sie machte schon am ersten Tag einen sehr traurigen Eindruck, spricht auch nicht mit den anderen

Schülern. Doch so, wie sie mit gesenktem Kopf an ihren Händen herumspielt, erkennt Paul sofort, dass sie sich unwohl fühlt. Folglich schickt er Greta mit ihrem Tischnachbarn ins Krankenzimmer, beauftragt diesen, die Sekretärin zu informieren.

Als es zur Pause klingelt, macht Paul sich auf den Weg ins Krankenzimmer, um nach Greta zu schauen. Sie ist immer noch blass, wirkt eingeschüchtert. »Atme tief durch, gleich geht es bestimmt wieder.« Er reißt das Fenster auf, lässt frische Luft in das kleine muffige Zimmer hereinströmen. Als er merkt, dass Greta sich langsam entspannt, setzt er sich auf den Stuhl neben der Liege. »Ich denke, dass wir deine Mutter ruhig anrufen können.«

»Aber sie hat doch einen wichtigen Termin…«

»Es ist immerhin ein Notfall. Kein Termin ist wichtiger als das eigene Kind«, fällt Paul ihr ins Wort. »Hast du denn sonst irgendwelche Verwandte hier, die ich anrufen kann?«

»Wir wohnen bei Mamas Freundin … wenn das Bewerbungsgespräch heute nicht gut läuft und sie die Arbeit nicht bekommt, können wir nicht in eine eigene Wohnung ziehen«, weicht sie der Frage aus. »Ich will zurück nach Brunsbek, zu meinem Vater und meinen Freundinnen.« Gretas Augen füllen sich mit Tränen. Dieses Kind ist nicht freiwillig hier, das kann ein Blinder erkennen.

»Seit wann wohnt ihr schon in Saarburg?«

»Seit zwei Monaten«, flüstert sie.

Er sollte sich die Mutter zu einem Gespräch einladen, denn Greta ist alles andere als glücklich. So wie sie sich die letzte Zeit im Unterricht gezeigt hat, wird sie keinen Anschluss finden – weder im sozialen Umfeld noch mit den schulischen Leistungen.

»Können wir wieder in die Klasse gehen? Die Pause ist gleich rum, du bist auch nicht mehr ganz so blass.«

Greta nickt ihm zu und so kehren sie gemeinsam zurück.

Da lässt man die Schüler eine Sekunde alleine, drehen sie völlig am Rad. Ein Junge steht auf dem Stuhl, vollführt ein waghalsiges Kunststück, während die anderen Kinder ihn anfeuern und heiter bejubeln. Paul klatscht in die Hände, womit er zumindest von einem Teil seiner Schüler die Aufmerksamkeit gewinnt.

»Die Pause ist vorbei. Jeder setzt sich bitte auf seinen Platz!«, ruft er deutlich zu laut. Sein vom Alkoholexzess zugerichtetes Gehirn dankt es ihm umgehend mit einem scharfen Schmerz in den Schläfen. »Ich dreh noch durch«, murmelt er leise vor sich hin, bevor er die Klasse erneut zur Ordnung aufruft. »Bitte nehmt alle eure Kunstsachen heraus und malt, was ihr in den Ferien erlebt habt«, sagt Paul. Beim Malen können sie wenigstens keine nervigen Fragen stellen, wenn sie den Unterrichtsstoff nicht verstehen, mit Bildern vom Rummelplatz oder Schwimmbädern macht man selten etwas falsch. Nachdem sich alle mit Blatt und Holzstiften bewaffnet haben, kehrt endlich Ruhe ein. Er nutzt die Gunst der Stunde, um einen Brief an Gretas Mutter zu schreiben, in dem er um einen Termin bittet. Er muss mit ihr Gretas Lage besprechen.

Zehn Minuten bevor die Schulglocke läutet, fordert Paul jeden Einzelnen auf, sich zu erheben und sein Bild zu erläutern. Die Jungs erzählen stolz von ihren Ausflügen, während die Mädchen es bevorzugen, von den Treffen mit ihren Freundinnen zu berichten. Dann ist Greta an der Reihe. Sie schaut stur auf ihr Bild, reagiert nicht.

»Greta, würdest du uns bitte dein Bild zeigen und erklären, was du gemalt hast?«

Schon wieder kämpft sie um ihre Haltung, dabei stottert sie leise vor sich hin. Herrgott, das Mädchen kann einem leidtun. Paul erträgt es kaum, mit anzusehen, wie sie sich quält, daher lässt er sie gewähren.

In diesem Moment läutet es zur Pause. Die Schüler packen ihre Malutensilien ein und verlassen den Raum, nur Greta sitzt nach wie vor auf ihrem Platz, starrt auf ihr Bild. Eine Zeit lang beobachtet er sie, bis er sieht, dass ihr eine Träne über die Wange läuft. Er geht zu ihr rüber, lässt sich neben ihr nieder und quetscht seine Beine unter den niedrigen Tisch.

»Zeig mir mal dein Bild.« Mit dem Zeigefinger zieht er es heran und starrt auf die Zeichnung. Zuerst begreift er nicht, was das Bild zu bedeuten hat, doch beim näheren Betrachten erschließt sich ihm ein Bild des Grauens. Ein Strichmensch liegt enthauptet auf der Straße. Zwischen Kopf und Torso ist eine Blutlache zu erkennen. Der Name Steffen thront über der Szenerie.

Gretas Bild will nicht mehr aus seinen Gedanken verschwinden. Selbst als Paul am Nachmittag sein neues Zuhause erreicht, laufen ihm bei diesem Szenario eiskalte Schauer den Rücken herunter. Um sich abzulenken, räumt er seine Reisetaschen aus und nimmt eine heiße Dusche. Bewaffnet mit Kaffee sowie einem Aspirin, zieht er sich in sein Büro zurück, bereitet den Unterrichtsstoff für die nächste Deutschstunde vor. Seine Merkfähigkeit lässt zu wünschen übrig – immer wieder erscheint Greta vor seinem inneren Auge – da er sich nicht konzentrieren kann, fasst er den Entschluss, mit seinem Vater zu reden. Dieser hat ihn schon einige Male mit seiner sachlichen Art und guten Ratschlägen aus seinem Gedankenkarussell befreit.

Über die Terrassentür verlässt er die Wohnung, geht einmal um die komplette Villa herum. Auf dem Parkplatz stehen viele Autos der Patienten, daher wird es vielleicht etwas dauern, bis er mit seinem Vater sprechen kann. Wobei ... Frau Lauer, die gute Fee der Praxis, und Betti werden ihn bestimmt irgendwie zwischen die Termine schieben können.

Als er eintritt, stockt ihm der Atem. Weder Frau Lauer noch Betti sitzen am Empfang, sondern sie! Die Frau, die ihm entgegenblickt, schenkt ihm das gleiche wundervolle Lächeln wie bei seinem Fahrradunfall am frühen Morgen. Er glaubt, Sorge in ihren Augen zu erkennen. Während sie ihn von Kopf bis Fuß mustert, verrät ihr Grinsen, dass ihr gefällt, was sie sieht.

»Alles in Ordnung mit Ihnen?« Sie deutet auf sein Knie.

»Ach ...« Er winkt ab, stützt sich sogleich mit dem Ellbogen lässig gegen den Tresen. »Eine klaffende Wunde, aber sonst alles bestens.«

Die Frau mit den engelhaften Locken kann sich ein Kichern nicht verkneifen. »Wollen sie ein Bonbon für Ihre Tapferkeit?« Schelmisch hält sie ihm das Glas entgegen.

»Sie sind die Neue?«, fragt er, nachdem er eine Handvoll Zuckerbohnen in seine Hosentasche verstaut hat.

»Wie es aussieht, ja ...« Keck zwinkert sie, dann reicht sie ihm die Hand über den Tresen. »Ich bin Kati.«

»Paul. Freut mich!« Er schüttelt ihre zierliche Hand, bevor er mit dem zusammengerollten Bild von seiner Schülerin in der Luft herumwedelt. »Ich müsste mit dem Doktor sprechen.«

»Oh ... haben Sie denn einen Termin?«

»Nein, ich möchte nur schnell etwas mit ihm besprechen, bin auch direkt wieder weg.«

»Das tut mir sehr leid, für heute ist kein Termin mehr frei. Sie sehen ja, was hier los ist.« Mit dem Finger zeigt sie in das überfüllte Wartezimmer, bevor sie eifrig im Terminbuch herumblättert. »Können Sie morgen noch mal kommen?«

»Nein, ich muss jetzt gleich mit ihm spre…«

»Wie gesagt, es tut mir leid, aber wir haben nichts mehr frei«, fällt sie ihm ins Wort. Ihr Lächeln erlischt Stück für Stück, ihr Gesichtsausdruck wechselt zu dem einer eiskalten Karrierefrau. »Hören Sie, Späßchen hin oder her. Nur, weil ich gerade mit Ihnen gelacht habe, werde ich Sie nicht bevorzugt behandeln. Das können Sie vergessen!«, faucht sie ihn an.

Was ist denn jetzt bitte los? Mit hochgezogener Augenbraue beobachtet er die neue Sprechstundenhilfe seines Vaters, wie sie plötzlich allerhand zu tun hat. Ganz offensichtlich lässt sie ihn links liegen.

Paul ist selten sprachlos, doch das ist einer dieser Momente, die ihm die Sprache verschlagen. Denkt sie ernsthaft, er hat mit ihr geflirtet, um irgendwelche Vorteile zu ergattern? Was für eine unmögliche Person! Er wendet sich einfach ab, um Behandlungszimmer Drei anzusteuern, welches praktisch immer für ein Familienkrisengespräch bereitsteht. Über die Sprechanlage, die mit den anderen Zimmern verbunden ist, wird er seinen Vater selbst informieren. Er kommt nur leider nicht dazu, die Tür zu öffnen, denn in diesem Augenblick schiebt der kleine Lockenkopf sich dazwischen.

»Moment, Sie können dort nicht einfach reingehen!« Schützend breitet sie ihre Arme aus und funkelt ihn böse an.

Paul muss sich ein Lachen verkneifen. Probt sie hier gerade den Zwergenaufstand? Mit ernstem Gesichtsausdruck erwidert er jedoch: »Haben Sie dort vorne nicht noch etwas zu tun?« Ohne sie zu beachten, betritt er das Behandlungszimmer, hört sie hinter sich entsetzt nach Luft schnappen.

»Na, hören Sie mal! Was Sie tun, ist Hausfriedensbruch. Sind Sie sich darüber überhaupt im Klaren?« Sie rennt ihm hinterher, bleibt vor ihm stehen und stemmt die Fäuste in ihre Seiten.

Paul hingegen geht zum Schreibtisch und drückt den Knopf der Sprechanlage. Sein Vater ist auch umgehend in der Leitung.

»Kannst du gleich in die Drei kommen, Paps?« Lässig lässt er sich auf den Stuhl hinter dem Schreibtisch fallen, überschlägt seine Beine, während er sie angrinst.

»Das war gerade eine ganz miese Nummer!«, zischt sie, den Zeigefinger in die Luft haltend, bevor sie wütend Richtung Tür abraucht, als Michael dort erscheint.

»Was ist hier los?« Fragend schaut er zwischen Kati und seinem Sohn hin und her, die gleichzeitig beginnen, wie aus dem Kanonenrohr zu sprechen.

»Ich wusste nicht, dass das ihr Sohn ist ...«, empört sich Kati und berichtet, wie sie heldenhaft versucht hat, die Praxis vor fremden Eindringlingen zu schützen.

»Deine neue Sprechstundenhilfe wollte mich nicht dazwischenschieben, sie wollte mich erst morgen zu dir lassen ...«, erzählt Paul seinem Vater, schielt aber heimlich zu Kati, um ihm nur mit einem Blick klar zu machen, dass seine neue Angestellte ein bisschen verrückt ist.

Michael senkt langsam die Kartei in seiner Hand, die er zuvor noch sorgsam studierte. Über seinen Brillenrand hinweg schaut er abwechselnd zu Paul und Kati, wie sich beide um Kopf und Kragen reden. Professionell wie er ist, muss er sich jedoch in dieser Situation das Lachen verkneifen.

»... also, habe ich nichts Falsches getan. Stellen Sie sich mal vor, Ihr Sohn wäre tatsächlich ein Fremder gewesen!«, beendet Kati ihren Vortrag. Schlagartig wirkt sie sehr nervös.

»In den letzten Jahrzehnten wurde noch nie jemand einfach so heimgeschickt, du solltest das klären, Paps!«

Schließlich kann sich Michael nicht mehr halten. Er prustet los. »Es ehrt dich, dass du dir Gedanken um meine Praxis machst, Paul, aber ich habe alles im Griff.« Immer noch ziert dieses merkwürdige Grinsen sein Gesicht. Als er Kati zurück an ihre Arbeit geschickt hat, setzt er sich Paul gegenüber an den Schreibtisch. »Das Wartezimmer ist voll, ich hab' nicht viel Zeit. Leg los!«, fordert er seinen Sohn auf.

Paul rollt das Bild auf, schiebt es über den Tisch, sodass es genau vor Michael liegt. Er fasst Gretas Geschichte in ein paar kurzen Sätzen zusammen, kommt dann aber umgehend zu dem springenden Punkt. »Sie wirkt sehr oft traurig, sie ist nicht richtig bei der Sache. Das Bild soll ein Erlebnis aus ihren Ferien sein. Zumindest war das die Aufgabenstellung.«

Michael rückt seine Brille auf der Nase zurecht und betrachtet skeptisch die Zeichnung. »Das alles macht mir den Eindruck, als würde das Kind auf diese Art um Hilfe schreien. Rede mit der Mutter, leg ihr nahe, sich um psychologische Hilfe zu bemühen.«

»Der Elternbrief ist bereits raus. Bleibt zu hoffen, dass sie den Weg zu mir findet. Danke dir, du hast mich in meinem Vorhaben noch mal bestärkt.«

Michael legt das Bild zurück auf den Tisch und widmet sich nun ganz seinem Sohn. »Wie geht's dir?«, hakt er nach.

Paul lehnt seinen Kopf an den Bürostuhl und schaut an die Decke. »Was willst du hören? Ich bin wieder Single, wohne in meiner Jugendwohnung, außerdem habe ich einen Mordskater. Mir könnte es kaum besser gehen!«

Sein Vater räuspert sich kurz, bevor er zu sprechen beginnt. »Na, na, mein Sohn. Nicht so sarkastisch. In deiner Jugendwohnung könnte locker eine vierköpfige Familie leben, ferner kann keiner etwas dafür, dass sich meine erwachsenen Söhne mitten in der Woche besaufen. Zurecht hast du einen Kater.« Er klopft einmal auf die Tischplatte, steht auf und geht wieder zu seinen Patienten.

III

Genervt hetzt Kati zur Schule. Was will dieser komische Klassenlehrer von ihr? »Elterngespräch« ... was für ein Mist! Das klingt ja so, als wäre Greta ein Problemkind! Greta ist ein braves Mädchen, das weiß Kati haargenau, noch nie hat sie Schwierigkeiten in der Schule gemacht. Zudem ist Kati in der Probezeit ihres neuen Jobs, da kann sie es sich nicht leisten, wegen eines Eltern-Lehrer-Plauschs zu fehlen. Aber nein, Herr Kirschen hat sich mit einer Entschuldigung sowie der Bitte, das Problem schriftlich zu lösen, nicht zufriedengegeben. Stattdessen hat er auf den Termin bestanden, deswegen stapft Kati jetzt durch die leeren Gänge der Schule und hält Ausschau nach Gretas Klassenzimmer.

Raum dreiundzwanzig, da ist er. Nun aber schnell, spornt sie sich an. Weil sie schon fünf Minuten zu spät ist, stürmt sie, ohne vorher anzuklopfen, herein.

Was zur Hölle? Erschrocken hält Kati inne und steht dem sichtlich verwirrten Klassenlehrer gegenüber.

»*Sie* sind Gretas Klassenlehrer?«, fragt sie mit einer viel zu grellen Stimme. Dabei kommt sie nicht drum herum, diesen Mann mit offenstehendem Mund anzustarren. Er ist nicht nur der hübsche Kerl, der ihr mit dem Fahrrad vor die Füße gestürzt ist und gleichzeitig der blöde Sohn ihres Vorgesetzten, nein, außerdem ist er Gretas Klassenlehrer. Missmutig betrachtet sie ihn. Seine braunen Locken stehen wild vom Kopf ab, was ihn mit dem Bartschatten äußerst attraktiv wirken lässt – obwohl er in diesem Moment einem gestrandeten Fisch gleicht, der mühsam das Maul auf und zu klappt.

»Sie sind Gretas Mutter?«, möchte Herr Kirschen von Kati wissen, wendet sich danach mit den Augen rollend ab und begibt sich ans Lehrerpult. Nachdem er sich wieder gefangen hat, sieht er sie auffordernd an, deutet mit der Hand auf den Stuhl vor ihm. »Setzen Sie sich bitte, Frau Eisenhauer.«

Kati bleibt misstrauisch an der Tür stehen. Erst nach einer erneuten Aufforderung bewegt sie sich zu dem ihr zugewiesenen Platz.

»Ich möchte etwas klarstellen«, beginnt Herr Kirschen zögerlich. »Hier bin ich Gretas Lehrer, nicht der Sohn Ihres Vorgesetzten. Was ich damit sagen möchte: Wir sollten respektvoll miteinander umgehen und den jeweils anderen aussprechen lassen.«

Abwartend schaut sie ihn an, bis sie ihm schließlich die Hand entgegenhält. »Ja, Sie haben recht. Mein Name ist Kati Eisenhauer. Ich bin Gretas Mutter.«

»Paul Kirschen, Gretas Klassenlehrer«, erwidert er sachlich. Er senkt den Kopf, während er irgendwelche Unterlagen sortiert. Kati kann sich lebhaft vorstellen, dass ihm diese Situation ebenfalls sehr unangenehm ist. Als seine Stimme ertönt, schreckt sie leicht zusammen. »Greta ist verhaltensauffällig. Sie redet nicht viel, vermeidet den Kontakt zu anderen Kindern. Außerdem hat sie mir erzählt, dass sie zurück nach Brunsbek zu ihrem Vater möchte.«

Herr Kirschen macht eine kurze Atempause, bevor er fortfährt. »Was mich schlussendlich dazu veranlasste, einen Termin mit Ihnen zu vereinbaren, war das hier.« Paul schiebt ein Bild über den Tisch, bis es genau vor ihr liegt.

Die Zeichnung lässt ihr das Blut in den Adern gefrieren. Kati kneift die Lippen, schlagartig versteinert sich ihre Miene. Greta fühlt sich nicht wohl? Möchte sie wirklich zu ihrem Vater zurück? Sie ist extra aus Brunsbek geflohen, um den schrecklichen Unfall endlich hinter sich zu lassen. Zu Gretas Schutz ist sie hierher gezogen. Mit allen Mitteln wird Kati verhindern, dass sie das Geschehene wieder einholt! Genau das würde passieren, wenn zu viele Leute wissen, was vorgefallen ist. Nein, diesen neugierigen Lehrer geht ihr Privatleben nichts an. Er würde das Ganze nur verkomplizieren.

»Das ...«, beginnt Kati mit fester Stimme. »Das ist Kunst.« Sie hebt ihren Blick, um ihm fernab jedweder Emotion in die Augen zu schauen. »Teenies in Gretas Alter zeichnen so etwas ständig.«

Der Klassenlehrer zieht die Augenbraue empor. »Okay, dann fehlt mir wohl die Erfahrung mit Kindern in diesem Alter, wenn Sie sagen, dass das gerade total angesagt ist. Warten Sie mal ...« Er tippt sich mit dem Zeigefinger gegen die Schläfe, abschätzend sieht er sie an. »Ich unterrichte dreißig Schüler in dem Alter. Vier fünfte Klassen gibt es auf dieser Schule. Vielleicht handelt es sich bei der Art von Kunst um ein lang gehütetes Geheimnis einer Teenie-Ära, denn mir ist noch nichts dergleichen unter die Nase gekommen. Und ich nehme an, dass der Name Steffen dann auch total im Trend ist?«

Erneut zuckt Kati zusammen. »Jetzt verlieren Sie aber Ihre Professionalität, Herr Kirschen. Bleiben Sie doch bitte beim Thema!«

»Wie wäre es, wenn Sie bei der Wahrheit bleiben, Frau Eisenhauer.« Bedächtig lehnt er sich in seinem Stuhl zurück und erdolcht sie mit seinem autoritären Lehrerblick.

Sie schlägt ihre Beine übereinander, schaut ihn ebenfalls an, ohne mit der Wimper zu zucken. »Ich werde mich um diese Angelegenheit kümmern. Greta wird nicht mehr negativ auffallen. Ihre Zeichnung können Sie in den Mülleimer werfen, es hat nichts zu bedeuten.«

»Hören Sie ...«, setzt Paul nun etwas sanfter an. »Es geht mir um Gretas Wohl. Das ist alles, was ich als Lehrer von Ihnen erwarte. Ihr geht es nicht gut. Ich lege Ihnen nahe, psychologische Hilfe in Anspruch zu nehmen. Kinder in diesem Alter gelangen schnell auf die schiefe Bahn. Traumata können Kinder zudem das ganze Leben lang begleiten, wenn man sie nicht aufarbeitet.« Verunsichert schaut er plötzlich auf seine Finger, die einen Kugelschreiber hin und her rollen, bevor er weiterspricht. »Ich weiß, es geht mich vielleicht nichts an, aber ... Sie sind Vollzeit in der Praxis meiner Eltern beschäftigt. Sie könnten Ihre Arbeitszeit herabstufen, hätten so mehr Zeit für Ihre Tochter. Greta leidet! Sie braucht Sie jetzt ganz dringend.«

Einen Eimer mit kaltem Wasser über den Kopf geschüttet zu bekommen, wäre angenehmer gewesen, als zu hören, dass ihre Tochter leidet. Verflucht noch mal, Greta soll sich nicht quälen! Ihre Tochter ist alles, was sie hat. Die Tatsache, dass es ihr nicht gut geht, zerbricht ihr das Herz. Dennoch spricht sie sich Mut zu, erstmal dieses Gespräch unfallfrei über die Bühne zu bringen. Danach wird sie sich Gedanken um Greta machen und eine Lösung finden. »Sie haben recht, Herr Kirschen, es geht Sie nichts an. Wenn das alles ist, würde ich jetzt gerne gehen.«

»Eins noch. Reden Sie bitte mit meinen Eltern. Ich könnte Sie begleiten, falls es Ihnen dann leichter fällt.«

Kati hebt nicht nur die Augenbraue, sondern auch ihren Allerwertesten, streckt ihm eilig die Hand entgegen, um sich zu verabschieden, ohne auf das Angebot einzugehen. Sie liebt ihre Tochter, würde für sie durchs Feuer gehen, komme was wolle. Doch eins ist nicht mehr zu ändern: Es führt kein Weg zurück nach Brunsbek.

♥♥♥

»Hi, Gretchen. Wie war die Schule?«, ruft Kati, als sie in die Küche eilt. Erschöpft wirft sie ihre Tasche auf einen Stuhl, dann gibt sie ihrer Tochter einen Kuss auf die Stirn. »Ist Charlotte schon weg?«

»Gerade zur Tür raus.« Gretas Kopf liegt auf der Tischplatte, während sie sich angestrengt den Text zu den verschiedenen Kuhmägen durchliest.

»Schreibt ihr morgen einen Test? Oder warum steckst du deine Nase so tief in das Buch?«

»Ja.«

Greta leidet!, hört sie Herr Kirschens Stimme in ihrem Hinterkopf, als sie Gretas lustlose Art bemerkt. Resignierend schließt sie die Augen. Dieser Kirschen hat recht, sie leidet! Was soll sie nur tun? Ihre Tochter so zu sehen, den Kopf träge auf dem Tisch liegend, kein Lächeln, kein Strahlen, tut Kati innerlich weh. So gerne würde sie ihr helfen.

»Schatz, bitte schau mich an.«

Widerwillig hebt Greta ihren Kopf, damit sie ihre Mutter ansehen kann.

»Ich weiß, dass es für dich nicht einfach ist, hier zu sein. Uns bleibt leider gerade keine andere Wahl. Irgendwann wirst du dich wohler fühlen, das verspreche ich dir.« Sie streichelt mit ihrer Hand über Gretas Arm und hofft inständig, dass sie ihr Glauben schenkt.

»Ich will hier weg, Mama. Ich will zurück zu Papa und meinen Freundinnen.« Bockig verschränkt sie ihre Arme vor der Brust.

»Greta ... Wir sind in Brunsbek nicht mehr sicher. Das weißt du ganz genau. Bitte versuche wenigstens, dich mit der Situation anzufreunden.« Einige Augenblicke schweigt sie, reibt sich stattdessen mit beiden Händen übers Gesicht. »Es tut mir so leid, ich wollte das alles nicht!«

Die Verzweiflung in der Stimme ihrer Mutter lässt Greta aufschauen. Sie hebt den Arm, greift in einer tröstenden Geste nach Kati, doch erstarrt, bevor die Berührung zustande kommt. »Ich geh eine Runde spazieren!«, meint Greta plötzlich, springt auf und eilt davon.

Kaum fällt die Wohnungstür hinter Greta zu, lässt Kati den Tränen freien Lauf. Wenn Markus, ihr Noch-Ehemann, seine Tochter in dieser seelischen Verfassung am Telefon spricht und sie ihm verrät, dass es ihr schlecht geht, wird er Kati das Sorgerecht entziehen. Das hat er ihr bereits angedroht.

Sie muss es schaffen, dass Greta sich wohlfühlt und glücklich wird. Vielleicht sollte sie sich tatsächlich an ihre Arbeitgeber wenden. Doch, wenn sie schon am Anfang ihres Arbeitsverhältnisses nicht mehr voll einsatzfähig ist, könnte das ihre Anstellung auf Dauer gefährden. Deshalb schiebt sie den Gedanken beiseite und beschließt, ihre Probleme anderweitig zu klären.

Schweißgebadet und völlig außer sich erwacht Paul. Draußen ist es noch stockdunkel. Wieder einmal hat er einen dieser Träume gehabt, in dem er den Raum verlässt, während sein Nachbar ebendiesen betritt. Nur, dass er nun weiß, warum Oliver seine Ex-Freundin besucht, nicht, weil er Mehl, Zucker oder Eier braucht. Nein! Weil er sie gleich flachlegen wird. In ihrer gemeinsamen Wohnung. Der Gedanke widert Paul so sehr an, dass ihm die Galle hochkommt.

Ruhelos wälzt er sich herum, bis er letztendlich aufsteht. Er zieht sich seine Laufklamotten an und stürmt aus dem Haus. Joggen hilft ihm in der Regel den Kopf freizubekommen.

Die Straßen sind noch menschenleer. Paul liebt die Stille und Ausgeglichenheit zu dieser Uhrzeit. Sein Weg führt ihn durch die Altstadt, vorbei an dem alten Backsteingebäude der Glockengießerei, über die Brücke, die ihn auf die andere Seite der Saar bringt. Ein unglaublich befreiendes Gefühl legt sich um sein Herz, während er in einem gleichbleibenden Tempo den Radweg entlangläuft. Ihm war gar nicht bewusst, wie er diese Art der Bewegung vermisst hat, die er aufgrund der Trennung und des Umzugsstresses komplett einstellen musste.

Nach einer Weile kommt ihm ein Jogger entgegen. Als die Person aus dem dichten Nebel auf ihn zuläuft, erkennt er, um wen es sich handelt. Das ist Kati Eisenhauer.

Ohne sein Tempo zu drosseln, hebt er die Hand zum Gruß und nickt ihr zu. Von ihr kommt allerdings nur ein unterkühltes und unfreundliches Kopfnicken. Das alleine bringt Paul schon zur Weißglut. Für was hält sie sich bloß, ihm so arrogant entgegenzutreten?

Nachdem sie einander passiert haben, dreht sich Paul beim Laufen um, damit er der Davoneilenden hinterherblicken kann. Wow, diese unverschämte Zicke hat wirklich eine heiße Figur. Das muss er ihr lassen. Die Leggings umschmeichelt ihre sportlichen Schenkel und ihr Po kommt richtig gut zur Geltung. Bei jedem ihrer Schritte wippen ihre Löckchen auf und nieder.

Diese Person ist ein Widerspruch in sich – zuerst der rettende Engel, dann die eiskalte Lady. Nur leider nimmt er ihr die taffe Karrierefrau nicht ab. Dafür hat sie ihm einmal zu oft gezeigt, dass sie auch dazu imstande ist, ganz nett zu sein.

Schnell umdrehen und aufs Laufen konzentrieren. Diese Frau verwirrt ihn, das kann er gerade gar nicht gebrauchen, denn von Unordnung und Chaos gibt es in seinem Leben bereits genug.

Sobald es zur ersten großen Pause schellt, lassen die Schüler ihre Stifte fallen und stürmen auf den Hof, als würde Justin Bieber dort ein Privatkonzert geben. Nur Greta wartet wie immer, bis es etwas ruhiger wird. Erst dann verlässt sie lustlos den Klassenraum. Paul blutet das Herz, sie so betrübt und energielos zu sehen. Hoffentlich handelt die Eisenhauer bald, lange wird er das Desaster nicht mehr tatenlos dulden.

Er schnappt sich sein Schokocroissant und geht in die Pause. Auf halbem Weg zum Lehrerzimmer klingelt sein Handy, sodass er kurzerhand beschließt, auf den Schulhof auszuweichen, um ungestört telefonieren zu können. Oh nein, Jessi! Mit einem unguten Bauchgefühl nimmt er das Gespräch an.

»Wann kommst du endlich deine Sachen abholen?«, plärrt sie in den Hörer. Vor ein paar Monaten war das noch ein zärtlich gesäuseltes »Hey, mein Schatz«. Wenn das Handy nicht ihre Nummer anzeigen würde, würde Paul niemals glauben, dass es Jessi ist.

»Ich hatte bis jetzt noch keine Zeit. Morgen schaffe ich es auf jeden Fall.« Genervt rollt er seine Augen.

»Heute um halb eins, sonst segeln deine DVDs aus dem Fenster. Nur, dass du Bescheid weißt. Ich muss endlich Ordnung reinbringen, deine Sachen stören unentwegt.« Damit legt sie auf.

Paul steht kurz vorm Explodieren. Er ballt die Fäuste. Wenn er nicht in einer Schule wäre, wo ihm Kinder zugucken, würde er irgendwo gegenschlagen.

»Hi, Paul, was machst du denn hier? Du hast doch gar keine Aufsicht.« Liza gesellt sich zu ihm und nimmt ihm das zerquetschte Croissant aus der Hand. »Das ist Essensverschwendung.«

»Dumme Schnepfe«, murmelt Paul, als er sein Handy in die Gesäßtasche zurücksteckt.

»Ich darf jawohl bitten!«, empört sich Liza und stopft sich die Schoko-Blätterteig-Krümel in den Mund.

»Nicht du. Jessi nervt mich gerade abgrundtief!«, platzt es aus ihm heraus. Dann wendet er sich an Liza. »Du kannst diese Matschepampe doch nicht essen!«

»Was denn? Ich habe Hunger!«

Kreischt da nicht jemand? Aufmerksam horcht Paul auf, dann rennt er schon los. Ein riesen Tumult hat sich vor den Toiletten gebildet. Gejohle, Anfeuerungen und Gebuhe tönen ihm entgegen. Er drängt sich durch die Masse, gleichzeitig fordert er die Unbeteiligten zum Gehen auf. Vereinzelt kommt sein Appell auch tatsächlich an.

Zwei Zehntklässler haben sich am Kragen. Der eine blutet aus der Nase. Beide Gesichter sind verzerrt vor Zorn, als hätten sie gerade den Kampf ihres Lebens. Einer der Streithähne holt zum Schlag aus, doch in letzter Sekunde kann Paul die Faust abfangen, ehe sie erneut in das Gesicht des anderen knallt.

»Moment mal, Tarzan. Schluss jetzt!« Am Rucksack zerrt Paul den Boxer zurück, bevor er sich das Gesicht des anderen Schülers anschaut. Blut rinnt dem Jungen aus der Nase, seine Lippe ist aufgeplatzt. Währenddessen probt Tarzan den Aufstand hinter Paul, wird allerdings von seiner Hand am erneuten Angreifen abgehalten.

»Zum Direx, aber zackig!«, schickt Paul den Schläger geradewegs in die Höhle des Löwen. Umgehend greift er nach seinem Handy.

»Wir brauchen einen Krankenwagen zur Realschule Saarburg.« Kurz lauscht er, während sein Gegenüber ihm klarmachen möchte, dass das alles nur halb so wild ist und er keinen Notarzt braucht, sich dennoch die Nase vor Schmerzen festhält und keinen vollständigen Satz herausbringen kann. »Ein Schüler wurde verprügelt, er blutet ziemlich stark aus Nase und die Lippe ist aufgeplatzt.«

Liza übernimmt den verletzten Jungen, erklärt ihm vorsichtig, dass seine Nase wahrscheinlich gebrochen ist, er sich deswegen doch bitte auf die Bank setzen möge. Nicht, dass sein Kreislauf schlappmacht.

Besorgt mustert Liza ihn, während sie sich immer wieder ein Stück von dem zerdrückten Schoko-Croissant in den Mund stopft. Diese Frau ist unverbesserlich, isst wie ein Scheunendrescher, selbst wenn ein blutender Schüler vor ihr sitzt. Zudem ist sie rank und schlank. Gut, nicht mehr lange ... das hat ja andere Gründe.

Der Unterricht ist zu Ende. Erleichtert lässt Paul die Luft aus seinen Lungen weichen. Jetzt flott zu Jessi, dann wird er heute nur noch eins tun, und zwar gar nichts!

In der Klasse beginnt ein fröhliches Stühlehinundherschieben, Gemurmel und Lachen, dann verlassen die Kinder den Raum. Greta hingegen sitzt weiterhin auf ihrem Platz. Im Schneckentempo packt sie ihre Schulsachen ein, wobei sie schon wieder so blass aussieht.

»Greta, geht es dir gut?«

Folglich blickt sie zu ihm auf, erwidert flüsternd: »Mir ist ein bisschen schlecht, geht aber gleich wieder.«

Paul eilt zu ihr, da sie anfängt, leicht zu schwanken. »Hast du heute früh schon etwas gegessen?«, fragt er sie, während er das Mädchen mit seinen Händen auf dem Stuhl hält.

»Ich hatte keinen Hunger.«

»Hast du denn etwas getrunken?« Verdammt, ihr Blick wird immer leerer. »Greta!«, ruft er lauter, doch in dem Moment schließt sie die Augen und sinkt kraftlos in sich zusammen.

IV

»Praxis Dr. Kirschen, mein Name ist Kati Eisenhauer. Was kann ich für Sie tun?«

»Kirschen hier. Ihre Tochter ist gerade zusammengebrochen. Sie ist zwar wieder bei Bewusstsein, sieht aber sehr blass aus. Würden Sie bitte sofort kommen?«

»Was?« Katis Magen zieht sich schmerzhaft zusammen. »Greta ist zusammengebrochen?«, fragt sie verdattert.

»Ja, Sie sollten schleunigst herkommen.«

»Ich komme sofort«, stimmt Kati augenblicklich zu, dann legt sie auf.

Am liebsten würde sie direkt aufspringen, um zu ihrer Tochter zu fahren, doch ausgerechnet heute haben Betti und Frau Lauer frei. Herr Dr. Kirschen hat die Praxis längst verlassen. Frau Kirschen, die ebenfalls als Ärztin in dieser Praxis arbeitet, ist in einem wichtigen Gespräch, wobei sie keinesfalls gestört werden möchte. Was soll Kati jetzt tun? Völlig fertig sitzt sie auf dem Stuhl hinter der Anmeldung und versucht, nicht in Panik zu verfallen. Tief durchatmen.

Geplagt von den Sorgen um ihre Tochter, schickt sie die Patienten im Wartezimmer nach Hause, bittet sie aber, morgen früh erneut hereinzukommen. Gleich darauf rennt sie zu der Patientin in Behandlungszimmer Eins, die schon ohne Hose auf der Liege sitzt. Nein, auch das noch. Unmöglich kann Kati die neunzigjährige Frau heimschicken, sonst wird sie tierischen Ärger von ihren Vorgesetzten bekommen. Wenn sie gekündigt würde, stünden Greta und sie vor dem Nichts. Also nimmt Kati alles, was sie für die Wundversorgung braucht, beginnt mit zitternden Fingern, den Mull um das verletzte Bein zu legen.

»Junge Dame, die Frau Doktor sagte, da kommt ein Sälbchen drauf«, erinnert die Alte mit krächzender Stimme.

»Ja, natürlich. Verzeihung.« Kati rollt mit dem Stuhl zur Anrichte und öffnet die Karteikarte. In ihrer Hektik verschwimmen ihr die Buchstaben vor den Augen.

Nachdem sie die Patientin entlassen hat, lässt sie das Zimmer unaufgeräumt zurück und macht sich sofort auf den Weg. Ihr Herzschlag donnert ihr bis zum Hals, als sie die Straße zur Bushaltestelle entlang rennt. Hoffentlich geht es Greta gut.

Erneut schaut Kati auf die Uhr, als die Bushaltestelle langsam in Sichtweite rückt. Knapp eine halbe Stunde ist seit dem Anruf vergangen. Doch was sie dann sieht, raubt ihr den letzten Nerv: Der Bus kommt um die Ecke und fährt an der Haltestelle vorbei. Kati beschleunigt, rennt um ihr Leben, wedelt mit den Armen, um die Aufmerksamkeit des Fahrers zu gewinnen ... trotzdem bleibt sie ungesehen. Der Bus fährt weiter und der Nächste wird erst in einer Stunde kommen.

»Verdammte Scheiße!«, flucht sie aus Leibeskräften. Sie schaut gen Himmel, legt die Hände auf ihre Wangen. Eine einzelne Träne löst sich aus ihrem Augenwinkel. Das ist alles ein schlechter Scherz. Von so viel Pech kann man gar nicht verfolgt sein.

Um die Schule über ihr Zuspätkommen zu informieren, greift Kati in ihre Tasche, doch ihr Handy liegt nicht darin. Sie hat es in der Praxis gelassen. Flammende Wut mischt sich unter ihre Verzweiflung, während sie ihrem ersten Instinkt folgt und einfach losläuft. Greta geht es miserabel, natürlich möchte sie jetzt bei ihrer Tochter sein, um sie zu trösten.

In Arbeitskleidung und Birkenstocks läuft sie über die Saarbrücke, ihre Tasche baumelt im Rhythmus mit, sodass jeder ihrer Schritte erschwert wird. Aus der Ferne ist leises Sirenengeheul zu vernehmen. Die Vögel zwitschern unbeirrt ein Lied, während die Touristen auf dem Personenschiff unter ihr den Ausflug zur Saarschleife genießen.

Gedankenverloren, zudem voller Selbstzweifel, lässt sie ein Stück später die Eisenbahnunterführung hinter sich und überquert die Straße.

Ein Quietschen und Hupen reißt sie aus ihren Gedanken. Der Fahrer des Autos sitzt am Steuer, wedelt wild mit der Faust herum, bewegt seinen Mund wie ein Haifisch auf Beutejagd – barbarisch und stumm. Es ist still um Kati.

Bildfetzen aus vergangenen Tagen rasen vor ihrem inneren Auge entlang: Blut auf der zerschlagenen Frontscheibe, die gaffenden Leute, der leblose Körper am Boden, Gretas markerschütternder Schrei, der die Stille zerriss.

»Was hast du getan?«, polterte ihr Ehemann, der mit Greta auf der Rückbank saß.

Mit zitternden Händen öffnete sie die Tür und stieg aus. Vor ihrem Auto lag er, in einer Blutlache. Der Kopf war seitlich verdreht, die Augen standen schreckgeweitet offen und aus seinem Mundwinkel lief das Blut heraus, welches sich mit dem auf dem Boden vereinte.

Ich habe einen Menschen angefahren! Kati sank vor ihm auf die Knie. Ohne überlegen zu müssen, fanden ihre Hände die Mitte seines Brustkorbs, drückten mit all ihrem Gewicht darauf. Eins, zwei, drei, vier ... sie zählte bis dreißig, hob sein Kinn an, pustete Luft in seinen Mund. Wieder von vorn. Eins, zwei, drei ...

Tränen lösten sich aus ihren Augenwinkeln, als sie bemerkte, dass es nichts brachte. Er regte sich nicht mehr. Er war tot. Sie hatte ihn getötet!

Im Dunstkreis ihres Schocks bekam sie nicht mal mit, wie ihr Ehemann sie von ihm wegzog, wie Greta sich die Seele aus dem Leib schrie, wie sich die Rettungskräfte und Notärzte einfanden.

Erst eine Beruhigungsspritze konnte sie aus diesem Zustand befreien und ihr die harte Realität vor Augen führen. Ein sechsunddreißigjähriger Familienvater, ein gern gesehener Dorfbewohner Brunsbeks, ihrer alten Heimat. Er lief ihr vors Auto, sie hatte ihn überfahren. Sie hatte Steffen Richter getötet.

Öffentliche Anfeindungen folgten. Drohungen und Bloßstellungen musste sie über sich ergehen lassen. Sie verlor ihre Arbeitsstelle, weil die Patienten nicht mehr von einer Mörderin behandelt werden wollten. Ihr Telefon klingelte rund um die Uhr, doch statt mit ihr zu reden, wurde sie beschimpft. Sie durfte nicht zusammenbrechen, sie musste stark sein – stark für ihre Tochter, denn ihr Ehemann beschäftigte sich neuerdings lieber mit ihrer Nachbarin und auch er gab ihr die Schuld an dem Unfall.

Ganz Brunsbek denkt, Kati sei eine Mörderin. Und das ist sie. Sie hat ihn getötet, sie ist die Mörderin!

»Geht es Ihnen gut?«

»Was? Wie bitte?« Langsam hebt Kati den Kopf. Um sie herum formt sich die schwammige Umgebung wieder zu einem scharfen Bild. Der Zebrastreifen, die Autos, das alte Bahnhofsgebäude.

Neben ihr steht ein Mann, der sie am Ellenbogen festhält. Noch immer befindet sich Kati mitten auf der Fahrbahn und starrt das Auto an. Mit der Hand wischt sie über ihre nassen Wangen, in dem Versuch diese zu trocknen.

»Brauchen Sie Hilfe?«, fragt der Fremde.

»Nein, vielen Dank. Es geht mir gut.« Sie nickt ihm zu. Kurz darauf überquert sie mit zitternden Beinen die Straße. Ein erneuter Blick auf die Uhr lässt sie zusammenschrecken. Eine Stunde ist vergangen, seitdem Herr Kirschen angerufen hat. Mein Gott, ihre Tochter bricht zusammen, und anstatt bei ihr zu sein, vergeudet sie ihre Zeit, indem sie starr auf der Straße steht. Das ist das Allerletzte, sie ist das Allerletzte!

Die Schule ist bereits in Sichtweite, als sie ihr Tempo wiederholt beschleunigt. Schwer atmend betritt Kati das Schulgelände, aber sie hält nicht an, sondern steuert geradewegs auf den Eingang zu. Beherzt fasst sie nach dem Griff, will die Tür aufreißen, doch diese bewegt sich keinen Millimeter – sie ist abgeschlossen.

Was ist das denn jetzt? Kati eilt weiter, läuft um das Schulgebäude, um nach einem weiteren Eingang zu suchen. Wie eine Wahnsinnige ruckelt sie an der Tür, als würde sie sich dadurch öffnen. Sie tritt einige Schritte zurück, schaut die Schulfront empor und schreit aus Leibeskräften: »Greta!«

Es folgt keinerlei Reaktion. Das Schulgebäude ist verlassen. Wo ist Greta nur? Der Kirschen kann sie schlecht gehen gelassen haben. Hätte Kati nur ihr Handy dabei.

♥♥♥

»Greta? Bist du Zuhause? Charlotte?«, ruft Kati in der Wohnung, sobald sie die Wohnungstür öffnet. Niemand antwortet ihr. Hektisch durchsucht sie jeden Raum. Keiner ist da.

Tief durchatmen. Nicht die Hoffnung verlieren! Wenn jemand weiß, wo Greta sein kann, dann die Kirschens. Also muss sie schnell in die Praxis.

Als sie endlich dort ankommt und in ihrer Tasche nach dem Praxisschlüssel kramt, überkommt sie ein eisiger Schauer. Sie hat ihn gar nicht mitgenommen, er liegt hinter dem Tresen.

Kati sinkt zu Boden. Noch immer hat sie keinen blassen Schimmer, wo sich ihre Tochter aufhält und ob es ihr mittlerweile besser geht. Darüber hinaus wird es zudem Probleme mit ihren Chefs geben, denn Frau Kirschen hat inzwischen Feierabend gemacht. Mit Sicherheit fragt sie sich, warum ihre neue Sprechstundenhilfe Hals über Kopf abgehauen ist und ihr keine Nachricht hinterlassen hat. Hoffentlich wird das keine Konsequenzen haben, wenn doch, wäre Kati geliefert. Mit dem Rücken lehnt sie sich gegen die Wand neben dem Praxiseingang und sieht die Welt vor ihren Augen zusammenbrechen.

Ein Poltern lässt sie aufschrecken. Vom Flur geht eine zweite Tür ab ... dort wohnt Paul Kirschen!

V

Scheppernd landet der Alugusstopf, welcher Paul zuvor aus der Hand gerutscht ist, auf dem Boden. Weit holt er mit dem Fuß aus und tritt mit voller Wucht dagegen. Den Schmerz ignorierend, setzt er sich an seinen Küchentisch und legt den Kopf in seine Hände. Kochen kann er auch noch später.

Was für ein beschissener Tag. Gott bewahre, lass ihn diese Eisenhauer in die Finger bekommen! An ihr Handy ist sie nicht gegangen und in der Praxis war sie genauso wenig. Welch ein ignoranter Mensch. Man sollte ihr das Sorgerecht für ihre Tochter entziehen. Greta leidet, doch das ist Frau Eisenhauer anscheinend nicht wichtig genug. Wahrscheinlich lässt sie es sich gerade gut gehen, während er mit ihrem Kind ins Krankenhaus gefahren ist. Seine Wut auf Kati Eisenhauer schwillt immer mehr an. Er schwört sich hier und jetzt, den Vater des Mädchens einzuschalten, wenn nicht bald eine Besserung von ihrer Seite eintritt.

Gott sei Dank, hat er Charlotte Schmitt erreichen können. Greta hat ihm vor geraumer Zeit ein Schreiben mitgebracht, in dem sie ebenfalls als Notfallperson angegeben wurde. Paul kennt sie von ihrer gemeinsamen Schulzeit auf dem Gymnasium und weiß, dass Greta bei ihr gut aufgehoben ist – sie ist Arzthelferin und versteht etwas von ihrem Fach. Dennoch, in solchen Situationen braucht ein Kind seine Mutter. Für Frau Eisenhauers Handeln gibt es keine Entschuldigung.

Das Schellen der Klingel reißt ihn aus seinen Gedanken. Das wird seine Mutter sein. Sie besucht ihn öfter um die Mittagszeit, weil sie denkt, dass er ohne seine Ex nicht mehr lebensfähig sei. Anders kann er sich die unzähligen Besuche, die es vorher in diesem Maße niemals gab, keineswegs erklären.

Heute hat er keine Lust auf Gesellschaft, schon gar nicht auf unangekündigte Besuche seiner Mutter. Er möchte seine Ruhe haben, am besten wird er das direkt klarstellen. Mit Schwung öffnet er die Tür und erstarrt. Kati Eisenhauer.

Ihr Kopf ist hochrot, ihre Haare sind zerzaust und ihre Arbeitskleidung völlig durchgeschwitzt. »Wo ist Greta?« Ihre Stimme zittert ängstlich.

»Interessiert Sie das wirklich, Frau Eisenhauer?«

Die Kiefer aufeinanderpressend, kämpft sie mit aller Macht um ihre Haltung, während Paul provokant die Augenbrauen hochzieht. In einem gefühlskalten Tonfall hakt er erneut nach: »Was ist nun?«

Die Eisenhauer zuckt zusammen. Wer so viel Egoismus an den Tag legt, hat es nicht verdient, besser behandelt zu werden. Ihre Augen sind glasig, während sie seinen Blick streng erwidert und wiederholt tief ein- und ausatmet. Die erste Träne läuft ihr über die Wange. Noch immer sagt sie nichts, starrt ihm stattdessen beständig in die Augen. Ihr Blick und ihre Haltung kommen einem stillen Hilferuf gleich. Die Verzweiflung spricht aus ihr, obwohl sie schweigend vor ihm steht.

Er ist stinksauer, doch bei diesem Anblick entflammt tief in seinem Herzen ein kleiner Funken Mitleid. Die Frau, die vor ihm steht, ist geprägt von Kummer und Sorge, dennoch hat sie den Mumm, ihm in die Augen zu schauen. Solche Charaktereigenschaften schätzt Paul sehr. So weiß er jetzt schon, dass er folgende Entscheidung bereuen wird. »Kommen Sie rein.«

Nachdem sie zögernd eingetreten ist, schließt er die Tür und geht mit ihr gemeinsam in die Küche. Er fordert sie auf, am Esstisch Platz zu nehmen. Nicht in der Lage, auch nur ein Wort zu sagen, versucht sie sich unentwegt die Tränenflut wegzuwischen. Die Küchenrolle stellt er mitten auf den Tisch, reißt Kati ein Stück ab und reicht es ihr. Wartend setzt er sich ihr gegenüber. Von einem Weinkrampf wird ihr zierlicher Körper durchgeschüttelt, während sie einige Male bitterlich aufschluchzt.

»Wo ist s... sie?«, presst sie schluchzend hervor.

»Charlotte kam sie vom Krankenhaus abholen. Sie müssten inzwischen Zuhause sein.«

»Go... Gott sei Dank. Wie ge... geht es ihr?« Ihre Stimme versagt abermals. Paul muss sich unheimlich anstrengen, Katis abgehackten, dennoch erleichterten Wortfetzen zu verstehen.

»Es geht ihr wieder gut. Sie hatte einen Kreislaufkollaps.«

Eine halbe Küchenrolle und fünf Minuten später, hält ihn nichts mehr auf seinem Platz. Er kann nicht länger zusehen, wie sie hier in seiner Küche, an seinem Esstisch einen Zusammenbruch erleidet. So setzt Paul sich neben sie, um tröstend eine Hand auf ihren Rücken zu legen. Irgendwann scheint Kati sich ein wenig zu fangen, doch ihre hektische Atmung normalisiert sich nur langsam.

»Geht es wieder?«

»Ja«, haucht sie kaum hörbar und schluchzt erneut auf.

»Scht ... tief durchatmen.« Tröstend streichelt er Kati über die Schulter.

Nachdem sie ein paar Mal beruhigend Luft geholt hat, klärt sich ihr Blick. »Entschuldigen Sie bitte, ich habe gerade ein bisschen die Fassung verloren.«

»Ein bisschen ist gut. Einen Zusammenbruch erlitten, trifft es eher«, verdeutlicht er zwinkernd. »Möchten Sie mir etwas erzählen?«

Schwer schluckt sie, der nächste Tränensturzbach hat sich schon angekündigt. Während Kati nervös an der Küchenrolle in ihrer Hand zupft, beginnt sie leise zu sprechen. »Ich hatte solche Angst um Greta, sodass ich völlig kopflos losgelaufen bin und das schiere Chaos verursacht habe.«

Sie sieht ihn aus verweinten Augen und mit leuchtend roter Nase an. Dann überbringt sie die unglücklichen Ereignisse des Mittags. Wiederholt wischt sie sich Tränen aus dem Gesicht und wimmert auf.

Paul kann nicht fassen, was er hört. Nachdenklich stützt er einen Ellenbogen auf dem Tisch ab und tippt mit dem Zeigefinger immerzu an seine Wange. Wenn das alles wahr ist, wie Kati es ihm schildert, ist er zu Unrecht auf sie sauer. Einerseits ist ihm im Augenblick danach loszuprusten, andererseits würde er sie gerne anschreien. Doch das würde niemanden in dieser grotesken Situation weiterbringen. Letztendlich ist sein Mitgefühl am stärksten, denn plötzlich, ohne nachzudenken, zieht er sie in eine Umarmung. Er greift mit den Fingern in ihre Lockenmähne und streichelt besänftigend über ihre Kopfhaut. Anstatt sich zu beruhigen, verliert sie erneut die Fassung und schüttelt sich in einem nochmaligen Weinkrampf.

Paul ist geschockt. Es geht ihm durch Mark und Bein, sie so gebrochen zu sehen. Irgendetwas stimmt nicht mit ihr. Er zieht sie mit dem anderen Arm enger an sich heran, sodass er sie fest an sich drücken kann. In einem stetigen Rhythmus wiegt er sie vor und zurück, flüstert immer wieder tröstend auf sie ein. »Scht, alles wird gut …«

»Nichts wird mehr gut werden!«, krächzt Kati gegen seine Schulter.

»Was ist nur los?«, fordert er sie auf. »Erkläre es mir!«

»Das ist nicht so einfach.« Kati bleibt in seinen Armen liegen.

Jetzt reicht es Paul aber. »Dann musst du halt über deinen Schatten springen!«, blafft er sie an.

Eines ist klar, Kati verbirgt etwas vor ihm, das ist ihm nicht entgangen. Allerdings ist ihm schleierhaft, warum er schlagartig allergisch auf diese Geheimnistuereien reagiert. Das sollte ihm eigentlich egal sein, stattdessen muss sich Paul extrem zusammenreißen, dass er sie nicht anbrüllt. Sanft ermutigt er sie noch einmal. »Du schaffst das!« Er schiebt sie ein Stück von sich, sodass er ihr in die Augen blicken kann.

Kati ist anzusehen, dass sie am liebsten sofort aufspringen würde, um der Situation zu entfliehen.

»Hiergeblieben.« An den Armen festhaltend, drückt Paul sie zurück auf den Stuhl. Wenn er ihr helfen soll, muss sie ihm alles erzählen. Das ist zwar hart, nichtsdestotrotz duldet er keine Lügen. »Warum seid ihr Hals über Kopf aus Brunsbek geflohen? Du siehst doch selbst: Greta ist unglücklich. Sie ist nicht freiwillig hier.«

Abwechselnd wirft Kati einen Blick auf die Küchentür und auf Paul. Dann sinkt ihr Körper zurück in den Stuhl, als hätte sie einen Entschluss gefasst. Endlich beginnt sie zu sprechen. »Wir mussten aus Brunsbek weg, weil mein Mann mich mit unserer Nachbarin betrogen hat. Greta und ich mussten ziemlich viel Spott über uns ergehen lassen, deswegen habe ich entschieden, dass es besser ist, woanders einen Neustart zu wagen.« Beschämt legt sie eine Hand schützend über ihre Augen.

Kati wurde ebenso wie Paul hintergangen. Ihr Mann zog es gleichermaßen ins Nachbarhaus. Nun muss er ein paar Mal tief durchatmen. Mit allem hat er gerechnet, nur nicht damit. Er wird Kati und Greta helfen, komme was wolle!

»Jetzt habe ich auch noch deine Eltern verärgert, weil ich heute Mittag die Praxis verlassen habe, ohne mich abzumelden. Zwei Patienten habe ich heimgeschickt und die Dritte nur notdürftig behandelt.« Ihre Tränenflut ist versiegt, ein Ausdruck des Schmerzes liegt auf ihrem Gesicht. »Hoffentlich werde ich nicht gekündigt. Ich brauche diesen Job, um Greta versorgen zu können. Wenn Markus herausbekommt, dass es Greta nicht gut geht, wird er seine Drohung wahr machen und mir das Sorgerecht entziehen. Ich habe solche Angst, zu scheitern. Greta ist alles, was ich habe.«

Wortlos hebt er mit einem Finger Katis Kinn an, zwingt sie mit dieser Geste, ihn anzuschauen. Mit Besorgnis betrachtet er sie.

»Alles wird gut!«, flüstert er. Drei Wörter, die er bedächtiger nicht aussprechen könnte. Doch er sieht, dass sie ihm immer noch keinerlei Glauben schenkt. »Hey, bleib bei mir, nicht wieder wegschauen.« Erneut greift er beherzt unter ihr Kinn. »Ich kläre das mit meinen Eltern. Mach dir keine Sorgen, okay?«

Kurz überlegt er stillschweigend. »Dein Ex-Mann muss ja nichts davon erfahren. Das nächste Mal rufst du mich an, bevor du völlig deinen Kopf verlierst.« Liebevoll lächelnd legt er sanft seine Hand auf Katis Wange, umgehend schmiegt sie sich gegen seine starken Finger.

»Mein Handy ... es ist in der Praxis«, äußert sie leise. »Daher konnte ich die Schule nicht über mein Zuspätkommen informieren. Als ich vorhin vor der Praxis stand, fiel mir auf, dass ich den Schlüssel gar nicht mitgenommen habe. Der liegt ebenfalls in der Praxis.« Einen Moment lang schweigt sie. »Meine Nerven haben versagt. Es tut mir so leid!«

»Komm, wir holen deine Sachen. Danach gehen wir zu meinen Eltern.« Paul rückt die Stühle an den Tisch zurück, packt die Gelegenheit beim Schopfe und spricht sie auf sein Anliegen von neulich an. »Hast du dir überlegt, ob du deine Arbeitszeit anpassen möchtest? Jetzt wäre ein günstiger Augenblick, das anzusprechen.«

»Ich glaube, dass gerade ein recht ungünstiger Zeitpunkt ist«, antwortet Kati viel zu schnell.

Skeptisch schaut er sie an. »Soso, das war ja klar. Tust du mir einen Gefallen?«

Kati nickt.

»Sagst du mir bitte, was das Bild von Greta zu bedeuten hatte?«

»Ich sollte jetzt unbedingt nach ihr schauen. Vielen Dank für deine ... ähm, Schulter und die netten Worte.« Schnurstracks macht sie sich auf den Weg zum Ausgang der Wohnung, doch bevor sie die Tür erreichen kann, hält er sie zurück.

»Moment!« Er dreht sie um, sodass sie mit dem Rücken an der Wand lehnt und zu ihm aufschaut. Dann überkreuzt er die Arme vor sich, wartet stumm auf eine Antwort. Erneut gibt Kati ihrem Fluchtinstinkt nach, dreht sich um und greift die Klinke. Doch dieses Mal ist Paul nicht so nachsichtig, er keilt sie zwischen seinem Körper und der Wand ein.

»Du verhältst dich gerade sehr auffällig, das muss ich dir wohl kaum sagen. Was verheimlichst du mir?«, hakt er leise nach.

Ihr Kehlkopf bewegt sich hektisch, während die pochende Ader an ihrem Hals zeigt, wie ihr Blut in Höchstgeschwindigkeit durch den Körper jagt.

»Das Bild entsprang ihrer Fantasie. Das sagte ich bereits. Alles andere bildest du dir ein.« Immerfort schaut sie zur Seite, möchte dem konfrontierenden Blick entkommen. Er hat sie gerade getröstet, war für sie da, hat ihr großzügig seine Hilfe angeboten und was macht sie? Sie lügt ihn an.

»Bitte, Paul! Ich möchte mein Handy holen, damit ich Greta anrufen kann. Ich muss sie jetzt einfach hören und wissen, dass es ihr gut geht.« Paul ficht innerlich einen Kampf aus. Irgendetwas verschweigt sie ihm, schreit sein Instinkt. Aber warum sollte sie das tun, fragt seine Vernunft. Vielleicht kann er sich auch nicht mehr auf sein Gespür verlassen, seitdem er von Jessi betrogen wurde – seitdem er von einer Frau, der er so nahestand, belogen wurde. Womöglich ist er deswegen sehr skeptisch.

Paul spricht sich Mut zu. Nicht hinter jeder Person steckt ein Verräter. Das muss er sich vor Augen halten, sonst wird er nie wieder irgendjemandem vertrauen können.

»Okay!«, sagt er bloß. Sein Blick verweilt auf Katis Gesicht. Nachdenklich betrachtet er ihre Augen. Ihre Pupillen sind von einem satten Braun umgeben und die langen Wimpern lassen kleine Schatten auf ihre Wangenknochen fallen. Ehe er sich versieht, schubst er sich von der Wand ab, um sie freizugeben. Mach keine Dummheiten, befiehlt er sich im Stillen.

Nachdem sie Katis Sachen aus der Praxis geholt haben, gehen sie schweigend eine Etage höher. Paul klingelt zweimal ganz schnell hintereinander, bevor er mit dem Schlüssel die Tür zur Wohnung seiner Eltern öffnet.

Während Kati mit Pauls Eltern spricht, schweifen seine Gedanken ab. Zu gerne würde er Kati und Greta helfen, alleine schon, weil er einen Narren an der Kleinen gefressen hat. Wie sie heute Mittag auf der Krankenliege dalag. Sie sah traurig und schlecht aus. Ihr ging es überhaupt nicht gut. Erst nach der Infusion hat sich ihre körperliche Haltung etwas entspannt. Jetzt, da er um Katis Versuch weiß, zu ihrer Tochter zu gelangen, ist seine Wut auf die junge Mutter verraucht. Dennoch nimmt er sich fest vor, sie weiterhin im Auge zu behalten.

»… das nächste Mal kommst du bitte in mein Behandlungszimmer, Kati. Wenn ich nicht gestört werden will, meine ich damit, dass ich keine unwichtigen Anrufe durchgestellt bekommen möchte. Ein Notfall dieser Art gehört definitiv zu der Ausnahme.«

»Es tut mir leid. In Zukunft halte ich mich daran.«

»Paul?«, spricht seine Mutter ihn an.

»Hm?« Verdutzt schaut er zu ihr.

»Geht es dir gut?«, hakt sie besorgt nach.

Anjas Blick folgend stellt er fest, dass sie sein feuchtes T-Shirt betrachtet, welches von Katis Tränen durchnässt ist, dann ihr verweintes Gesicht beäugt. Nichts kann man vor ihr verbergen. Das war ja klar. »Alles okay, Mama.«

VI

Frische Luft, Bewegung … herrlich. Stück für Stück vertreibt er den Stress aus seiner Seele, indem er die kühle Atemluft in seine Lungen einsaugt, als er auf dem Radweg die Saar entlangläuft. Das tut ihm gut.

»Hallo, Paul«, grüßt ihn jemand.

Kati. Sie ist noch ein Stück weit von ihm entfernt, doch der Abstand zwischen den beiden verringert sich schnell, sodass sie Sekunden später voreinander stehen.

»Hi, so früh schon unterwegs?«

»Ja, ich laufe jeden Morgen so früh. Das ist das einzige Ritual, welches ich aus Brunsbek beibehalten habe.« Ein Lächeln schleicht sich auf ihr verschwitztes Gesicht. Die Erkenntnis, dass sie eine wirklich hübsche Frau ist, überrascht ihn nicht mehr.

»Dann werden wir uns in Zukunft häufiger hier treffen. Das ist auch meine neue Laufstrecke.«

»Deine neue Laufstrecke?«, hinterfragt sie interessiert.

»Ja, richtig. Ich war seit der Trennung von meiner Ex etwas träge. Da ich umgezogen bin, fällt die alte Strecke sowieso flach.« Er fragt sich ernsthaft, warum zum Henker er ihr das alles erzählt? Für gewöhnlich geht er ungern mit seinen Problemen hausieren, hört sich allerdings schon sprechen. »Wir hatten ebenso ein Nachbarhaus … und einen Nachbarn, wenn du verstehst.« Was redet er hier bloß für einen Unsinn?

»Oh mein Gott, das tut mir so leid.« Ihre Stimme klingt brüchig und in ihren Augen kann er wahre Bestürzung erkennen. Sie legt sich eine Hand aufs Herz, dass sie gerade in diesem Moment mit ihm leidet, ist kaum zu verkennen.

»Bei mir ist alles okay. Ich muss jetzt los, sonst komme ich zu spät zum Unterricht. Wir sehen uns.« Bevor er aber loslaufen kann, tritt Kati einen Schritt auf ihn zu. Völlig unerwartet legt sie ihre Hand auf seine Schulter, stellt sich auf die Zehenspitzen und schlingt den anderen Arm um seinen Hals.

»Danke, für deinen Beistand gestern. Kopf hoch, Paul«, murmelt sie, wobei sie ihm einen Kuss auf die Wange drückt. Direkt danach läuft sie davon.

Ähm ... verdattert benötigt Paul eine Sekunde, um durchzuatmen. Sein Herzkreislaufsystem reguliert sich nur schleppend, denn sein Blut sammelt sich gerade an einer anderen Stelle seines Körpers. Ihre Lippen auf seiner Wange zu spüren, hat in ihm irgendetwas losgelöst. Der Duft, der ihm gestern längst aufgefallen ist, hängt ihm immer noch in der Nase und lässt ihn grinsend zurück.

Mensch, welche Gedanken hegst du hier? Kati ist die Mutter einer Schülerin, reiß dich ein bisschen am Riemen, oder besser nicht am Riemen. Diese Frau bringt ihn mit ihrer Art ganz durcheinander. Da steht er nun alleine auf dem Radweg und muss über sich selbst lachen. Nichts wie weg, bevor ihm irgendjemand dabei zusieht, wie er sich zum Narren macht.

Als er endlich einen Parkplatz bei der Schule gefunden hat, macht er sich auf direktem Weg ins Lehrerzimmer. Jetzt braucht er unbedingt seinen Kaffee, den er heute früh schon nicht trinken konnte. Während Paul die Klinke noch in der Hand hält, kommt Liza bereits mit tief gefurchter Stirn auf ihn zugelaufen. »Alles klar?«, fragt er besorgt. Er bekommt keine Antwort. Sie greift lediglich nach seinem Arm und zieht ihn hinter sich her. »Was ist los? Geht's dir nicht gut?«, will er abermals wissen, wohingegen Liza sich in ihrer Mission keineswegs beirren lässt. Seinen Arm im Klammergriff gefangen, folgt er ihr wortlos zu den Toiletten.

Eine Kollegin steuert ebenfalls die sanitären Anlagen an, so gibt Liza noch etwas mehr Gas. »Wir müssen jetzt hier rein«, faucht sie die Kollegin an.

»Was macht ihr bitte zu zweit auf dem Klo?«, will diese sogleich wissen.

»Nach was sieht es denn aus?«, zischt seine verrückte Freundin, während sie die Tür schließt.

»Mensch, kannst du mir mal sagen, was in dich gefahren ist, Liza Schuster? Du verhältst dich wie eine hormongesteuerte Wollsau!«, empört sich Paul, als er sich endlich aus ihrem Griff befreien kann.

An der Tür ruckelt es, die Kollegin scheint nicht kampflos aufzugeben. »Such dir eine andere Toilette!«, rufen beide gleichzeitig.

»Und jetzt zu dir, lieber Herr Kirschen! Wo warst du?«

In Pauls Kopf schwirren ausschließlich Fragezeichen. Er hat keinen blassen Schimmer, wovon zum Teufel sie spricht. »Wann soll ich wo gewesen sein? Komm zum Punkt, der Unterricht beginnt gleich.« So langsam wird er sauer. Wenn das so weiter geht, ist sein Kaffee im Lehrerzimmer für heute Morgen auch schon Geschichte.

»Du bist über zehn Minuten zu spät. Ohne krank zu sein, worüber du mich normalerweise informierst. Eine Sondergenehmigung vom Direx hattest du schließlich nicht, es hing kein Zettel am Stundenplan. Du bist sonst nie zu spät! Wenn du die Zeit deines Zuspätkommens der letzten drei Jahre addierst, bekommst du kaum ein paar Minuten zusammen. Ich habe mir

Sorgen gemacht, verdammt!« Aufgebracht fächert sie sich mit ihren Händen Luft zu und schnauft, als wäre sie gerade einen Marathon gelaufen.

Daher weht also der Wind. Paul fängt an zu begreifen, während er in Lizas Blick echte Besorgnis erkennen kann. »Hey, bei mir ist alles in Ordnung!« Er zieht sie in seine Arme und drückt sie an sich. »Ich war joggen und habe unterwegs noch jemanden getroffen. Wir haben uns ein bisschen verquatscht. Das war es schon.«

Kumpelmäßig klopft Liza ihm auf die Schulter, löst sich aus der Umarmung und mustert ihn hochinteressiert. »Aha. Wen hast du denn so früh getroffen?«

Meine Güte. Jens kann einem momentan wirklich leidtun. Die Schwangerschaftshormone scheinen Liza ganz verrückt zu machen. »Wann kommt das Baby eigentlich zur Welt?«, will er aus reinem Selbstschutz wissen.

»Psst, die Olle lauscht bestimmt an der Tür.«

»Du musst es eh bald öffentlich kundtun, du verhältst dich nicht gerade unauffällig.«

Das Klingeln seines Handys erlöst ihn aus dieser ausweglosen Situation mit der unzurechnungsfähigen Frau an seiner Seite. Auf dem Bildschirm leuchtet der Namen seiner Ex auf. Oh Mann, dann doch lieber eine besorgte Liza. »Kirschen?«, meldet er sich.

»Wo warst du gestern?«

»Ich wüsste zwar nicht, was dich das angeht, aber mir kam ein Notfall dazwischen. Ich hole die Sachen heute Mittag ab.«

Ein bitteres Lachen ertönt. »Dein Kram steht schon auf der Straße. Du kannst es also holen kommen, wann immer du möchtest. Kleiner Tipp: Für heute Abend sind schwere Gewitter vorhergesagt. Ich habe dich gewarnt, Paul.«

»Das ist nicht dein Ernst. Mensch, was ist nur mit dir los, ich erkenne dich kaum wieder«, zischt er zwischen den Zähnen hindurch. Sie kann doch nicht einfach sein Hab und Gut vor die Tür stellen.

»Das ist mein Ernst. Leb wohl!«

Das ist keinesfalls die Frau, die er zehn Jahre lang abgöttisch geliebt hat. Er versteht die Welt nicht mehr. Das Handy lässt er sinken und lehnt den Kopf gegen die Wand. Verzweifelt legt er sich die Hand auf sein Haar.

»Was ist? Wer war das?« Liza verschränkt die Arme vor ihrer Brust.

»Verdammt! Das war Jessi. Ich sollte meine Sachen gestern bei ihr abholen, hab´s jedoch vergessen. Jetzt steht alles auf der Straße. Die ist nicht ordentlich im Kopf! Wie soll ich die Sachen wegholen? Meine Schüler warten auf mich, das weiß sie ganz genau.« Die Hände zu Fäusten geballt, starrt er mit vor Zorn verzerrtem Gesicht zur Decke.

»Ich mach das! Viertel vor neun habe ich eine Freistunde, dann fahr ich, die Sachen holen«, bietet Liza sofort an.

Paul richtet den Blick auf sie. Das ist einer der Momente, der ihm genau vor Augen führt, warum er mit dieser verrückten Freundin noch nicht vollends durchgedreht ist. Sie hat das Herz am rechten Fleck. Ohne Wenn und Aber steht sie für ihre Freunde ein. »Ruf mich an, wenn Jessi Ärger machen sollte.« Er drückt seine Freundin an sich. »Ich danke dir!«

Halb zehn, mitten im Unterricht, klingelt sein Handy. Liza.

Zwar kann Liza durchgeknallt sein, dennoch ist sie eine verantwortungsvolle Person – pünktlich, zuverlässig und gewissenhaft. Niemals würde sie einfach so den Unterricht stören. Wenn Liza anruft, ist was passiert.

Unverzüglich nimmt Paul das Gespräch an. Dass seine Schüler ihn dabei beobachten können, er sich somit seine Vorbildfunktion an den Hut schmieren kann, ist ihm einerlei. »Was ist passiert?«

»Deine Ex ist völlig wahnsinnig. Die hat hier die ganze Straße zusammengeschrien. Uah...« Ein schmerzverzerrter Laut unterbricht ihren Redefluss.

»Alles okay bei dir?« Keine Antwort, nur ein weiterer Schrei. »Was ist los? Liza, sprich mit mir!« Panisch springt er auf und ist bereits auf dem Weg zum Lehrerzimmer, um eine Vertretung für seine Klasse zu ordern. Das Handy hat er auf Lautsprecher gestellt, um sie beim Rennen durch die Flure trotzdem hören zu können. Ihr Wimmern beschert ihm Gänsehaut. Wenn Liza und dem Baby etwas zustoßen sollte, würde er im Leben nicht mehr froh werden.

»Jetzt geht es wieder«, meldet sie sich endlich zu Wort. »Ich hab Krämpfe im Bauch. Jens ist jeden Moment da, ich habe ihn vorhin schon angerufen.«

»Ich bin gleich bei dir!« Damit beendet er das Gespräch. Verdammter Mist, warum hat er ausgerechnet seine schwangere Freundin zu der Verrückten gelassen?

Auf dem Parkplatz angekommen, stürzt er in sein Auto und düst nach Ayl. Innerhalb ein paar Minuten sieht er Lizas Auto auf der Straße, seiner damaligen Wohnung, und stellt sich in die Parklücke dahinter. Hinter dem Steuer sitzend, signalisiert sie ihm winkend, dass alles nur halb so wild sei. Jens, Lizas Mann, steht in der offenen Autotür, um ihr herauszuhelfen. Auch wenn Liza hart im Nehmen ist, sollte sie in diesem Zustand besser kein Auto fahren.

»In mein Auto. Ich bringe euch ins Krankenhaus!«, ordnet Paul an und öffnet ihnen die hintere Tür seines Wagens. Er hat die beiden in diese Lage gebracht, also wird er dafür sorgen, dass es ihnen und dem ungeborenen Kind gut geht!

Als er selbst einsteigen will, wird das Fenster seiner alten Wohnung geöffnet, Jessi schaut raus. »Verschwindet! Wehe, wenn das Auto vor meinem Haus bleibt. Ich lass es abschleppen.«

Paul hätte nie für möglich gehalten, dass er so viel Hass für einen Menschen, den er mal liebte, empfinden kann. »*Das* ist nicht dein Haus und *das* ist der Bürgersteig der Ortsgemeinde. Halt den Ball flach!«, knurrt er mit einer Verachtung in der Stimme, die alle Beteiligten verstummen lässt. Dann kümmert er sich um die wirklich wichtigen Dinge im Leben, bringt seine Freundin samt Gatten und ungeborenem Baby ins Saarburger Krankenhaus.

Am Nachmittag röhrt Campino aus den Boxen seiner Musikanlage, während er die restlichen Kisten ausräumt. Mit Liza ist alles in Ordnung. Sie hat sich schlichtweg zu sehr aufgeregt und muss sich ein paar Tage ausruhen. Nachdem sich Jens um seine Frau gekümmert hat, sind Paul und er zusammen zurück nach Ayl gefahren, um Lizas Auto zu holen.

Einen weiteren Karton mit Büchern schleppt er in sein Büro, stellt sie auf den Schreibtisch. Er öffnet den Karton. Ganz oben drauf liegt das Fotoalbum von Jessi. Sie hat ihm tatsächlich ihr Fotoalbum überlassen, wahrscheinlich möchte sie alle Erinnerungen an ihre gemeinsame Zeit auslöschen. Er lässt sich auf dem Stuhl vor seinem Schreibtisch nieder und öffnet das Album. Obwohl er sich mittlerweile mit seinem Schicksal, hintergangen worden zu sein, abgefunden hat, plagt ihn ein ungutes Gefühl, als er die Bilder des Albums betrachtet.

Ein Bild fällt zwischen den Seiten heraus. Pauls Lieblingsfoto. Es hing in der Küche über dem Sideboard. Vor neun Jahren wurde es im Urlaub aufgenommen. Jessi sitzt auf dem Teppich, an die Couch gelehnt, er liegt mit dem Kopf auf ihrem Schoß. Beide verziehen das Gesicht zu einer schrägen Fratze, weil sie sich über irgendetwas kaputtlachen.

Dieses Bild war das Sinnbild für ihre Beziehung. Sie waren glücklich, fröhlich und frei. Gut, vielleicht sollte er sich eingestehen, dass irgendetwas nicht ganz so rosarot war, zumindest in den letzten Monaten. Denn sonst hätte Jessi ihn nicht vier Monate lang betrogen. Er reibt sich mit beiden Händen übers Gesicht und verharrt einen Moment in dieser Position. Jessi ist Vergangenheit!

»Was ist los?« Paul schreckt zusammen. Gottverdammter! Sein Bruder steht im Türrahmen, schaut besorgt auf ihn herab.

»Ich würde es gerne einmal erleben, dass meine Familie auf legale Art und Weise meine Wohnung betritt. Es gibt eine Klingel!«, faucht Paul.

»Ich habe zweimal geklingelt. Allerdings hast du deine Deprimucke so laut, dass du deine Klingel nicht hörst«, kontert Tom, ohne mit der Wimper zu zucken. »Außerdem stand deine Terrassentür auf!« Ganz klar, ein Fall von logischer Schlussfolgerung. Unfassbar!

»Natürlich! Was willst du?« Er muss sich unbedingt etwas einfallen lassen, damit dieses Drama ein Ende nimmt. Seitdem er von Jessi getrennt ist, denkt wohl jeder, dass er nicht alleine zurechtkommt. Was selbstverständlich einer Aufforderung gleich kommt, seine Wohnung frei zu betreten. Obwohl Paul seine

Familie über alles liebt, an manchen Tagen wünscht er sie sich jedoch auf den Mond.

»Wir bekommen gleich Besuch. Ich dachte, du möchtest dazustoßen.«

»Mal sehen«, antwortet er knapp.

Tom schaut ihn nachdenklich an, nimmt ihm nach einigen Sekunden das Bild aus der Hand, steckt es ins Album und stellt es wie selbstverständlich oben aufs Regal. »Ablenkung würde dir guttun!«

Wortlos schaut er seinem Bruder bei dessen Handeln zu. Ihm ist wirklich nicht nach Gesellschaft! »Mal sehen, habe ich gesagt!«, gibt er bockig zur Antwort.

Tom dreht sich zu ihm um und verschränkt die Arme vor seiner Brust. »Komm schon, Mann. Kati wird auch kommen. Mama hat erzählt ...«

»Lass stecken!« Paul hebt seine Hände, um seinen Bruder in seinem Redefluss zu bremsen. »Ich will es erst gar nicht hören. Ich muss jetzt hier weiterarbeiten, sorry!«

Murrend akzeptiert Tom den Rausschmiss. Zum Abschied klopft er zweimal lässig gegen die Zimmertür, bevor er die Wohnung verlässt.

Kati lehnt sich zurück in die Wiese und genießt die sanften Sonnenstrahlen, die zwischen den Schäfchenwolken hindurchscheinen. Die Mädels jagen auf dem Rasen hinter Bettis und Toms Haus dem Fußball hinterher. Schon lange sah Greta nicht mehr so entspannt und frei aus wie in diesem Moment. Als Kati die Augen schließen will, vibriert das Handy in ihrer Hosentasche. Das Display zeigt Markus` Nummer an. Sofort jagt ihr ein kalter Schauer über den Rücken und ihre Hände fangen an zu zittern. Nachdem Markus gedroht hat, um Gretas Sorgerecht zu kämpfen, ruft er fast täglich an.

»Gib mir Greta!«, blafft ihr Ehemann durch das Telefon.

»Sie spielt gerade mit ihrer Freundin. Sie ruft dich heute Abend zurück. Ich verspreche es dir!«, bettelt Kati.

»Vergiss es. Ich möchte jetzt mit Greta sprechen. Sofort!«

Sie hält sich den Hörer ein Stück vom Ohr weg. Nicht, dass ihr Trommelfell Schäden zurückbehält. Am liebsten würde sie Markus ebenfalls anschreien, doch sie hat einfach viel zu viel Angst, auch noch Greta zu verlieren. Deswegen steht sie auf und ruft ihre Tochter zu sich. »Greta? Dein Vater möchte mit dir sprechen.«

»Ich hab jetzt gerade keine Zeit«, protestiert ihre Tochter und schießt zwischen die zwei Kirschbäume am Rande der Wiese. »Yeah, Tor!«, jubelt sie.

»Komm bitte ans Telefon, danach kannst du weiterspielen«, beharrt Kati. Motzend läuft Greta zu ihrer Mutter, greift nach dem Handy und redet ein paar Worte mit ihrem Vater.

Kati atmet tief durch. Geschafft! Nachdem Greta ihr das Handy zurückgegeben hat, verstaut sie es in der Tasche und begegnet Bettis Blick, die schweigend, das Ganze skeptisch beobachtend, neben ihr sitzt. Unsicher senkt Kati ihren Kopf. Was hat ihre Arbeitskollegin aufgeschnappt? Weil Kati sich gerade unwohl fühlt, springt sie spontan auf die Beine, um die Mädels aufzumischen, vor allem aber, um der Situation zu entfliehen.

Außer Puste und lachend, kommt sie einige Zeit später zurück und lässt sich wieder neben Betti nieder.

»Na? Bereit für einen Kaffeenachschub?« Betti hebt ihre einjährige Tochter auf den Arm. Kaum nickt Kati bestätigend, steht ihre Arbeitskollegin auf und betritt über die Terrasse ihr Haus, welches hinter der Villa der Praxis liegt.

Indes lässt sich Kati zurück in die Wiese fallen. Als sie so daliegt, in den Himmel starrt, überkommt sie eine bleierne Schwere. Die Situation mit Markus schlaucht immens. Wie konnte es nur so weit kommen? Er setzt sie so unter Druck, dass sie immer wieder mit der Angst, ihr eigenes Kind zu verlieren, konfrontiert wird. Und das ist ja noch nicht alles. Greta hat Probleme in der Schule, außerdem isst sie nicht richtig. Zwar ist sie nicht abgemagert, dennoch war ihr Kreislaufkollaps darauf zurückzuführen, dass sie an diesem Tag unterzuckert war.

Zum Schutz vor der Sonne legt Kati den Arm über ihr Gesicht. Mit einem Mal wird sie ganz ruhig. Als würde sich ihr Körper nach dieser Ruhe sehnen, sich jetzt ebendiese in der beruhigenden Wärme der Sonnenstrahlen einfordern. Zu wissen, dass Greta Spaß hat, lässt sie für einen kurzen Augenblick, ihre negativen Gedanken in den Hintergrund verdrängen.

Zwei braune Augen tauchen vor ihrem Inneren auf und lassen sie an die dazugehörige Person denken – Paul. Sie muss sich eingestehen, dass ihr der Trost, den sie von ihm bekommen hat, wirklich guttat. Er ist nett, einfühlsam, hat ihr zugehört, zudem war er einfach für sie da. Ein leichtes Flattern breitet sich in ihrer Magengegend aus, während sie seinen Duft wahrnimmt, als würde er wahrhaftig vor ihr stehen. Tief atmet sie ein. Dabei stellt sie sich den dunkelbraunen Lockenkopf mit seinem Bartschatten vor, seine hübschen Augen und seinen großen sportlichen Körper. Ein Lächeln stiehlt sich auf ihre Lippen, wenig später werden ihre Wangen bereits von einer zarten Röte überzogen. Was würde sie jetzt dafür geben, an seiner Schulter zu lehnen und seine Hand auf ihrem Rücken zu spüren.

»Wer so hübsch lächelt, dem geht es gut!«

Kati gibt ein Schrei von sich und zuckt zusammen. Augenblicklich wird sie knallrot. Paul sitzt neben ihr und grinst sie dreist an.

»Du wirst rot!« Er piekt ihr in die Wange und prustet los.

Ob er irgendetwas bemerkt hat? »Die Sonne ist recht warm«, redet Kati sich heraus. Tief Luft holend legt sie sich zurück auf die Wiese.

Paul legt sich neben sie. Die Arme hinter seinem Kopf verschränkt, die Augen geschlossen, genießt auch er die Sonnenstrahlen, die sich wie eine warme Decke über beide legen. Seine Gesichtszüge sind entspannt. Durch die Überdehnung seiner Arme ist sein T-Shirt hochgerutscht, der Stoff der Boxershorts lugt unter der Jeans hervor, sodass ein Streifen seiner zartgebräunten Haut frei liegt. Kati kann den Blick nicht abwenden. In ihr kocht das Bedürfnis hoch, ihre Hand dort hinzulegen, ihn unter sich zu fühlen.

»Wie läuft's mit Greta?«, unterbricht Paul sie in ihrer eingehenden Musterung.

Wieder einmal zuckt sie leicht zusammen. Herrgott, reiß dich zusammen, schimpft Kati innerlich mit sich. Als sie ihren Blick seinem Gesicht zuwendet, merkt sie, dass er sie die ganze Zeit beobachtet hat. Folglich hat er genau gesehen, dass sie ihn angestarrt hat. Was ihr auch prompt bestätigt wird, als Paul grinsend mit seinen Augenbrauen wackelt. Oh Gott, geht's noch peinlicher? Mit einer Gesichtsfarbe, die einer reifen Tomate Konkurrenz machen könnte, legt sie wiederholt ihren Arm über die Augen.

Paul dreht sich zur Seite, nur um ihr – ganz offensichtlich amüsiert – zuzuschauen, wie sie am liebsten im Erdboden versinken würde.

»Gu...« Kurz räuspert sie sich, denn ihre Stimme versagt. »Gut soweit. Ihr Kreislauf ist stabil. Sie darf morgens nicht mehr zur Schule gehen, ohne gefrühstückt zu haben.«

»Das klingt sehr vernünftig«, antwortet er.

Kati nickt unter ihrer Hand und wagt es nicht, ihn erneut anzusehen.

»Hi, Paul. Schön, dass du gekommen bist. Willst du auch einen Kaffee?«, fragt Betti, die mit zwei dampfenden Tassen zurückgekehrt ist.

Winkend lehnt er ab. »Ich bleib nicht lange, muss noch ein paar Erledigungen machen.«

Ein unangenehmes Schweigen breitet sich aus. Paul winkt Greta und Emma vom Spielfeldrand zu, danach springt er schon auf. »Okay, ich wollte nur kurz Hallo sagen. Muss dann mal los.«

Allen Mut zusammennehmend räuspert sich Kati, bevor sie Paul fragt: »Gehst du morgen früh wieder joggen?«

»Ja, wie jeden Morgen. Sehen wir uns dort?«

Grinsend nickt Kati ihm zu. In ihrem Bauch tanzen die Schmetterlinge einen kleinen Freudentanz. Auch Paul scheint mit dem Ausgang dieses kurzen Besuchs äußerst zufrieden zu sein, denn ein Lächeln zuckt an seinem Mundwinkel. «Viertel nach sechs auf dem Radweg?«

VII

Kati liebt es, früh morgens Sport zu treiben – heute Morgen ganz besonders. Die Luft ist kalt und der Nebel liegt wie eine Schutzschicht über der Saar. Sie läuft den schmalen Weg neben der Brücke zum Fluss hinab, geradewegs auf Paul zu, der an einer Bank seine Muskeln dehnt.

»Guten Morgen, können wir?«, fragt er lächelnd, als Kati ihm gegenüber steht.

»Ich bin startklar«, erwidert Kati freundlich.

Gemeinsam laufen sie los, wobei sie die stille Anonymität innerhalb des dichten Nebels genießen. In einem leisen Plauderton unterhalten sie sich über Pauls Vergangenheit, seinen Bruder und wie es ist, in einer Arztfamilie aufzuwachsen. Nur das Zwitschern der Vögel, sowie das zarte Tapsen im Gleichklang, wenn die Turnschuhe den Boden berühren, begleitet die angenehme Atmosphäre.

»… und wie ist das bei dir? Vermisst du deine Freunde aus Brunsbek?«

Für einen kurzen Augenblick versteift sich Kati, doch das Klingeln ihres Handys bringt das gewünschte Ablenkungsmanöver … bis sie realisiert, dass sie um diese Uhrzeit normalerweise nie angerufen wird. Augenblicklich breitet sich ein ungutes Gefühl in ihrer Brust aus. Greta! Es muss etwas passiert sein. Eifrig befreit sie ihr Handy aus der Bauchtasche und starrt auf das Display. »Mist!«, flucht sie. Was will Markus denn jetzt? Zögernd wirft Kati einen Blick auf ihren Begleiter, der wiederum geradeaus schaut, gleichwohl seine Geschwindigkeit an ihre anpasst. Alles Grübeln, was Markus um diese

Uhrzeit will, bringt sie nicht weiter. Um herauszufinden, was er von ihr möchte, muss sie das Gespräch wohl oder übel annehmen. »Markus?«, meldet sich Kati kurz und knapp.

»Ich möchte Greta sprechen, gib sie mir bitte!«, fordert er harsch.

»Hast du auf die Uhr geschaut? Ich bin beim Sport, Greta schläft noch.«

»Du lässt Greta alleine in ihrem Bett liegen, während du dich um deine Belange kümmerst?«, fragt er sofort in einem vorwurfsvollen Ton.

Kati traut ihren Ohren kaum. Sie verlangsamt den Laufschritt, bis sie zum Stehen kommt. Nachdenken, Kati. Nicht unüberlegt losplärren, redet sie sich ein, versucht, sich so zu ermutigen. »Natürlich nicht, Charlotte ist Zuhause«, erklärt sie mit einer gezwungenen Ruhe in der Stimme. Währenddessen legt ihr Paul beruhigend eine Hand auf die Schulter.

»Du überlässt Greta einer Frau, die du Jahre nicht gesehen hast? Das ist unverantwortlich, Kati!« Markus kann sie es wirklich nie recht machen.

Bis genau hierher hat sich ihre Vernunft tapfer geschlagen. Doch was zu viel ist, ist zu viel. Genau das wird sie Markus jetzt in aller Deutlichkeit sagen. »Charlotte ist meine Freundin, sie ist keine Fremde«, brüllt sie in ihr Handy. »Greta geht es ausgezeichnet! Wann siehst du das endlich ein, verdammt noch mal? Du bist ein großkotziger und intriganter Tyrann, Markus Eisenhauer. Lass uns gefälligst in Frieden!« Verzweifelt streicht sich Kati mit der Handoberfläche über die Stirn. Sie bebt vor Wut, gleichzeitig hat sie Angst vor den Auswirkungen ihres Ausbruchs. Mit den Füßen aufstampfend, gibt sie sich einen Ruck. »Okay, okay. Entschuldige, bitte«, sagt sie verhalten, während sie tief ein- und ausatmet, um die aufkommende Tränenflut zu unterdrücken.

»An deiner Stelle würde ich mich nicht so weit aus dem Fenster lehnen. Eine *Mörderin* ...« Bedächtig lässt er das Wort nachklingen. »... die die eigene Tochter vernachlässigt und dazu dem eigenen Vater vorenthält? Na, das wird kein Richter für gut befinden!« Kurze Zeit hält er inne, danach fügt er eiskalt hinzu: »Bis Viertel vor acht bin ich erreichbar. Wenn sie bis dahin nicht anruft, wird es Konsequenzen für dich haben!« Markus legt auf.

Kati weiß gar nicht, wie ihr geschieht. Ihr Handy weiterhin in der Hand haltend, sinkt sie in die Hocke. Das Gesicht in ihren Handflächen vergraben, wird sie keinesfalls müde, über die Absurdität der Situation den Kopf zu schütteln. Wo wird das noch hinführen?

Erst als die Hand auf ihrer Schulter sie zu streicheln beginnt, schreckt Kati zusammen. Oh nein, er hat alles mit angehört.

Wenig später greift er unter ihren Armen durch und zieht sie auf ihre wackeligen Beine. »Alles okay bei dir?«, fragt er mit besorgter Stimme. »Und was zum Teufel meinte dein Ex mit *Mörderin*?«

Sie muss hier weg, geht ihr plötzlich durch den Kopf. So sprintet sie, ohne ein Wort zu sagen, los. Sie will nichts mehr hören und nichts erklären müssen. Ruhe – das ist das Einzige, was sie möchte.

Diese Rechnung hat sie jedoch ohne Paul gemacht, denn er rast ebenfalls los, bis er sie nach ein paar Metern eingeholt hat. Mit ausgebreiteten Armen stellt er sich ihr in den Weg, sodass sie anhalten muss. Die Fäuste auf den Knien abgestützt, keucht er atemlos: »Ich nehme an, du möchtest mir nicht verraten, was los ist?«

»Du weißt eh schon viel zu viel!«, ruft Kati in einer Mischung aus Entsetzen und Verzweiflung.

»Ich wollte dich nicht belauschen, aber das Gebrülle deines Ex´ war nicht zu überhören«, verteidigt sich Paul. »Hör mal, wenn ich dir helfen soll, musst du mir die ganze Wahrheit sagen!«

»Da gibt es nichts zu erzählen!«, schmeißt sie ihm abwertend entgegen.

»Ach ja? Dann brauche ich auch nicht mit meinen Eltern sprechen und sie bitten, dir mehr Freizeit mit Greta einzuräumen. Es gibt ja schließlich keine Probleme.« Ein höhnisches Schnauben dringt aus Pauls Kehle. »Weißt du was? Du bist eine richtige Zicke!«

»Das ist mir doch egal. Seitdem du in unser Leben gestolpert bist, liegen uns nur noch mehr Steine im Weg. Halt dich einfach raus, du … Oberlehrer!«

»Ach so, verstehe. Jetzt bin ich ausschließlich der Lehrer! Nun gut, ich werde Sie ab sofort in Ruhe lassen, Frau Eisenhauer. Viel Glück!« Kaum hat er seinen Satz beendet, dreht Paul sich um und läuft los, sodass sie alleine zurückbleibt. Selbst aus der Ferne kann sie ihn noch fluchen hören.

»Paul!«, schreit sie und eilt hinterher. Doch dieser wird immer schneller, um von ihr wegzukommen. Das schmerzt. Kati wischt sich eine Träne von der Wange. »Ach, komm schon. Gib mir wenigstens eine Chance!«, ruft sie ihm abermals nach. »Bleib stehen!«

Abrupt hält Paul an, kehrt um, bis er wieder vor ihr steht. Durch die kalte Morgenluft verlassen kleine Tauwölkchen seinen Mund. »Was gibt´s denn noch, Frau Eisenhauer?« Er verschränkt die Arme vor seiner Brust und schaut mit hochgezogenen Augenbrauen auf sie hinab. Weil keine Antwort von ihr kommt, fährt er fort: »Ich schätze, es wurde alles gesagt.«

Paul ist mindestens dreißig Zentimeter größer als Kati, sodass sie nun den Kopf in den Nacken legt, um sich bei ihm zu entschuldigen. Eins, zwei, drei, tief durchatmen und Go! »Es tut mir leid, ich wollte dich nicht vor den Kopf stoßen.«

Paul weicht keinen Zentimeter von seiner Position. Das Einzige, was sich verändert, sind seine Augenbrauen, die ihm jetzt fast unter dem Haaransatz hängen. »Hm ... Ich stelle mir folgende Frage«, beginnt er zu dozieren. »Ist es überhaupt sinnvoll, diese Entschuldigung anzunehmen? Ganz offensichtlich stehen Sie ja auf Lügenmärchen. Da bin ich leider raus. Leute, die ihre Mitmenschen dreist anlügen, kann ich nicht tolerieren.« Sein Gesicht kommt immer näher, er wendet den Blick nicht ab. »Dafür ist mir die Zeit meines Lebens zu wertvoll«, erklärt er und läuft fort.

Sprachlos beobachtet sie, wie Paul erneut das Weite sucht. Was erwartet er? Sie kennen sich kaum, es gibt schlicht Dinge, worüber ein Mensch nicht sprechen kann. Vor allem dann, wenn viel auf dem Spiel steht. Verfluchter Mist!

Innerlich windet sich Kati. Ihr Herz schmerzt, weil Paul ihre Entschuldigung nicht angenommen hat. Doch die Wut auf ihn und seine Sturheit steigert sich gleichermaßen. Warum ist er nur so widerspenstig? Vom Teufel geritten, brüllt sie plötzlich lauthals: »Arschloch!« Allerdings scheint das Paul nicht zu jucken, denn der zeigt ihr lässig den Mittelfinger, während er sich nicht einmal zu ihr umdreht.

Als Kati die Wohnungstür hinter sich zuschlägt, kommt ihr Greta entgegengeeilt. Sie drückt ihre Tochter kurz an sich und setzt ihr bestes Lächeln auf, in der Hoffnung, dass man ihr die frisch vergossenen Tränen nicht ansieht. Sofort reicht sie Greta das Handy mit der Bitte, ihren Vater umgehend anzurufen, bevor dieser zur Arbeit aufbricht. Im Vorbeigehen grüßt sie ihre Freundin Charlotte, die schon mit einem Kaffee bewaffnet am Frühstückstisch sitzt und huscht anschließend ins Bad. Während sich Kati auszieht, bleibt die Badezimmertür einen Spalt offen. Schließlich möchte sie hören, was Greta im Nebenzimmer mit ihrem Vater bespricht.

»Hallo, hier ist Greta. Ist Papa da?« Stille. »Aber ich sollte doch anrufen.« Stille. »Aber ... Papa sagt doch immer, dass ich anrufen soll!« Stille. »Tschüss.«

Was war das denn bitte? Schleunigst wickelt sich Kati ein Handtuch um ihren nackten Körper, dann geht sie zu Greta. »Na? Was wollte dein Papa?«, fragt sie scheinbar beiläufig.

»Heike war dran, sie war voll motzig. Sie sagte, ich würde Papa nur vom Arbeiten abhalten und soll ihn nicht so oft mit meinen Anrufen belästigen.« Während Greta ihre Mutter mit einem fragenden Blick bedenkt, zieht sie die Stirn kraus.

»Wie bitte?« Auch Kati fehlen die Worte, zumal Markus letztlich mit seiner Tochter sprechen wollte. Was soll das bloß? Was wollte Markus mit seinem Anruf überhaupt bezwecken? Er weiß, dass sie jeden Morgen zum Joggen geht. Das tat sie stets, also kann es sich nur um einen Kontrollanruf gehandelt haben. Er wollte sie provozieren, selbstverständlich ist sie auch noch drauf angesprungen. Na toll, Kati. In Zukunft darf sie nicht mehr so schnell die Fassung verlieren. Und was Heike betrifft: Sie wird von dem Anruf in der Früh nichts mitbekommen haben. Markus kann genervt wirken, wenn er gerade beschäftigt ist. Nur nicht zu viel herein interpretieren, ermutigt sich Kati im Stillen. »Lass die blöde Ziege. Sie hat bestimmt schlechte Laune. Geh schon mal frühstücken und lass mir was übrig, ich habe einen Bärenhunger.« Aufmunternd wuschelt sie ihrer Tochter durchs Haar, drückt ihr einen Kuss auf die Stirn, danach geht sie endlich duschen.

♥♥♥

Das heiße Wasser konnte sie nicht entspannen. Auch als sie sich zu den anderen an den Küchentisch setzt, sind ihre Gedanken noch bei Paul. Eine Joggingrunde, und das pure Chaos liegt ihr zu Füßen. Ob Kati nicht ein wenig überstrapaziert ist? Paul gegenüber hat sie ganz schön die Fassung verloren. Dabei war er rückwirkend betrachtet einfach nur für sie da. Sie ärgert sich, dass sie ihn derart kühl abblitzen lassen hat. Vor ein paar Tagen hat Kati noch in seinen Armen gelegen, sich die Seele aus dem Leib geheult, während Paul ihr Trost spendete … heute blafft sie ihn an. Er hatte recht mit seiner Behauptung, sie sei zickig. Doch selbst, wenn sie ihm die Wahrheit erzählen möchte, könnte sie es nicht tun. Dafür steht zu viel auf dem Spiel. Das ist nicht fair – das weiß Kati. Letztendlich gehört Paul nicht zu den Menschen, die ein böses Spiel treiben. Offensichtlich mag er auch Greta sehr gerne. Sonst würde er sich nicht über alle Maße dafür einsetzen, dass es ihr gut geht. Und wenn es um ihre Tochter geht, ist sie besonders empfindlich.

Ein Fingerschnipsen vor ihren Augen reißt sie aus ihrem Gedankenchaos. »Mensch, Mama. Was ist los mit dir? Ich habe dich jetzt schon das dritte Mal angesprochen.«

»Alles okay bei dir?«, fragt Lotti besorgt.

»Ja, ja, alles in Ordnung. Hast du ordentlich gegessen, Greta?« Geistesabwesend zupft Kati an ihren Haarspitzen, indes sie in ihren Kaffee starrt.

»Äh, ich habe gerade ein ganzes Brötchen verdrückt ... du hast die ganze Zeit neben mir gesessen.« Irritiert beobachtet Greta ihre Mutter.

»Es tut mir leid, ich bin irgendwie nicht bei der Sache.« Genervt steht Kati auf und geht in ihr Schlafzimmer. Kaum hat sie sich auf das Bett gesetzt, klopft es an der Tür – das war ja klar. Einen kurzen Moment Ruhe wäre wirklich wunderbar.

Greta tritt ein, setzt sich neben sie aufs Bett und greift nach ihrer Hand. In Kati wehrt sich alles gegen diese Geste. Sie möchte nicht, dass ihre Tochter sich Sorgen um sie machen muss, Greta hat ihr eigenes Päckchen zu tragen. »Mach dir keine Gedanken. Ich habe einfach einen schlechten Tag, mehr nicht.«

»Okay, ich gehe jetzt zur Schule.« Bevor sie den Raum verlässt, gibt sie ihrer Mutter einen Kuss auf die Wange.

Kati rollt sich auf dem Bett zusammen, um sich kurz zu entspannen, ehe sie sich auf den Weg zur Arbeit macht. Bevor sie ihre Augen schließen kann, durchbricht der Ton einer eingehenden Textnachricht die Stille. «Keine fünf Minuten Ruhe!«, flucht sie, während sie das Benachrichtigungsfenster öffnet. Diese Nummer ist ihr fremd, doch die Nachricht gibt ihr noch mehr Rätsel auf.

Schau nur nach vorne und niemals mehr zurück!

Was ist das denn für ein Poet? Verwirrt ziehen sich ihre Brauen nach oben. Sie liest sich die Nachricht ein paarmal durch. Sie kann die Worte in keiner Weise begreifen. Wer um alles in der Welt schreibt so einen sinnlosen Mist? Kati legt das Handy zurück auf den Tisch und steht auf. Während sie sich ihre Schuhe anzieht, geht ihr ein Gedanke durch den Kopf. Die Botschaft bringt ihre aktuelle Lage genau auf den Punkt – sie möchte das Vergangene endlich hinter sich lassen, um ausnahmslos nach vorne zu schauen. Deswegen beschließt Kati in ebendiesem Moment, sich nicht verrückt zu machen, verlässt stattdessen das Haus.

VIII

Die Musik tönt so laut aus den Boxen, dass man sie wahrscheinlich nebenan in der Praxis hören kann, doch das ist Paul egal. Er liegt auf der Couch und starrt an die Decke. Die ohrenbetäubende Ablenkung kommt ihm gerade passend, denn seine Gedanken fahren Achterbahn. Erst verarscht Jessi ihn nach Strich und Faden, stellt seine Habseligkeiten einfach auf den Bordstein, dann motzt sie auch noch Liza auf offener Straße an, sodass diese starke Bauchkrämpfe bekommt. Himmel, sie ist schwanger und nicht zuständig für seine geisteskranke Exfreundin. Immerhin haben die beiden sich irgendwann einmal gut verstanden. Es ist ihm ein Rätsel, welche Wandlung Jessi vollzogen hat, dass sie solches Gift verspritzt.

Allerdings beschäftigt ihn Kati vielmehr. Sie ist eine hinreißende Frau. Tatsächlich hätte er sich mit ihr eine Freundschaft vorstellen können, aber das Vertrauensverhältnis ist gestört. Er kommt damit nicht zurecht, dass sie ihm irgendetwas verheimlicht. Nicht nachdem er vor nicht allzu langer Zeit aufs Übelste hintergangen wurde. Ursprünglich mochte er Kati und ihre Tochter sehr gerne, gerade deswegen versetzt ihm dieser Schlussstrich einen tiefen Stich in sein Seelenheil.

Genervt schmeißt er ein Kissen quer durch den Raum, welches wiederum an die Wand knallt. Daraufhin löst sich ein Bild vom Haken und fällt zu Boden. Das Glas splittet, Scherben verteilen sich überall. Er schaut auf, um sich das Dilemma aus einer sicheren Entfernung anzusehen, doch bei dem Anblick schmeißt er seinen Kopf erst recht genervt nach hinten.

Das Leben ist ein hinterhältiges Spiel, denkt sich der sonst durch und durch optimistische Paul in seinem seelischen Abgrund. Nach einer weiteren halben Stunde Selbstmitleid rappelt er sich auf, um die Glasscherben aufzufegen, als plötzlich die Musik verstummt.

»Paul? Wo bist du?«, ertönt Toms dunkle Stimme durchs Wohnzimmer.

Der Angesprochene, oder besser der Angebrüllte, zuckt zusammen, während er die zusammengefegten Scherben nacheinander in einen Eimer wirft. Natürlich schneidet er sich durch den Schrecken prompt mit einer Scherbe quer über den Mittelfinger.

»Verdammter Dreck, das ist ja nicht zu glauben! Was machst du schon wieder in meiner Wohnung, ohne vorher zu klingeln?«, erbost Paul sich, wobei sich das Blut seinen Weg durch die verletzten Hautschichten bahnt.

»Alter, was machst du da?« Besorgt will Tom ein paar Schritte auf ihn zugehen, doch dieser hebt die Hand und hindert ihn am Weiterlaufen.

»Geh mir nicht auf den Sack. Wenn du nicht klingeln kannst, musst du in Zukunft draußen bleiben, so schreibt es das Gesetz!«, schreit Paul seinen Bruder wild gestikulierend an.

»Du blutest wie ein Schwein. Zeig her, verdammt!« Tom gibt nicht nach, denn der Schnitt seines Bruders muss ziemlich tief sein. Sofort geht er einen weiteren Schritt auf Paul zu.

Als er nach unten blickt, überkommt ihn ein leichtes Schwindelgefühl. Das Blut läuft seinen Finger entlang, sammelt sich an seiner Fingerkuppe und tropft auf den Fußboden. Die Wut brodelt weiterhin kochend heiß in seinem Inneren, jetzt auch noch das! Paul steht kurz vorm Explodieren. Den Handfeger, den er weiterhin in der anderen Hand hält, feuert er fluchend in die Ecke. Daraufhin verlässt er stampfend seine Wohnung.

Mit einem Schnaufen tritt Paul die Praxistür auf, die krachend gegen die Wand stößt. Erschrocken springen die drei Frauen hinter dem Tresen von ihren Stühlen auf und geben einen grellen Schrei von sich. Wie die Hühner lehnen sie sich über die Anmeldung, damit sie Paul und Tom hinterhersehen können, bis die Brüder letztendlich in Behandlungszimmer Drei verschwunden sind.

Paul will die Tür mit voller Wucht ins Schloss schmeißen, doch Tom fängt sie ab und schließt sie sachte. »Mensch, Paul. Was soll die Scheiße? Was um alles in der Welt ist nur los mit dir?«, will Tom aufgebracht wissen. Paul ignoriert ihn hingegen gekonnt. Hektisch zieht er eine Schublade nach der anderen auf, um Verbandsmaterial zu finden. Tom greift ihn von hinten an die Schulter, damit er ihn zu sich herumdrehen kann. Ernst schaut er ihm in die Augen und wiederholt seine Frage: »Was ist los?«

Paul atmet tief durch. Er kann die Besorgnis seines Bruders erkennen. Ergeben lässt er sich gegen die Arbeitsplatte sinken. »Ich muss verdammt noch mal Jessi und die anderen Weiber aus dem Kopf bekommen, aber ich habe keinen blassen Schimmer, wie ich das anstellen soll. Vor allem in diesem Chaotenhaufen hier. Mir wird das gerade alles zu viel, ich kann einfach nicht mehr. Dieses Haus macht mich verrückt!«

»Warum machen wir dich verrückt?«, fragt Tom.

»Weil mich diese Nähe erdrückt«, schnauft Paul fast flüsternd.

»Vielleicht solltest du mal in Urlaub fahren, wir könnten aber auch auf Männertour gehen«, schlägt Tom vor, während er als angehender Arzt den Finger seines Bruders untersucht. Weil Paul nicht antwortet, fährt Tom fort: »Ich werde mit den anderen reden, sodass du zumindest zu Hause deine Ruhe bekommst.« Er lässt Pauls Hand los und geht zur Tür. »Betti, kommst du bitte?«

Doch es ist nicht seine Frau, die herbei eilt, es ist Kati, die ihren Kopf durch den Spalt steckt. »Betti hat gerade ein wichtiges Telefonat, kann ich euch helfen?«, fragt sie besorgt.

Genervt stöhnt Paul auf, während Tom sie hereinbittet. »Würdest du bitte eine Naht vorbereiten und meine Mutter informieren?«

»Natürlich.« Schon beginnt Kati mit den Vorbereitungen.

»Tom! Jetzt übertreibst du, so schlimm ist die Wunde nicht!«, sagt Paul zu seinem Bruder.

Ablehnend schüttelt dieser den Kopf: »Ist sie!« Auffordernd sieht Tom zu Kati, die sofort das Zimmer verlässt, um ihre Chefin zu holen.

Ein paar Minuten später kehrt Kati mit seiner Mutter Anja zurück. Paul steht nach wie vor teilnahmslos an der Arbeitsplatte. Den Finger streckt er in die Höhe, mit der anderen Hand hält er den Mull, den Tom ihm auf die Wunde gelegt hat. »Was machst du denn für Sachen?«, stürmt Anja direkt auf ihren Sohn zu. Skeptisch betrachtet sie den Finger von allen Seiten und rückt ihre Brille zurecht.

»Es ist halb so wild. Ich habe mich nur geschnitten. Ein Pflaster reicht vollkommen aus«, sagt Paul zu seiner Mutter.

»Nein. Das muss genäht werden«, widerspricht Anja. »Leg dich auf die Liege. Hast du alles vorbereitet, Kati?«

Abermals wird die Stille des Raumes von Pauls genervtem Stöhnen durchbrochen. »Muss das sein? Ist Betti nicht langsam fertig mit ihrem Telefonat?«

»Ich darf doch wohl bitten, Paul Kirschen. Was ist los mit dir?« Empört stemmt Anja die Fäuste in ihre Seiten und schaut mit hochgezogenen Augenbrauen auf ihren Sohn. Dann zieht sie sich den Rollhocker herbei, um mit der Desinfektion der Wunde zu beginnen. »Willst du eine Lokalanästhesie? Die Spritze wird an der Stelle allerdings genauso weh tun, wie das Setzen der Naht«, erklärt sie in einem ruhigen Ton.

»Mach einfach, Mama!«, drängelt Paul. Er hat das Gefühl, nicht mehr länger mit diesen Personen in einem Raum sein zu können. Wenn die Eisenhauer wenigstens nicht dabei wäre! Hochkonzentriert assistiert ebendiese seiner Mutter, während sie ihm ab und zu einen besorgten Blick zuwirft.

»Bist du bereit?«, fragt Anja.

Kurz nickt er, schließt dann die Augen, um sich besser auf den einsetzenden Schmerz vorbereiten zu können. Anja setzt die Nadel an, schon schießt ihm der Schmerz durch die ganze Hand. Er beißt die Zähne fest zusammen und denkt bloß daran, dass seine Mutter eine Meisterin im Zusammenflicken anderer Leute ist. Hierbei handelt es sich lediglich um ein paar Sekunden des Schmerzes. Bald hat er es geschafft. Seine Zähne mahlen aufeinander, während er versucht, keine Miene zu verziehen.

»Alles okay?« Bevor Anja die Nadel erneut ansetzt, mustert sie ihren Sohn mit einem sorgenvollen Blick. »Noch ein Stich, dann sitzt die Naht.« Abermals nickt er nur. »Ich mach mir Sorgen um dich«, kommt es Anja flüsternd über die Lippen.

»Es ist halb so wild. Das wird schon wieder«, will er seine Mutter beruhigen, die eigentlich auf etwas anderes hinaus ist. Letzteres weiß er genau, dennoch hofft er inständig, dass er sich jetzt nicht die Anja-Kirschen-Moralpredigt anhören muss. Da legt sie bereits los!

»Du weißt genau, was ich meine. Seitdem Jessi dich hintergangen hat, bist du nicht mehr du selbst. Warum triffst du dich nicht mal mit Kati?«

Peinlicher geht's nicht mehr! Ausgerechnet vor der Eisenhauer, denkt sich Paul, während Kati sich an ihrem eigenen Speichel verschluckt. Mit dem unverletzten Arm verdeckt er sein Gesicht. Er möchte nicht, dass in diesem Raum irgendjemand seine Emotionen lesen kann. »Lass gut sein!«, bittet er seine Mutter in einem harschen Tonfall und hofft, dass Thema damit ein für alle Mal beendet zu haben.

»Vielleicht überlegt ihr es euch ja. Ihr würdet wunderbar zusammenpassen.« So schnell gibt seine Mutter wohl nicht auf.

Paul murmelt ein Stoßgebet gen Himmel. Diese Situation ist mehr als unangenehm, vor allem aber unnötig. Gott sei Dank, wird in diesem Moment die Tür aufgerissen. Keine Sekunde später steckt Betti den Kopf durch den Türspalt. »Ein Notfall!«, ruft sie in den Raum hinein.

Anja reagiert sofort, rollt mit dem Hocker nach hinter, desinfiziert sich ihre Hände, dann geht sie zur Tür. »Kümmere dich bitte um den Rest«, fordert sie Kati in professionellem Ton auf – offensichtlich wieder ganz die Ärztin. Danach stürmt sie mit wehendem Kittel aus dem Zimmer.

Ohne Widerrede legt Kati langsam das Verbandmaterial und alles, was für die Wundversorgung nötig ist, auf ein Tablett, greift sich zögernd den Hocker, rollt zu Paul und schaut auf ihn hinab. »Darf ich?«, fragt sie fast schon schüchtern.

»Ich habe keine andere Wahl, oder?«, gibt er herausfordernd zurück.

Kati schnaubt, beginnt dennoch ihre Arbeit zu erledigen. »Kannst du den Arm bitte mal anheben?« Genervt kommt er ihrer Aufforderung nach. Sie desinfiziert die Wunde abermals, bevor sie den Verband anlegt. »Es tut mir leid«, kommt es leise über ihre Lippen. Paul glaubt, sich verhört zu haben, denn das Gesagte war kaum lauter als ein Flüstern. Automatisch schaut er auf seine Hand. Ganz routiniert, gleichwohl vorsichtig, befestigen Katis schmale Finger den Verband.

»Was genau tut Ihnen leid?«, überkommt ihn die Neugierde.

»Das mit deiner Exfreundin.« Kurz zögert sie. »Und, dass ich nicht gerade nett zu dir war. Dafür möchte ich mich entschuldigen.«

Impulsiv lässt Paul seinen Kopf zurück auf die Liege fallen. Sie hat nicht begriffen, worum es ihm geht. »Nicht nett sein und einem etwas vorspielen, das sind zweierlei paar Schuhe. So kann und will ich nichts mehr mit Ihnen zu tun haben.«

Kati hält in ihrer Bewegung inne. Kurz öffnet sie den Mund, um etwas zu sagen, doch stattdessen schweigt sie. Indes verharrt Paul immer noch regungslos auf der Liege. Kati wäre nicht gut für ihn. Die Enge in seiner Brust wird erdrückender und veranlasst ihn letztendlich, sich auf der Liege aufzusetzen.

»Sind Sie dann soweit?«

Kati erwacht aus ihrer Starre und vollendet ihr Werk mit ein paar letzten Handgriffen. »Du solltest morgen noch mal reinkommen, um …«

»Ja, ja, ich weiß«, fällt er ihr ins Wort. Fluchtartig verlässt er das Behandlungszimmer. Raus, nur raus aus diesem Irrenhaus!

Er braucht frische Luft und Freiraum. Weg von seiner Wohnung, weg von seiner Familie, einfach abschalten. Ohne darüber nachzudenken, wohin er läuft, macht er sich auf den Weg. Vorbei an einem Discounter, einer Tankstelle, der Saarburger Sesselbahn und letztendlich vorbei an der Saarburg. Ab und zu winken ihm ein paar Bekannte zu, die mit dem Auto an ihm vorbeifahren. Er geht in die Stadt, schlendert gedankenverloren an den Schaufenstern vorbei, um schlussendlich an dem imposanten Saarburger Wasserfall zu landen.

Dort angekommen setzt er sich auf eine Bank, streckt die Beine von sich, lehnt den Kopf gegen die Hauswand und lauscht dem Wasser, welches an dieser Stelle siebzehn Meter in die Tiefe fällt.

Es vergehen fünf Minuten, zehn Minuten, zwanzig Minuten, doch er ist weiterhin mit seinen quälenden Gedanken beschäftigt. Trotz allem verspürt Paul nicht das Bedürfnis, etwas an seiner Situation zu ändern. Immerfort schüttelt er unbewusst den Kopf und stößt verzweifelt die Luft aus. Mit seiner gesunden Hand, fährt er sich durchs Haar, wodurch er es noch mehr zerzaust, sodass ihm die Locken wild vom Kopf abstehen. Selbst als sich jemand neben ihn setzt, schaut er nicht mal hin.

»Herr Kirschen, ist alles okay?«

Da sagt einer seinen Namen. Nur langsam dringt in sein gematertes Gehirn, wer dort neben ihm sitzt. Greta? »Was machst du denn hier?« Interessiert schaut Paul sie an.

»Ich wollte spazieren gehen. Mama ist arbeiten und mir war langweilig«, antwortet sie achselzuckend. Bei der Erwähnung von Kati, legt sich ein dunkler Schatten über Pauls Gedanken. Tja, er wollte ihr ja helfen. Er wollte, dass sie mehr Zeit für Greta hat. Doch diese Zicke hat natürlich nur ihren Plan im Kopf, ohne Rücksicht auf Verluste.

»Sie wird sicher gleich Feierabend haben. Du musst bestimmt zu Hause sein, wenn sie heimkommt, oder?«, merkt Paul müde an.

»Ich mag nicht ständig in Lottis Wohnung abhängen. Das ist voll uncool!«

Paul grinst, dann stößt er versehentlich mit der frisch genähten Hand an die Bank, was ihn scharf die Luft einziehen lässt. Greta bemerkt es sofort.

»Was ist passiert?«, fragt sie schüchtern.

»Nur ein kleiner Unfall. Ich wollte eine kaputte Glasscheibe entsorgen, dabei habe ich mich verletzt. Es ist gar nicht so schlimm.« Aufmunternd zwinkernd er ihr zu und wendet den Blick wieder auf den Wasserfall.

»Unfall ...«, wiederholt Greta leise, während sie ebenfalls den Blick zum Wasserfall schweifen lässt. »Ich hasse Unfälle!«

Paul überlegt ganz genau, was er als Nächstes sagt. »Ich weiß. Dein Bild von neulich ist mir in Erinnerung geblieben.« Überrascht wirft Greta Paul einen Blick zu. »Wenn du mal darüber sprechen möchtest, darfst du gerne zu mir kommen«, beteuert Paul, woraufhin wieder einige Schweigesekunden vergehen.

»Mama will nicht, dass ich das jemandem erzähle.«

Paul erstarrt. Seine Wut auf Kati wird immer größer. Wie soll das Kind ein Trauma verarbeiten, wenn es nicht darüber sprechen darf? Unfassbar. Wie konnte er nur jemals einen Funken Sympathie für sie empfinden? Seine gesunde Hand wandert erneut durch sein zerwühltes Haar. »Ich bin ein Meister im Geheimnisse hüten«, flüstert Paul in Gretas Richtung.

»Vielleicht irgendwann mal«, weicht das Mädchen aus. »Ich gehe jetzt nach Hause, Mama kommt sicher gleich.«

Er verabschiedet sich von ihr, danach macht er sich selbst auf den Heimweg. Passend zu seiner seelischen Verfassung, lässt ihm das Gespräch mit Greta keine Ruhe. Er kann es nicht ändern, die Kleine ist ihm irgendwie ans Herz gewachsen.

IX

Hektisch läuft Kati in jeden Raum und sucht ihre Tochter. Sonst geht Greta nie raus, ohne ihr Bescheid zu geben. Das ist absolut untypisch für sie. Hoffentlich ist nichts passiert! Mit Charlotte kann sie auch nicht unterwegs sein, diese arbeitet heute bis neunzehn Uhr. In einem Anflug von Panik sucht Kati nach ihrem Handy, um ihre Freundin anzurufen, als im gleichen Moment die Haustür aufgeschlossen wird.

»Hallo, Mama!« Grinsend kommt Greta angeschlendert.

Erleichterung durchströmt Katis Venen. Innerlich verpasst sie sich einen ordentlichen Tritt in den Hintern, abermals hat sie überreagiert. Sie muss endlich lernen, nicht direkt in Panik zu verfallen, wenn es um ihre Tochter geht. Als Greta das aschfahle Gesicht ihrer Mutter sieht, fragt sie besorgt: »Alles okay bei dir?«

»Ja, ja«, winkt sie ab. Kurz schließt sie Greta in eine Umarmung, sodass sie möglichst unauffällig wieder in die Routine übergehen kann und ihre Tochter nicht unnötig verunsichert. »Wo warst du denn?«

»Ich war eine Runde spazieren und habe zufällig Herr Kirschen getroffen«, erzählt Greta.

»Du hast *wen* getroffen?«, möchte sie einen Tick zu schnell wissen.

»Na, Herr Kirschen, mein Klassenlehrer.« Unbekümmert läuft Greta in die Küche, damit sie sich ein Glas Wasser einschenken kann.

»Was ... äh ... was wolltest du von ihm?« In Katis Kopf schellen alle Alarmglocken. Nicht, dass ihre Tochter noch etwas ausplaudert.

Greta stellt ihr Glas ab und wirft ihrer Mutter einen skeptischen Blick zu. »Er saß am Wasserfall, als ich dort vorbeiging. Ich habe ihm Gesellschaft geleistet, dann haben wir uns unterhalten.« Misstrauisch legt Greta ihre Stirn in Falten. »Was ist nur los mit dir? Du verhältst dich merkwürdig.«

Kati setzt sich an den Tisch. Kraftlos lässt sie ihren Kopf nach vorne fallen. Autsch! Der Schmerz schießt ihr durch den Schädel, dennoch verharrt sie in dieser Position. Wo wird das hinführen? Eine tiefe Verzweiflung macht sich in ihr breit. Wenn sie wenigstens mit Paul ins Reine käme. Er tat ihr vorhin so leid. Ihm ging es richtig dreckig, seine Laune war mies. Und doch hat sein abfälliges Schnauben sie wirklich getroffen. Dabei wollte er ihr von Anfang an helfen. Na ja, nicht ganz. Aber als er herausfand, dass sie Gretas Mutter ist, hat er ihr mehrmals seine Hilfe angeboten. Kati hätte Paul nicht zurückweisen sollen. Nun ist es zu spät. Den hilfsbereiten Kerl, mit der Schulter zum Anlehnen, gibt es nicht mehr.

Von Migräne geplagt, betritt Kati am nächsten Morgen die Praxis. Erschöpft lässt sie sich direkt auf einen Stuhl nieder. Offenbar setzen ihr die Schuldgefühle gegenüber Paul, sowie das Eintreffen der rätselhaften SMS gestern Nacht, mehr zu, als sie sich eingestehen möchte. Einen Augenblick schließt sie die Augen, ruft sich in Gedanken den Text der Nachricht hervor.

Täglich grüßt das Murmeltier. Du sollst mit deiner Vergangenheit abschließen. Tu das endlich, sonst passiert ein Unglück.

Gleicher Absender wie beim vorherigen Mal. Weil auch nach der letzten Mitteilung nichts geschehen ist, legte Kati sie gedanklich in dieselbe Schublade wie die erste.

Im Stillen ist Kati stolz auf sich, nicht in Panik geraten zu sein. Als sie die Augen öffnet, gibt sie vor Schreck einen kleinen Schrei von sich – Betti steht vor ihr und beobachtet sie aufmerksam.

»Wirst du mir irgendwann erzählen, was dich bedrückt?«, fragt sie.

»Ist es denn so offensichtlich?«

Betti antwortet nur mit einem Nicken und gießt sich daraufhin einen Kaffee ein. »Willst du auch einen?«

»Nein. Ich hab Migräne. Ich bin froh, wenn ich den Tag irgendwie überstehe.« In Folge stützt sie ihr Gesicht in die Handflächen.

»Rede doch mal mit Anja oder Michael. Für heute haben vier Patienten abgesagt, du könntest dir freinehmen.«

Kati nickt und überlegt tatsächlich, ob sie das Gespräch mit einem ihrer Vorgesetzten suchen soll. Ihr Kopf scheint augenblicklich explodieren zu wollen, zudem die Übelkeit langsam einsetzt. Ohne Betti weiter zu beachten, verlässt Kati den Raum, um das Büro der Praxis anzusteuern.

Kurz nachdem sie angeklopft hat, wird sie auch schon hereingebeten.

»Wie siehst du denn aus?«, begrüßt Anja sie mit gerunzelter Stirn.

»Ja, ich ... habe Migräne«, erwidert Kati stockend, wobei sie den Blick zu Boden senkt. »Mir tut das sehr leid, aber ich wollte deswegen fragen, ob ich mir einen Tag freinehmen kann.«

Anja nickt immerzu, während sie ihre Angestellte besorgt anblickt.

»Es tut mir wirklich leid«, wiederholt Kati, der die Sache höchst unangenehm ist. »Ich nehme mir gleich eine Tablette, dann bin ich morgen wieder fit.«

Noch immer nickend steht Anja an ihren Schreibtisch gelehnt. »Was stimmt mit dir nicht? Ich meine nicht die Migräne, sondern ...« Anja unterbricht sich, um neu anzusetzen. »Du machst deine Arbeit sehr gut, versteh' mich nicht falsch, du bist ehrgeizig und fleißig. Dennoch wirkst du zwischendurch gedankenverloren ... ja, sogar bedrückt.« Kurz schweigt sie, während sie die Fliesen am Boden betrachtet. »Ich würde dir äußerst gerne helfen.«

Ebenso leise antwortet Kati. »Sie können mir nicht helfen, Frau Kirschen. Das schaffe ich mit meiner Tochter ganz alleine. Sie müssen sich keine Sorgen um mich machen.«

»Das tue ich trotzdem. Michael im Übrigen auch.«

Verflucht! Kati will gar nicht so viel Aufmerksamkeit auf sich ziehen, wie sie aktuell bekommt. Doch eines wird ihr augenblicklich klar: Paul Kirschen hatte Recht, mit seinen Eltern kann man reden. Kaum ist Kati diese Tatsache bewusst, spielt sie mit dem Gedanken, tatsächlich über eine Kürzung ihrer Arbeitszeit mit Herr und Frau Kirschen zu sprechen. Eigentlich hat Kati sich bereits von dieser Überlegung verabschiedet, aber jetzt ...

Nachdem Anja ihr noch eine Tablette mit auf den Weg gegeben hat, zieht sich Kati im Personalraum um. Dort gesellt sich Betti zu ihr.

»Die Chefin hat mich heute freigestellt«, verkündet Kati.

Erleichterung macht sich in Bettis Gesicht breit. »Wenn du möchtest, kannst du Greta heute Mittag gerne zu uns rüberschicken, so hast du mehr Ruhe«, bietet sie ihrer neuen Freundin großzügig an.

Dankend nickt sie ihr zu. Währenddessen kämpft Kati mit sich selbst, ob sie ihrem spontanen Plan wahrhaftig folgen kann. Soll sie? Soll sie nicht? »Ähm ... Betti?«, hört sie sich

sagen. »Würdest du mir die Nummer deines Schwagers geben?«
Oh Gott, sie hat es getan.

Betti grinst sie einfach nur nett an, während sie ihr Handy zückt. »Aber gerne doch!«, flötet sie beschwingt.

Als sich Kati die Nummer abgespeichert hat, zieht sie noch schnell ihre Jacke über und begibt sich auf den Heimweg. Ihr Schädel brummt unentwegt, weshalb sie sofort die Rollläden herablässt, sobald sie zu Hause ankommt. Nur mit Unterwäsche bekleidet, legt sie sich in ihr Bett. Keine zwei Minuten später schläft sie ein.

»Mama?« Jemand streichelt ihr über den Kopf. »Mama? Alles okay bei dir?«

Greta? Ist die Schule etwa schon aus? Langsam öffnet Kati die Augen. »Hi, Schatz, wie war die Schule?«

»Wie immer. Warum liegst du im Bett? Musst du nicht arbeiten?« Ihre Tochter legt sich neben sie.

»Ich hab frei gemacht. Migräne«, bringt Kati knapp hervor. »Betti hat gefragt, ob du heute Mittag rüberkommen willst.«

»Au ja. Wann darf ich losgehen?«, will Greta freudig wissen.

»Nach den Hausaufgaben. Schiebst du dir eine Pizza in den Ofen?«

Nachdem Greta zu den Kirschens aufgebrochen ist, liegt Kati wieder wach im Bett. Sie beschließt, ihrem Vorhaben, Paul Kirschen zu kontaktieren, nachzugehen, weswegen sie nach ihrem Handy greift. Hoffentlich stößt sie mit ihrer Bitte nicht auf Granit. Zuerst öffnet sie das Chatfenster. Ein fröhlicher Paul strahlt ihr entgegen. Auf dem Fahrrad sitzend, ein Bein auf dem Boden abgestellt, grinst er seitlich in die Kamera. Er ist ein attraktiver Mann, das muss man ihm lassen. Das warme Gefühl in ihrer Bauchgegend breitet sich erneut aus, lässt einen Schwarm Schmetterlinge aufflattern. Hin- und hergerissen, ob sie lieber anrufen oder schreiben soll, entscheidet sie sich letztlich für die erste Variante. Tief durchatmen und los!

Der Anruf wird aufgebaut. Es klingelt einmal, zweimal ... nach dem vierten Mal wird endlich abgenommen.

»Kirschen?«, brummt er ins Telefon.

Katis Hals ist plötzlich ganz trocken. Bevor sie sprechen kann, muss sie sich erst kurz räuspern. »Hallo, hier ist Kati.«

Schweigen.

»Wie geht's Ihrer Hand?« Ihre Stimme ist ein erbärmlicher Verräter, denn man kann ihre Unsicherheit heraushören.

»Ich bin etwas verwirrt. Sie rufen an, um zu fragen, wie es meiner Hand geht? Woher haben Sie eigentlich meine Handynummer?«, gibt Paul zurück.

Verdammt! Kati schließt die Augen. Im Stillen stellt sie fest, dass es eine Scheißidee war, ihn anzurufen. Eine schnelle Planänderung muss her.

»Hallo?«, plärrt er ins Telefon. »Eingeschlafen?«

»Nein, ich bin hier. Ich, ähm ... ich wollte mich bei dir entschuldigen.«

Erneut ist es totenstill in der Leitung. Sie kann ihn fast denken hören, bis er unverhofft in einem sanfteren Ton fortfährt. «Ich habe es Ihnen bereits gesagt, mit Lügnerinnen möchte ich nichts zu tun haben. Davon hatte ich in meiner Vergangenheit genug.«

»Kannst du mal aufhören mich zu siezen? Das treibt mich in den Wahnsinn!« Katis Stimme wird immer dünner. Mein Gott, das kann doch wirklich nicht wahr sein, dass man einen Menschen, den man noch nicht lange kennt, so vermissen kann!

»Das machen Lehrer mit den Müttern ihrer Schüler!«, sagt Paul und beendet das Gespräch.

Was zum Henker war das denn bitte für ein Telefonat? Und warum legt er einfach auf? Nein, er hat ja nicht nur aufgelegt, zuerst hat er ihr seinen Standpunkt mehr als verdeutlicht.

Warum kann sie sich nicht mit seiner Entscheidung abfinden, das Kapitel Paul Kirschen abschließen? Ganz großes Kino, schimpft sich Kati! Diesen Anruf hätte sie sich sparen können. Sie kann auch alleine mit seinen Eltern sprechen, dafür braucht sie Paul nicht. Obwohl sie dieser Gedanke schmerzt, ist das ab sofort beschlossene Sache. Geplagt von ihren Kopfschmerzen, driftet sie erneut in einen unruhigen Schlaf ab.

X

Was wollte diese blöde Schnepfe mit ihrem Anruf bezwecken? Warum hat sie ihm nicht den wahren Grund erzählt? Es ist doch offensichtlich, dass es nicht um die Entschuldigung ging. Paul hat ihr zuvor schon klargemacht, dass er sie nicht annimmt.

Vom Bett aus greift er nach seinem Handy. Zielstrebig öffnet er den Chat, danach scrollt er zu der Nummer, die er sich heute Mittag abgespeichert hat. Bei dem Profilfoto bleibt er hängen. Neugierig zoomt er das Bild heran. Ein Schmunzeln schleicht sich auf seine Lippen, denn das Bild zeigt nicht nur Kati, sondern auch Greta. Beide strecken ihm frech die Zunge entgegen. Katis wilde Lockenmähne wird von einer Sonnenbrille zurückgehalten. Auf diesem Foto strahlt sie etwas ganz Besonderes aus – sie wirkt glücklich und frei.

Sobald er das Chatfenster geöffnet hat, tippt er eine Nachricht.

Paul: *Was war der wahre Grund Ihres Anrufes? Gruß Paul*

Die Minuten vergehen, sein Handy bleibt stumm. Daher steht er auf, schnappt sich in der Küche einen Apfel, marschiert mit seinem Handy auf die Couch, wo er eine ganze Weile sinnlos die Fernsehprogramme hoch- und runterzappt. Eine Stunde später geht er ins Bett, indes sein Handy immer noch schweigt.

Gerade als er sich damit abgefunden hat, dass keine Antwort mehr kommt, verkündet sein Mobiltelefon eine eingegangene Nachricht. Er schaut auf die Uhr. Es ist fast Mitternacht. Na, die hat echt Nerven. Den ganzen Abend lässt sie ihn warten, doch jetzt schreibt sie ihm zu dieser unchristlichen Zeit? Trotzig wirft er den Kopf nach hinten, bis ihm einfällt, dass Kati das ja gar nicht sehen kann. Also öffnet er das Chatfenster.

Kati: *Den habe ich dir heute Mittag genannt.*

Pah, jetzt lügt sie schon wieder wie gedruckt. Die Wut in ihm kocht erneut auf. Er fragt sich ernsthaft, warum er sich das hier freiwillig antut.

Greta, ach stimmt.

Paul: *Ein weiteres Lügenmärchen. Sagen Sie mir lieber, ob es Greta gut geht?*

Es dauert nicht lange, bis ihre Antwort kommt.

Kati: *Du bist ein Arschloch! Warum sollte es Greta nicht gut gehen und was geht dich das verflucht noch mal an?*

Paul: *Wenn es ihr nämlich nicht gut geht, werde ich ein ernstes Wörtchen mit ihrem Vater sprechen müssen. Ganz offensichtlich ist die Mama ja mit wesentlicheren Dingen beschäftigt.*

Mit dem Abschicken der Nachricht meldet sich sogleich sein schlechtes Gewissen. Das war jetzt ganz schön mies, ihren wunden Punkt gegen sie zu verwenden. Verdammt! Er will umgehend eine weitere Nachricht schreiben, als sie ihm zuvorkommt.

Kati: *Du bist das Allerletzte! Wie konnte ich dir jemals vertrauen? Ich will nichts mehr mit dir zu tun haben!*

Den Gedanken, sich bei ihr im Chat zu entschuldigen, verwirft Paul augenblicklich, stattdessen ruft er sie direkt an. Mittlerweile marschiert er wie ein Soldat, nur bekleidet mit Boxershorts in seinem Schlafzimmer auf und ab. Seine Gesichtszüge sind angespannt, während er sich permanent mit seiner verletzten Hand durch sein Haar streicht. Warum geht sie jetzt nicht ran? Die will ihn doch auf die Schippe nehmen, gerade hat sie ihm noch eine Nachricht geschickt!

Kati liest den Chatverlauf abermals, kann infolge dessen ihre Tränen nicht mehr aufhalten. Sie ist maßlos enttäuscht, fühlt sich verraten und hintergangen. Dass die Drohung ausgerechnet aus seinem Mund kommt, reißt ihr den Boden unter den Füßen weg. Offensichtlich würde Paul ihr einfach so Greta wegnehmen, darauf läuft es hinaus. Weinend lässt sie sich auf ihr Bett nieder, als ihr Handy klingelt. Auf dem Bildschirm strahlt ihr Paul auf seinem Fahrrad entgegen. Unfähig, das Gespräch anzunehmen, wischt sie sich unaufhörlich die Tränen von den Wangen. Zu sehr schmerzt die Enttäuschung. Das Klingeln endet.

Kurz darauf folgt der nächste Anruf. Wieder erstrahlt Pauls Foto auf ihrem Bildschirm. Kati presst die Augen zusammen und zwingt sich, tief durchzuatmen – was ihr schwerfällt, angesichts der Tatsache, dass es ihr wegen des Idioten, der sie gerade anruft, miserabel geht. »Was willst du denn noch?«, wimmert sie aufgelöst in ihr Handy. Doch Paul sagt nichts. Wenn sie nicht sein angespanntes Atmen in der Stille der Leitung hören würde, würde sie denken, dass er längst aufgelegt hat. »Wenn du schon anrufst, sprich wenigstens mit mir und verschwende nicht meine Zeit!« Lautstark zieht Kati die Nase hoch, während sie auf ihrem Nachtschrank nach einem Taschentuch sucht.

»Kannst du mal aufhören zu weinen? Immerhin bist du diejenige, die den Zoff hier verursacht hat!«, sagt Paul plötzlich.

Kati kann ihren Ohren nicht mehr trauen. Dieser ... dieser Arsch! »Was zum Teufel hab ich denn verursacht? Du leidest doch gerade an einem Realitätsverlust!« Schluchzen. Husten. Nase schnäuzen. »Du benutzt mein Vertrauen gegen mich, ist dir das eigentlich klar? Willst du, dass Greta mir weggenommen wird? Ist es das, was du willst?« Erbost springt sie auf und marschiert durch ihr Zimmer.

»Nein, verdammt! Das ... das wollte ich nicht. Es tut mir leid. Ich hätte das nicht schreiben sollen«, erwidert er zögernd.

»Dann sag mir bitte, warum du angerufen hast. Andernfalls werde ich das Gespräch an dieser Stelle beenden!«, bringt Kati mit letzter Kraft hervor.

»Du verstehst immer noch nicht, weshalb ich deine Entschuldigung ausschlage?«, will Paul wissen.

»Doch!« Natürlich kennt sie den Grund, aber das ändert nichts an der Situation. So oder so wird Kati ihm nicht entgegenkommen. »Glaub mir, du wärst der Erste, zu dem ich käme, trotzdem kann ich das Risiko einfach nicht eingehen!« Innerlich verflucht sich Kati. Wenn es einer verdient hätte, die Wahrheit zu erfahren, dann Paul. Bis auf seine Boshaftigkeit vorhin, wofür er sich entschuldigt hat, ist er der Einzige, dem Kati in Saarburg vertrauen kann. Derjenige, der Interesse an ihr, vor allem aber an Greta zeigt, und sich ernsthaft Sorgen um beide macht.

»Kati ...«, beginnt er stockend. Seine Stimme klingt belegt. »Ich ertrage keine Lügen. Ich weiß, dass ich das nicht von dir verlangen kann. Wenn du mir nicht vertraust, sehe ich für uns ...« Er stoppt seinen Redefluss, als müsste er die nächsten Worte mit Bedacht wählen. »... dann kann ich in dir nie mehr sehen als die Mutter einer Schülerin.«

Kati zerbricht das Herz. Schließlich hört es sich genauso an, als wolle Paul mehr in ihr sehen als nur eine hysterische Mutter. Er spricht von Freundschaft, dabei weiß er nicht mal, dass Kati in seiner Gegenwart mit diversen Schmetterlingen im Bauch zu kämpfen hat. Schnell schluckt sie ihre aufkommende Tränenflut herunter und versucht durch tiefe Atemübungen, nicht in einem Weinkrampf zu enden. »Bitte, Paul«, fleht sie ihn an. »Bitte, sag so etwas nicht!« Ein kleiner Schluchzer entrinnt abermals ihren Lippen.

Nach einem kurzen Moment der Stille fängt Kati neuerlich an zu reden. »Paul?«, flüstert sie.

»Hm?«, brummt er in den Hörer.

»Darf ich zu dir kommen?«

»Jetzt? Du willst mitten in der Nacht alleine durch Saarburg laufen?«, fragt er irritiert.

»Ja, ich … ich weiß nicht wieso, aber ich würde jetzt gerne bei dir sein. Bitte, sag nicht Nein. Lass uns in Ruhe über alles reden.«

»Auf keinen Fall!« Augenblicklich zuckt Kati zusammen. So eine derbe Zurückweisung hat sie keinesfalls erwartet. »Du bleibst, wo du bist, ich komme zu dir.«

Paul kommt zu ihr? Was? Sie kann es kaum glauben. Oh Gott, rasch ins Bad. Ihre Augen sind bestimmt knallrot und … doch als Kati an der Zimmertür steht, um den Raum zu verlassen, macht sie kehrt und setzt sich zurück auf die Bettkante. Nein, sie wird genauso bleiben. In ihrer Pyjamahose, in ihrem Tanktop, mit ihrem verheulten Gesicht und ihren zerzausten Haaren. Genau so, wie sie jetzt ist.

Wieder auf ihrem Bett liegend, wickelt sie sich in die Decke ein. Ihr gesamter Körper zittert, weniger vor Kälte als vor dem Stress und dem emotionalen Chaos. Die Schatten an der Wand, die von den Scheinwerfern der vorbeifahrenden Autos projiziert werden, lenken Kati etwas ab. Paul müsste jeden Moment hier eintreffen. Also schlüpft sie aus dem Bett und huscht auf leisen Sohlen durch die Wohnung, um ihn hereinlassen zu können. Kaum hört sie seine Schritte vor der Tür, öffnet Kati die Wohnungstür.

Ihre Blicke treffen sich. Ohne ein Wort zu verlieren, schleichen beide, heimlich wie die Teenager, in Katis Zimmer. »Wir müssen still sein, Greta schläft nebenan«, sagt Kati, wobei sie sich im Zimmer umschaut. Nicht mal einen Sitzplatz kann sie ihm anbieten, soweit hat sie gar nicht gedacht. Paul löst das Problem von ganz alleine, indem er sich auf den Rand der Matratze setzt. Kati nimmt ihren Platz unter der Decke wieder ein und lehnt sich mit dem Rücken ans Kopfende. Sie betrachtet den Mann, der bei ihr auf dem Bett sitzt, gibt sich alle Mühe ihre aufkommende Nervosität unter Kontrolle behalten. In seiner lässigen Jogginghose, dem dazu passenden Hoody sieht er einfach wahnsinnig gut aus. Seine Haare stehen ihm zu Berge und seine Gesichtszüge sind ernst, als er sich Kati zuwendet.

»Alles okay?«, fragt er ganz leise.

»Es ging mir schon mal besser.« Sie legt ihre Arme um ihre Knie herum.

»Es tut mir leid …«, bringt Paul nach einem Schweigemoment hervor. »Was ich vorhin geschrieben habe, hätte ich nicht tun sollen.«

Ungläubig hebt Kati den Kopf. In der Hektik, dass Paul spontan vorbeikommt, hat sie sich keine Gedanken gemacht, weshalb er kommen sollte. Sie hat ihn um einen Gefallen gebeten und er hat ihr diesen gewährt. Mehr hat sie nicht erwartet. Doch wie er mit zusammengekniffenen Lippen auf ihrem Bett sitzt, seine nervösen Hände in den Taschen seiner Jogginghose vergräbt, fasst sie trotz ihrer Enttäuschung wieder Vertrauen zu ihm. »Ich glaube dir und ich nehme die Entschuldigung an.« Sie weiß nicht, was nun kommen mag, nur, dass sie ihm dabei offen ins Gesicht sehen möchte. So nimmt sie all ihren Mut zusammen, rückt zur Bettkante vor und setzt sich direkt neben ihn. Unzufriedenheit und Ärger drücken seine Gesichtszüge aus. Aber was Kati am meisten betrübt, ist die tiefe Traurigkeit, welche in seinen Augen liegt. »Paul«, zögerlich greift sie nach seiner Hand. Diese fühlt sich warm an, gibt ihr genau den Funken Sicherheit, den sie jetzt ganz gut gebrauchen kann. Erst nach einigen Sekunden reagiert er und legt seine Hand mit ihrer gemeinsam auf seinem Knie ab. Sie verspürt das Bedürfnis, Pauls Haare zu berühren, doch das würde zu weit gehen. »Ich habe Angst. Das ist der Grund, warum ich nicht mit dir über das Geschehene sprechen kann. Ich setze alles aufs Spiel und riskiere, dass Greta nochmals aus ihrer gewohnten Umgebung gerissen wird.«

Paul drückt ihre Hand, die in seiner liegt. Sein Blick ist auf diese intime Geste gerichtet, als er anfängt zu reden. »Ich kann das nachvollziehen. Nur wird das nichts an meiner Einstellung ändern. Und zwar nicht, weil ich es nicht will, sondern weil ich es nicht kann.« Sein raues Flüstern beschert Kati eine Gänsehaut, auch wenn ihr das Gesagte keinesfalls gefällt.

»Es tut mir schrecklich leid. Meine inneren Alarmglocken schrillen, sobald ich merke, dass jemand nicht die Wahrheit sagt.« Er wendet sich von ihr ab, doch Kati hält ihn zurück. Plötzlich hat sie panische Angst, er könnte gehen. Ihre Hand um seinen Unterarm gekrallt, lässt sie ihn nicht los.

»Bitte, geh nicht.« Sie lehnt ihren Kopf an seinen Oberarm und wispert noch einmal: »Bitte, geh nicht!« Sein Duft steigt ihr in die Nase, sodass sie die Luft tief einatmet.

Trotz alledem löst Paul ihre Finger von seinem Arm. »Kati, ich kann nicht von dem einen Unglück in das andere schlittern. Das ist schwer … auch für mich ist es das. Doch meine Vernunft sagt mir, mehr als Freundschaft wird zwischen uns nicht sein. Es tut mir leid.«

Eine einzelne Träne löst sich aus Katis Augenwinkel, die er mit seinem Daumen wegwischt. Das Knistern in der Luft ist greifbar nah, als sie sich ohne Worte anblicken. An Pauls Kehlkopf kann Kati deutlich erkennen, dass er schlucken muss. Sie hingegen versucht erst gar nicht, ihre Tränen zu verstecken. Da muss mehr als Freundschaft sein. Warum sonst, kommt er mitten in der Nacht hierher, obwohl er sauer auf sie war? Seine

Berührungen, seine Blicke ... da muss einfach mehr sein. Hätte sie tatsächlich eine Chance, wenn sie ihm von ihren Problemen erzählt? Würde sie ihn dann für sich gewinnen können? Was, wenn er gerade wegen ihrer Offenbarung wegläuft. Ihr könnte die Anstellung in der Praxis genommen werden, danach ist es lediglich eine Frage der Zeit, bis sie wieder umziehen müssen. Das wäre das gefundene Fressen für Markus. Gott, nein! Unter keinen Umständen darf Kati Greta verlieren. Ihr Herz schmerzt bei dem Gedanken unendlich. Sie weiß nicht genau, was sie machen soll, nur eines steht für sie fest: Sie kann Paul nicht ohne Weiteres ziehen lassen.

»Ich werde jetzt gehen. Wir beide quälen uns nur, umso länger wir das hier hinauszögern.« Behutsam streichelt er ihr über die Wange, lässt seine Fingerspitzen noch einen Moment hinter ihrem Ohr und in ihrem Haaransatz verweilen, löst sich aber dann von ihr.

Nein, bitte geh nicht!

Als er sich abwendet und nach der Klinke greift, platzt es aus ihr heraus. »Ich bin eine Mörderin! Hast du gehört, Paul? Ich bin eine verfluchte Mörderin!« Schmerzhaft krampft sich ihr Magen zusammen, sie legt die Hände eng um ihren Bauch und beugt sich wippend nach vorne, als würde sie die Krämpfe so stillen können. Doch der einzige Krampf, der sie durchschüttelt, ist ein Heulkrampf.

Paul steht starr an der Tür. Sein Griff um die Klinke ist so kräftig, dass die Knöchel hervortreten. In seinen Augen funkelt es, als er sich wieder zu Kati umdreht. Mit den Händen verdeckt sie ihr Gesicht. Sie möchte ihn nicht ansehen müssen, jetzt wo er die Wahrheit kennt. Keiner, der die Wahrheit kannte, wollte noch etwas mit ihr zu tun haben. Auch Paul wird ihr ein letztes Mal ins Gesicht spucken, was er von einer Mörderin hält, und für immer gehen. Dann kann sie sich in ihr Bett legen und alleine vor sich hin leiden.

Verloren hat sie ihn eh schon, das hat er ihr eben deutlich gemacht. Allerdings verspürt sie das dringende Bedürfnis, ihm eine Antwort geben zu müssen. Die einzige Frage, die sich für Kati stellt, ist, was er jetzt aus dieser Information macht.

»Was ist passiert?«, vernimmt sie seine raue Stimme.

Während sie akribisch den Teppich unter ihren nackten Füßen betrachtet, wischt sie sich über die tränennasse Wange. In ihrem Sichtfeld erscheinen zwei schwarze Turnschuhe. Sie nehmen ihr die Luft zum Atmen. Ein leises Klopfen an der Tür ertönt und beide halten augenblicklich die Luft an. Scheiße!

»Mama?« Gretas zarte Stimme dringt gedämpft vom Flur ins Innere des Zimmers.

Sofort springt Kati auf, drückt Paul an die Wand hinter der Zimmertür, atmet tief durch und öffnet die Tür. »Schatz, was ist los?«, fragt sie ihre Tochter.

»Ist etwas vorgefallen? Müssen wir wieder umziehen? Du machst mir Angst!«

»Mach dir keine Sorgen.« Beruhigend streichelt Kati ihrer Tochter über die Wange. »Ich habe bloß Kopfschmerzen. Ich brauche nur ein bisschen Schlaf. Das solltest du auch tun, morgen ist Schule.« Kati nimmt ihre Tochter in die Arme. »Jetzt geh schlafen, mein Schatz.« Aufmunternd drückt Kati ihrer Kleinen noch einen Kuss auf die Stirn, bevor sie sie in Richtung des Kinderzimmers schiebt. Als Greta zögernd davonläuft, entweicht Kati stockend der Atem.

Sobald sie die Tür geschlossen hat, kommt Paul einen Schritt auf sie zu. Den Arm schlingt er um ihren Rücken, sodass er sie ganz fest an sich ziehen kann. Mit der anderen Hand an ihrem Hinterkopf drückt er sie an seine Brust.

Kati lässt regungslos die Hände herabhängen. Mit diesem Überfall hat sie nicht gerechnet. Seine Körpernähe, seine starken Arme, die sie stützen, sowie seinen einzigartigen Geruch einzuatmen, gibt ihr kurzzeitig das Gefühl von Sicherheit und Geborgenheit.

Warum tut er das? Sie ist eine Mörderin. Als ebendiese verdient sie es nicht, getröstet zu werden. Wieder einmal zerstört diese Erkenntnis Kati den Augenblick, sodass sie sich aus seiner Umarmung winden möchte. »Paul! Verstehst du nicht? Ich habe einen Menschen getötet. Den Zwillingsmädchen ihren Vater genommen!«

»Ich habe sehr wohl verstanden, was du gesagt hast.« Er lockert seine Umklammerung keinen Deut, hält sie stattdessen weiterhin fest an seine Brust gepresst. »Aber ich glaube keinesfalls, dass du eine Mörderin bist. Erzähl mir die ganze Geschichte. Ich will mir mein eigenes Urteil bilden.«

Ungläubig sieht Kati ihn an. Er will hoffentlich nicht wissen, wie sie den Mann umgebracht hat? Der Gedanke, ihm das zu beichten, lässt sie in sich zusammensacken. Als ihre Beine nachgeben, greift Paul ihr unter die Arme, trägt sie das kurze Stück zur Matratze und bettet sie darauf.

Obwohl es warm im Zimmer ist, fröstelt Kati. Ihre Gedanken kreisen um den schrecklichen Unfall, um das viele Blut. Jetzt braucht sie jemanden, an dem sie sich festhalten kann. Kati muss Pauls Wärme spüren, sein Herzklopfen, damit sie weiß, dass es Leben gibt. Schwach und alleine fühlt sie sich. Sie benötigt Halt. Seinen Halt. »Würdest du ... würdest du dich bitte zu mir legen?«, fragt sie daher mit zittriger Stimme.

Einen Moment schaut Paul sie skeptisch an, bevor er die Tür absperrt. Er öffnet seine Schnürsenkel und kickt die Schuhe zur Seite. Als er auch noch seinen Hoody über den Kopf gezogen hat, legt er sich neben Kati aufs Kopfkissen – sein großer Körper senkt sich auf die weiche Matratze. Danach verschränkt er die Arme hinter seinem Kopf, sodass er die Decke anstarren kann.

Kati rückt ein Stück näher an ihn heran. Die Nähe zu Paul macht es ihr ein wenig leichter, über das Vergangene zu sprechen. Eine Hand schiebt sie vorsichtig auf seine Brust, verweilt auf dem warmen Stoff seines T-Shirts direkt über seinem Herzen, als sie zu reden beginnt. »Wir kamen gerade vom Schwimmbad. Markus und Greta äfften den Radiosprecher nach und lachten sich kaputt. Als es unerwartet einen dumpfen Knall gab. Ich ... « Eine Träne läuft ihr über die Wange, welche sogleich von dem Kissen aufgesaugt wird. Schluchzend fährt sie fort. »Ich habe ihn totgefahren! Er war plötzlich vor meinem Auto, ich konnte nicht anders als geradeaus auf ihn zufahren. Er war sofort tot. Das Blut ... die Schreie ... es verfolgt mich immer und immer wieder. Ich habe eine Familie zerstört, Paul.«

Paul atmet tief durch. Flehend sieht sie ihn an. Stumm betet sie, dass er bleiben wird und nicht die Flucht ergreift. Er darf nicht gehen, sie braucht ihn jetzt! Zu ihrer Verwunderung rückt er näher, sodass sich ihre Körper unter der Decke berühren. Er zieht sie dicht an sich und hält sie fest.

»Ich habe nicht nur das Leben dieser Familie vernichtet, sondern auch Gretas Leben. Keiner wollte was mit einer Mörderin zu tun haben, und das wurde an ihr ausgelassen. Ich habe meinen Job verloren. Wir mussten aus Brunsbek fliehen.«

»Wenn du eine Mörderin wärst, warum sitzt du dann nicht im Gefängnis?«, fragt er sachte, während seine Fingerspitzen kleine Kreise auf ihrem Rücken bestreiten.

»Die Polizei behauptet, es handelt sich um einen Unfall, und ich trage keine Schuld daran«, flüstert sie.

»Ganz genau«, stimmt Paul zu. Er legt seine Hand unter ihr Kinn, sodass er ihren Kopf anheben kann, bis sich ihre Blicke treffen. »Es war ein Unfall und du trägst keine Schuld daran!«

»Wie kannst du das sagen? Ich habe ihn überfahren. Steffen ist tot!«, krächzt sie mit erstickter Stimme.

»Es war ein Unfall!«, wiederholt er seine Aussage.

»Red' es nicht schön. Du schaffst es eh nicht«, verzweifelt schüttelt sie den Kopf.

»Hör mal. Du hast einen Menschen getötet. Das lässt sich nicht von der Hand weisen und das sollte man beim Namen nennen. Allerdings war es kein Mord, das ist völliger Humbug. Das war ein Unfall, auch wenn du das nicht einsehen möchtest.«

»Mann, du bist so stur!«, flucht sie, während sie ihre Nase hochzieht.

»Ich glaube, da haben wir beide etwas gemeinsam«, sagt er mit einem Schmunzeln. Dann wird er wieder ernst. »Kati, du musst das aus deinem Kopf bekommen. Es ist erstens nicht die Wahrheit, und zweitens belastet es dich so sehr, dass du sogar mit deiner Tochter geflohen bist. Das was dort passiert ist, war ein Unfall. Das kannst du drehen und wenden wie du möchtest, es ändert nichts an den Fakten.«

Kati rückt noch ein Stück näher an ihn, insofern das überhaupt möglich ist, drückt ihr Gesicht an seine Brust und legt ihren Arm um ihn. Wenig später beginnt sie, leise zu sprechen. »Wenn du wüsstest, was ich alles über mich ergehen lassen musste. Sie haben mich an der Bushaltestelle beschimpft, als ich dort mit Greta wartete. Ich konnte sie nirgendwohin mehr alleine gehen lassen. Während des Joggens habe ich mir eine Ohrfeige von Steffens Witwe eingefangen. Sie stand mit ihren ganzen Freundinnen vor mir, und der Hass in ihren Augen hat mich durchbohrt. Das Schlimme ist, dass ich es irgendwie nachvollziehen kann.« Kati atmet tief ein, denn was sie nun zu erzählen gedenkt, widert sie an. »Nachdem ich dann meinen Job verloren habe und an diesem Tag früher nach Hause kam, lag unsere Nachbarin nackt in meinem Bett. Markus Griffel steckten zwischen ihren Beinen. Uahh, mir wird immer noch schlecht, wenn ich nur dran denke.« Ein nicht enden wollender Schauder läuft ihr über den Rücken, welcher sie erzittern lässt.

»Hast du schon mal drüber nachgedacht, dir ...«, beginnt Paul, wird aber sofort von Kati unterbrochen.

»Sprich es nicht aus. Bitte! Ich möchte nicht darüber reden. Auf keinen Fall, will ich mich auf die Couch von jemand Fremden setzen und mein Leben preisgeben. Das hier fällt mir schon schwer genug.«

Streichelnd legt Paul seine Hand auf ihren Hinterkopf. Dann rollt er sich auf den Rücken, zieht sie mit sich, sodass sie mit ihrem Kopf auf seiner Schulter liegt und ihm so ganz nah sein kann.

Kati legt ihre Hand auf Pauls Bauch und kuschelt sich weiter an ihn. Unter ihrer Hand spürt sie den Bund seines T-Shirts und seine warme Haut. Sie gibt ihrem Bedürfnis nach und schlüpft mit den Fingern unter den Saum des T-Shirts. Ihre Fingerkuppen kraulen über seine Muskulatur, sanft spielen sie mit den zarten Härchen, die zu seinem Bauchnabel verlaufen.

»Danke«, flüstert Kati.

»Bedanke dich nicht«, sagt er mit einer viel zu belegten Stimme. »Du solltest immer darüber reden dürfen. Nur so kannst du das verarbeiten. Das ist nicht nur wichtig für dich, Kati, sondern auch für Greta. Versprich mir, dass du in Zukunft das Gespräch mit mir suchst, wenn dir alles über den Kopf wächst. Du bist eine starke und tapfere Frau. Du hast es nicht verdient, leiden zu müssen. Auch wenn sich ganz Deutschland gegen dich verschworen hätte und dich als Mörderin darstellt, du bist es nicht! Ich werde dir das so lange sagen, bis du mir das irgendwann glau…« Paul zuckt zusammen.

Sofort zieht Kati die Hand zurück. Mist, sie ist zu weit gegangen. »Es tut mir leid. Ich wollte nicht …« Ein wenig beschämt schaut sie die Zimmerdecke an.

»Nein, bitte … verstehe das nicht falsch. Es … es hat sich gut angefühlt. Viel zu gut. Ich …« Er hält inne und sieht prüfend an seinem Körper herab.

Automatisch folgt Kati seinem Blick. Die dünne Decke hält nichts verborgen. Abwechselnd schaut sie von seiner deutlichen Erregung zu seinem Gesicht und wieder zurück. Letzteres scheint trotz Dunkelheit rot zu glühen. Irgendwie ist ihr die Situation nicht so unangenehm, wie sie sein sollte, sie bringt Kati sogar zum Kichern. Das Kichern steigert sich zu einem lauten Lachen, sodass Paul ihr die Hand auf den Mund legt. Ein Grinsen kann er sich nicht verkneifen.

»Pssst, denk an Greta. Nicht so laut, junges Fräulein.«

»Sorry«, nuschelt sie in seine Handfläche, während sie ihn anstrahlt.

Kati erschreckt, als sich Paul schlagartig auf sie rollt. Unter ihm eingekeilt zu sein, macht sie schier bewegungsunfähig. In dieser Position kribbelt ihr gesamter Körper, sie sehnt sich nach mehr, weshalb sie ihre Hände in Pauls Rücken krallt. Kati kann seine Erektion spüren, sodass ihr die Hitze in den Unterleib schießt. Langsam senkt sich sein Kopf, ihre Blicke sind miteinander verschmolzen und dann … bedecken seine weichen Lippen endlich ihren Mund.

Herrgott, steh mir bei! Ihr Körper fängt an zu zittern, während Kati Pauls süßer Verführung ausgeliefert ist. Seine Lippen teilen sich etwas, damit seine Zunge über ihre Unterlippe streicheln kann, bevor sie zärtlich in ihren Mund gleitet und sich mit der ihren vereinigt. Als Kati ein leises Stöhnen entweicht, welches er mit seinem Mund auffängt, stoßen seine Hüften nach vorne und drücken seine Erektion noch fester an sie.

Da löst Paul sich plötzlich von ihr. »Zeit zu gehen!«, flüstert er rau. »Ich komme Morgen um zwei Uhr in die Praxis, und wir werden endlich dieses Gespräch mit meinen Eltern führen. Keine Widerrede.«

Ein letztes Mal berühren sich ihre feuchten Lippen zu einem flüchtigen Kuss. Danach zieht sich Paul an und verschwindet in die Nacht.

XI

Am nächsten Tag betritt Paul fünf Minuten vor der verabredeten Zeit die Praxis seiner Eltern. Sobald Kati ihn erblickt, überzieht eine zarte Röte ihre Wangen. Betti bleibt dies natürlich nicht verborgen, sie tätschelt grinsend die Hand ihrer Kollegin, während sie abwechselnd zu Paul und Kati schaut. »Aha!«, ist das Einzige, was sie sagt.

Bevor Betti ihr Verhör starten kann, erlöst Paul sie aus dieser Situation. »Darf ich dich kurz sprechen?«

Doch das rettet sie nicht vor Bettis Neugier. Seine Schwägerin lehnt sich über den Tresen, Pauls mahnenden Blick erwidert sie mit einem strahlenden Grinsen. Plötzlich scheppert es laut, sodass Betti erschrocken aufschreit. Die Blumenvase, gegen die sie mit dem Ellenbogen gestoßen ist, liegt in tausend Scherben auf dem Teppichboden. Zumindest hat die Gute nun Besseres zu tun, als zu gaffen. »Viel Spaß beim Aufräumen!«, verabschiedet sich Paul und zieht Kati in Behandlungszimmer Drei.

Nachdem er die Tür hinter sich geschlossen hat, lehnt er sich mit verschränkten Armen gegen die Arbeitsplatte. Kati wippt nervös von ihren Fersen auf ihre Zehenspitzen, während sie auf ihrer Unterlippe kaut. Aufgrund dessen löst sich Paul aus seiner ursprünglichen Haltung und lächelt Kati liebevoll an. »Entschuldige, derartige Gespräche sind nicht so meins.« Sie atmet tief durch, schüttelt ihre Arme, als würde sie sich nach dem Sport lockern müssen. Immer noch kaut sie auf ihrer Lippe herum, was in Paul das Bedürfnis entfacht, ihren Mund abermals zu erobern.

»Kannst du bitte aufhören, deine Lippen zu misshandeln?«, fordert er, ohne den Blick von diesem Schauspiel zu lösen.

»Ja, tut mir leid.«

Paul runzelt die Stirn. »Ich hoffe, dein Wortschatz erweitert sich noch etwas. Sonst könnte es schwierig werden, dein Anliegen vorzutragen«, neckt er sie, lehnt sich danach aber wieder an die Arbeitsplatte. »Also gut, was willst du aushandeln?«

»Zwei freie Nachmittage in der Woche.«

»Nur zwei? Betti hat drei freie Nachmittage, das dürfte für dich auch drin sein!«, sagt er. Wenn es um Greta geht, fängt selbst er an zu verhandeln, um das Beste für sie rauszuschlagen.

»Betti gehört zur Familie, das ist was anderes. Ich möchte es vorerst mit zwei freien Nachmittagen versuchen.«

Augen rollend gibt er klein bei. »Na gut. Bereit?« Auf Katis Nicken hin, verlässt er alleine das Behandlungszimmer und kehrt kurze Zeit später zurück. »Sie kommen gleich«, lässt er Kati wissen. Dann dreht er ihr den Rücken zu und kramt in diversen Schubladen, bis er das gefunden hat, was er braucht. Mit der Schere beginnt er den Verband aufzuschneiden, bis Kati neben ihm erscheint.

»Lass mich das machen.« Sie nimmt ihm die Schere aus der Hand, damit sie zu Ende bringen kann, was er angefangen hat. Mit ihren einfühlsamen Arzthelferinnenfingern, die sicherlich noch ganz anderen Fertigkeiten zu bieten haben, befreit sie Pauls Wunde von dem Verband. Im Anschluss beäugt Kati diese, um den Heilungsprozess zu kontrollieren. Plötzlich scheint sie hoch konzentriert, gar nicht mehr nervös.

Ihr fachkundiger Blick bringt Paul etwas aus der Fassung. Die wilde Lockenmähne, die sich in dieser gebeugten Position wunderschön um ihr Gesicht schmeichelt, in ihren Arbeitsklamotten ... so sieht sie einfach verdammt heiß aus. Grundgütiger, wo denkt er hin? Dennoch kann er es sich nicht verkneifen, einen vorsichtigen Blick auf ihren Po zu werfen, der in dieser Haltung besonders zur Geltung kommt.

»Das sieht gut aus«, murmelt sie vor sich hin, indes sie den Blickwinkel wechselt. Jetzt öffnet sie eine Schublade, greift nach neuem Verbandmaterial und versorgt, wie bereits zwei Tage zuvor, die Wunde. Eine angenehme Ruhe liegt über ihnen. Paul beobachtet sie weiterhin aufmerksam, genießt den Anblick. Wenn es nach ihm ginge, könnte sie spielend ein paar Tage lang so weitermachen. Absolut tiefenentspannt lässt er sie ihr Werk vollenden.

»Dankeschön«, sagt er mit einem ehrlich gemeinten Lächeln auf den Lippen.

Ein Klopfen erschreckt beide, Michael betritt den Raum, dicht gefolgt von Anja. Verwundert blicken sie erst Paul und dann Kati an. «Was gibt's, Paul?«, will Michael wissen. Immer wieder sehen sie abwechselnd zu den beiden herüber.

Paul lehnt sich in seiner gewohnten Haltung an die Arbeitsplatte. »Kati möchte was mit euch besprechen, ich bin nur in einer unterstützenden Position als Gretas Lehrer dabei.«

Anja und Michael nicken synchron, widmen ihre volle Aufmerksamkeit anschließend aber Kati. Unterdessen gibt Paul ihr mit einer Geste zu verstehen, dass es nun an ihr ist, etwas zu sagen. Kurz räuspert sie sich, bevor sie leise anfängt zu sprechen.

»Greta hat bedingt durch den Umzug«, sie zögert, »und durch einige Vorfälle aus unserer Heimat Probleme in der Schule.« Erneut atmet sie tief ein. »Ich habe mit Gretas Klassenlehrer«, sie zeigt mit der Hand auf Paul, der ihr aufmunternd zunickt, »Gespräche geführt und ich wollte fragen, ob wir meine Arbeitszeiten kürzen können. Zwei freie Nachmittage in der Woche würden mir und meiner Tochter schon weiterhelfen. Sie braucht mich gerade dringend.« Gespannt schaut sie zu Michael und Anja.

»Möchtest du uns nicht erzählen, was passiert ist?«, hakt Anja vorsichtig nach.

Die Lippen aufeinandergepresst, schüttelt Kati den Kopf, während sie Paul einen hilfesuchenden Seitenblick zuwirft. »Sie befürchtet, dass sie aufgrund ihrer eingeschränkten Einsatzfähigkeit früher oder später gekündigt werden könnte«, sagt Paul in einem sachlichen Ton zu seinen Eltern. Erschrocken reißt Kati die Augen auf. Es dauert jedoch ein paar Sekunden, bis er ihre Empörung bemerkt. »Was ist denn? Ich möchte es nur einfacher für dich machen, indem ich dir deine Angst nehme!« Dabei widmet er seine volle Aufmerksamkeit Kati.

»Das war jetzt aber ganz schön mies!«, flüstert sie in seine Richtung, als würden die restlichen Anwesenden im Raum ihr Gespräch nicht mitbekommen.

»Ich will euch nur helfen. Das sollte dich in keiner Weise bloßstellen.« Nachdem er sich von der Arbeitsplatte abstößt, bedenkt er sie mit seinem typisch autoritären Blick.

Kati atmet tief ein. »Ja, ich weiß«, sagt sie leise. Dann wendet sie sich zu Pauls Eltern, die das ganze Spiel aufmerksam beobachten. »Ihr Sohn hat recht. Ich fühle mich sehr wohl in der Praxis und möchte dadurch nicht negativ auffallen. Ich habe schlechte Erfahrungen gemacht und bin diesbezüglich vorsichtig, was das Arbeitgeber-Arbeitnehmerverhältnis anbelangt.«

Paul fällt auf, dass sich ihre Haltung entspannt, seitdem sie es ausgesprochen hat. Tatsächlich tritt sie sogar einen Schritt nach hinten, um sich locker neben Paul an die Arbeitsplatte zu lehnen.

Kurz darauf ergreift Michael das Wort: »Also, gut ... Wir werden mit Betti sprechen, denn sie möchte ihre Arbeitszeit aufstocken. Ihr beide könnt euch zukünftig arrangieren, wie ihr die Nachmittage aufteilt, ist uns egal. Hauptsache es ist immer einer da, damit Frau Lauer Unterstützung hat.«

Von der eigenen Freude mitgerissen, greift Paul nach Katis Hand, drückt diese fest und erwidert ihren strahlenden Blick. Keine Sekunde später dringt das Kichern von Pauls Mutter zu ihm durch, sodass er Katis Hand sofort loslässt.

»Ich möchte dennoch etwas ansprechen.« Streng sieht Michael über seine Brille hinweg, ganz speziell Kati an. »Wir akzeptieren, wenn du nicht über deine Probleme reden magst, doch deine Arbeit darf darunter keinesfalls leiden. Achte bitte darauf.«

»Werde ich. Versprochen!«, antwortet Kati.

»Na, siehst du!« Paul stößt sie spielerisch mit dem Ellenbogen gegen den Arm, während er auf sie herab grinst.

»Danke«, sagt sie und lächelt ihn liebevoll an.

Es ist schön, sie so glücklich zu sehen, denkt sich Paul – bis ihm plötzlich bewusst wird, dass sie sich seit einigen Sekunden gegenseitig anschauen. Schnell beendet er den Blickkontakt zu ihr, damit er geradewegs in die vier aufmerksamen Augen seiner Eltern schauen kann.

Nachdenklich hält sein Vater die Arme überkreuzt, umfasst mit Daumen sowie Zeigefinger sein Kinn, während er eine Braue hochgezogen hat und immer wieder mit seinem Finger auf die Wange tippt. Anja hat die Arme ebenfalls überkreuzt, den Kopf schief gelegt. Ihr Gesicht ziert ein freudestrahlendes Grinsen.

Indem Kati sich einmal räuspert, unterbricht sie die unangenehme Stille. Auch ihr ist nicht verborgen geblieben, wie irreführend die aktuelle Situation ist. Sie stößt sich von der Arbeitsplatte ab und tritt Richtung Tür. »Ich danke Ihnen von Herzen!«

Kaum ist Kati verschwunden, liegt die volle Aufmerksamkeit seiner Eltern auf Paul.

Dieser hebt nur kurz die Hand zum Gruß, geht dann ebenfalls durch die offenstehende Tür. Im Flur kann er hören, wie seine Eltern gleichzeitig anfangen zu sprechen: »Sind die zwei nicht süß?«, quietscht Anja, während Michael locker feststellt: »Das wird noch interessant!«

XII

Am Abend klingelt Katis Handy. Als sie es in die Hand nimmt, bleibt für einen Moment ihr Herz stehen. Der Name Markus blinkt auf dem Bildschirm auf. Verdammt, was will der denn? Greta schläft doch schon. Mit einem unguten Gefühl im Bauch nimmt sie den Anruf entgegen.

»Was willst du?«, fragt sie, um direkt auf den Punkt zu kommen.

»Wenn ich Greta nicht regelmäßig sprechen darf, sorge ich dafür, dass sie zu mir zieht«, legt er sogleich los.

»Was soll das?« Eine rasende Wut macht sich in Kati breit. »Greta ruft jeden verdammten Tag an! Aber deine Tussi sagt jedes Mal, dass sie nicht ständig anrufen soll, weil sie dich vom Arbeiten abhält.«

»Du hast sie nicht mehr alle! Heike hat nicht einen Anruf bekommen. Nicht einen!«, knurrt er durchs Telefon.

»Greta ruft jeden Morgen an!«, beharrt Kati.

»Rede keinen Unsinn. Wenn das ab morgen nicht klappt, weißt du was passiert!« Tut, tut, tut …

Mit offenem Mund fixiert Kati ihr Handy. Am liebsten würde sie es vor lauter Wut an die Wand feuern. Eine Träne der Verzweiflung löst sich aus ihrem Augenwinkel. Dabei hat der Tag heute so gut begonnen.

Nachdem Kati sich ausgezogen hat, nimmt sie eine Dusche, um auf andere Gedanken zu kommen. Auch als sie unter dem heißen Wasserstrahl steht, brodelt es tief in ihr. Fest entschlossen schäumt sie sich die Haare ein. Was soll das eigentlich alles? Wie soll Greta ihren Vater erreichen, wenn die Schnepfe namens Heike ihre Anrufe abfängt? Warum um alles in der Welt setzt er sie unter Druck, belügt sie dabei zusätzlich? Er muss doch wissen, dass sein Betthäschen Gretas Anrufe immer abwimmelt!

Greta ist das Einzige, was sie hat! Niemals wird sie sie gehen lassen. Komme was wolle! Ihre Tochter gehört zu ihr, niemand nimmt sie ihr weg.

Frisch geduscht und etwas klarer im Kopf, liegt sie ein wenig später in ihrem Bett. Doch von Schlafen kann keine Rede sein. Ihre Gedanken kreisen um den heutigen Nachmittag. Ein kleiner Funken Skepsis bleibt, trotzdem kann sie froh sein, solche Arbeitgeber zu haben. Sie muss sich unbedingt noch einmal bei Paul bedanken. Er hat ihr wirklich souverän zur Seite gestanden, sich am Ende sogar mit ihr gefreut.

Sofort erinnert sie sich an den Moment, als sie sich in die Augen sahen. Wieder breitet sich das warme Gefühl in ihrer Bauchgegend aus, ein kleines Schmunzeln schleicht sich auf ihr Gesicht. Er hat ihr tief in die Augen geschaut und sie strahlend angelächelt.

Der unerwartete, aber schrille Benachrichtigungston einer eingehenden Nachricht lässt sie zusammenschrecken. Als sie das Chatfenster öffnet, überkommt sie das Entsetzen. Ein Foto von Greta lädt sich hoch. Unter dem Foto steht die Mitteilung:

Wenn du nicht endlich dafür sorgst, dass das Gör nicht ständig ihren Vater anruft, wird was passieren. Das ist mein voller ernst, Kati Eisenhauer!

Heike. Das kann nur Heike sein. Sie steckt hinter dieser fremden Nummer. Kaum hat Kati das begriffen, knipst sie das Licht an, setzt sich aufrecht hin und wischt sich verzweifelt mit der Hand übers Gesicht. Was soll das? Warum tut Heike das bloß? Kati wird zur Polizei gehen müssen. Sorgerecht hin oder her. Das kann sie sich nicht bieten lassen. Zumal sie keinen blassen Schimmer hat, inwiefern Heike ihre Drohung wahr macht.

♥♥♥

Am nächsten Morgen begleitet sie Greta zur Schule, um ein kurzes Gespräch mit Paul zu ergattern. Es ist zehn vor acht, als sie vollen Mutes ans Lehrerzimmer klopft. Ein Herein, welches ein Männergesangverein nicht besser hinbekommen könnte, donnert ihr entgegen. Vorsichtig setzt sie einen Schritt durch die Tür. Der Teppich dämpft die Gespräche, der sich unterhaltenden Lehrer, Kaffeeduft schlägt ihr in die Nase. Sie schaut in mindestens zwanzig paar Augen, die sie jetzt interessiert mustern. Als sie Paul am Ende des Tisches entdeckt, ist sie fast schon froh. Dieser sieht von seinen Unterlagen auf, woraufhin er sie erst mal überrascht anschaut. Dann wandelt sich sein Blick in ein Lächeln.

»Darf ich Sie kurz sprechen?« Kati bevorzugt es, ihn vor seinen Kollegen zu siezen, was Paul anscheinend nur recht ist, denn er stört sich nicht daran. Sie fühlt sich unwohl, somit ist sie froh, als Paul endlich seine Sachen einpackt und mit seiner Kaffeetasse in der Hand auf sie zu schlendert.

»Gehen wir in mein Klassenzimmer«, sagt er freundlich, jedoch mit einer offensichtlichen Neugierde. Zu dritt machen sie sich schweigend auf den Weg. Vor der Klasse weist Kati ihre Tochter an, einen kurzen Moment vor der Tür zu warten. Nickend setzt sich Greta auf die Fensterbank des Schulflures. Nachdem Paul den Raum aufgeschlossen hat, nehmen sie an seinem Pult Platz.

»Was gibt es?«, schießt er sofort los. »Ist was passiert?«

Nervös knetet Kati ihre Hände und räuspert sich. »Greta und ich werden bedroht.« Sie schaut ihm direkt in die Augen.

Paul verschluckt sich beinahe an seinem Kaffee, zieht daraufhin argwöhnisch die Augenbraue zusammen. »Wie bitte?«

»Ich reagiere vielleicht über, aber dieses Mal wurde sogar ein Foto von Greta mit gesendet.«

»Dieses Mal? Wie oft wurdest du denn bedroht?«, fragt er ungläubig nach.

»Es waren nur belanglose Nachrichten über WhatsApp. Ich kannte die Nummer nicht. Doch jetzt bin ich wirklich verunsichert, vor allem aber weiß ich, von wem sie kommen.«

»Warst du schon zur Polizei?«

»Ich werde heute Mittag, gleich nach der Arbeit, hingehen.«

»Ich nehme an, es bringt nichts, wenn ich dich auffordere, direkt hinzugehen?«

Kati muss trotz der grotesken Situation lächeln. Woher ahnt er das wieder? Zustimmend nickt sie ihm zu.

»Du weißt, wer es ist?«, hinterfragt Paul in einem leisen Ton.

Kati senkt ihren Blick und beginnt zu sprechen. »Ich nehme an, dass es die neue Freundin meines Mannes ist. Das Foto, welches mitgesendet wurde, hängt in meinem alten Wohnzimmer in Brunsbek. Dieses Foto hat sonst keiner. Das würde auch erklären, warum sie Greta schon einige Male ermahnt hat, nicht mehr so oft anzurufen. Markus wiederum macht mir die Hölle heiß, droht mir immer, dass er mir Greta wegnehmen würde, wenn sie sich nicht häufiger bei ihm meldet.« Verzweifelt schließt Kati einen Moment die Augen.

»Das ist ja furchtbar. Was kann ich jetzt für euch tun?«

Aus müden Augen schaut Kati ihn an. »Na ja, in erster Linie wollte ich Gretas Klassenlehrer informieren, damit der in den nächsten fünf Stunden gut auf sie achtgibt. Und dann wollte ich ...« Kati druckst etwas herum, bis sie die richtigen Worte findet. »... ich wollte es dir einfach erzählen.« Mutig hebt sie ihren Blick, begegnet seinem.

Infolge dessen steht Paul auf, umrundet sein Pult, bis er schließlich neben ihr in die Hocke geht. Er greift nach ihren schmalen Fingern und streichelt mit dem Daumen sachte über ihre Handfläche. »Hier in der Schule wird Greta nichts passieren, das schwöre ich dir. Doch du solltest schleunigst zur Polizei gehen und nicht erst bis heute Mittag warten. Was sagt eigentlich dein Mann dazu?«

»Dass sie uns bedroht, weiß er bislang nicht, und dass sie Gretas Anrufe abfängt, glaubt er mir nicht.« Kati schaut frustriert auf Pauls Hand, die immer noch fürsorglich die ihre umfasst.

Nur Sekunden später ertönt die Schulglocke. Bevor die Tür aufgerissen wird und die Schüler hereinstürmen, erhebt sich Paul, damit er sich hinter sein Pult setzen kann. «Ich lasse Greta nicht aus den Augen. Versprochen!« Er sieht in Katis Gesicht, wo er einen Anflug von Erleichterung wahrnimmt. Sie legt ein liebevolles Lächeln auf, reicht ihm danach die Hand.

»Ach ...«, sie beugt sich etwas nach vorne, sodass Paul es ihr gleich tut, bis ihre beiden Köpfe knapp voreinander sind. Was wollte sie gerade sagen? Die plötzliche Nähe bringt Kati durcheinander. Automatisch wandert ihr Blick zu Pauls Lippen, während sie vor sich hin stottert. »Ich ... ähm ... Greta.« Tief durchatmen, Kati. Oh, keine gute Idee. Pauls Duft ist wirklich unvergleichlich. Schnell weicht Kati einige Zentimeter zurück, muss aber feststellen, dass Paul ebenfalls auf ihre Lippen starrt. Ein kleines Lächeln bringt sie hervor. Allerdings erinnert sie sich endlich daran, was sie Paul noch mitteilen möchte. »Greta weiß nichts davon, ich möchte sie nicht beunruhigen«, sagt

Kati so leise, dass Paul es geradeso hören kann. Dann dreht sie sich um, winkt ihrer Tochter zu und begibt sich auf den Weg zur Arbeit.

XIII

Paul lässt die Kreide um seine Finger kreisen, während er gedankenverloren aus dem Fenster starrt. Hoffentlich wird Kati so schnell wie möglich mit der Polizei sprechen. Er macht sich ernsthafte Sorgen um das Wohl der beiden. Wer weiß, was dieser Verrückten noch in den Sinn kommt, wenn sie Kati schon Drohnachrichten zukommen lässt.

»Herr Kirschen, meine Mama hat mir erzählt, Sie haben Onkel Oliver verhauen. Das stimmt doch nicht, oder?«, reißt ihn seine Schülerin Sina aus den Gedanken. Was hat das Mädchen gerade gefragt? Paul schießt die Schamesröte ins Gesicht, indes er sich verlegen mit der Hand durch seine Haare fährt. Was soll er darauf jetzt antworten? Dieses elende Dorfgetratsche! Es war ja klar, dass das früher oder später bis zu seinen Schülern durchdringen musste. Kurz räuspert er sich, bevor er erwidert: »Hast du alle Substantive rot angestrichen? Alles andere gehört keineswegs in den Unterricht!«

Das Thema ist, Gott sei Dank, nicht mehr angeschnitten worden. Seine Schüler halten ihn momentan wirklich auf Trab. Wissbegierig, neugierig und absolut schusselig. Ja, das beschreibt seine Klasse am treffendsten. Positiv überrascht ist er allerdings von Greta. Mittlerweile hebt sie des Öfteren den Finger, um sich an der Schulstunde zu beteiligen. Das freut ihn sehr.

Die Pause über bleibt Greta im Klassenraum, damit sie die Tafel wischen kann. Danach wird sie von Paul angewiesen, Arbeitsblätter auszuteilen und die Pflanzen zu gießen. All das nur, um Zeit zu schinden, sodass die Kleine sicher im Inneren des Schulgebäudes bleibt. Das morgendliche Gespräch mit Kati geht Paul nicht mehr aus dem Kopf.

Nachdem Greta am letzten Blumentopf angekommen ist, lässt sie die Gießkanne in ihren Händen sinken. »Darf ich endlich mal mein Pausenbrot essen?«

Paul wirft einen Blick zur Uhr, die über der blank polierten Tafel hängt. »Es ist leider etwas spät für den Schulhof. Willst du mir in den letzten fünf Minuten Gesellschaft leisten?«, redet sich Paul heraus, um zu verschleiern, dass er sie bloß nicht aus den Augen lassen möchte. Trotzdem unterhalten sich beide angeregt, bis die anderen Schüler wieder das Schulzimmer betreten und Paul den Unterricht beginnt.

Als er die Verbformen an die Tafel schreibt, klopft es an der Tür. Ohne die Kreide herunterzunehmen, ruft er: »Herein?«

Plötzlich hört er einen schrillen Schrei durch den Raum hallen. Als er sich umdreht, weicht ihm alle Farbe aus dem Gesicht. Ein hochgewachsener Mann mit Vollbart und Brille geht auf Greta zu, die ihm jubelnd in den Arm springt.

»Papa!« Quiekend vor Freude, drückt sie ihn ganz fest an sich.

»Dir geht's gut, Kleine. Gott sei Dank!« Lächelnd lehnt der Mann die Stirn an Gretas.

Paul eilt zu Greta und greift von hinten unter ihre Arme, um sie aus der Umarmung zu befreien. «Entschuldigen Sie bitte? Sie können nicht einfach in die Klasse platzen. Sie stören den Unterricht. Bitte warten Sie, bis die Stunde beendet ist.« Paul hofft inständig, dass Gretas Vater jetzt keinen Aufstand macht, sondern das Weite sucht.

Tatsächlich legt dieser die Hand auf Gretas Schulter. »Ich warte auf dem Schulhof auf dich!« Danach verlässt er wortlos den Raum.

Eine vorübergehende Erleichterung durchflutet Pauls Körper. Warum ist er hier? Macht er seine Warnung jetzt wahr und nimmt Greta mit? Das dürfte er gar nicht, wenn ihm nicht offiziell das Sorgerecht für die Kleine zugesprochen wurde. Sein Blick schweift zu Greta, die sich wieder auf ihren Platz gesetzt hat. Sie strahlt bis hinter beide Ohren, ist kaum auf dem Stuhl zu halten.

Nachdem sich alle anderen beruhigt haben, greift er sein Handy und stellt sich vor die Klassentür. Automatisch tippt er die Nummer der Praxis ein, dann ruft er an. Nach nur zweimal Klingeln geht Betti ans Telefon, doch diese kann nicht mal ihren Begrüßungstext beenden, weil Paul ihr sofort ins Wort fällt. »Gib mir Kati!«

»Paul?«

»Ja verdammt, gib mir Kati!«

»Ist ja gut, Moment!«, passt sich auch Betti dem harschen Tonfall an.

Da Paul das Gespräch im Hintergrund mithört, verspürt er das dringende Bedürfnis, durch den Hörer zu krabbeln, um das Ganze ein wenig zu beschleunigen.

»Ja?«, meldet sich Kati nach gefühlten Ewigkeiten. Man kann die Sorge in ihrer Stimme klar vernehmen.

»Dein Mann ist hier gerade aufgetaucht. Er wartet im Schulhof auf Greta. Du solltest schleunigst herkommen«, lässt Paul sie wissen.

»Markus ist da?« Scharf saugt sie die Luft ein. »Was will er? Um Gottes willen! Ich ... wie soll ich denn jetzt zur Schule kommen? Betti kannst du mich fahren?«

Weil Paul weiß, dass Bettis Auto in der Werkstatt ist, sagt er spontan: »Betti soll dir den Ersatzschlüssel für mein Auto geben. Beeil dich ... und pass auf mein Auto auf!«

»Ich komme«, erwidert sie mit zittriger Stimme.

Noch fünfzehn Minuten bis der Unterricht endet. Kati, beeil dich doch! Paul schaut nervös auf seine Uhr, wieder zu Greta, zur Tür. Wo bleibt sie nur?

Nachdem er aufgestanden ist, marschiert er wie ein Soldat vor der Tafel entlang. Ein Blick auf Greta bestätigt ihm, dass sie schon ziemlich aufgeregt ist. Es wird schwer werden, sie gleich in der Klasse zu halten. An der Fensterbank angekommen, lässt er seine Augen über den Schulhof schweifen.

Da! Kurzentschlossen rennt er aus dem Raum, die Gänge entlang, bis ins Sekretariat. Fordert die Sekretärin auf, seine Klasse zu beaufsichtigen, und spurtet auf den Schulhof. Von Weitem sieht er Kati und Markus Eisenhauer voreinander aufgebaut, wild mit den Händen und Armen gestikulieren. Er verlangsamt seinen Schritt, bis er letztendlich neben Kati stehen bleibt. Und nun? Was macht er jetzt hier? Fragt er sich, als er merkt, dass auch Kati und Markus ihn verdutzt anschauen. Eine kurze Weile schaut er Kati in die Augen, bis sie plötzlich, gestärkt durch Pauls Anwesenheit, ihr Kinn in die Höhe reckt, um Markus mutig entgegen zu blinzelt. »Noch mal! Was willst du hier?«, fragt sie in einem schärferen Tonfall.

»Ich möchte mich vergewissern, dass es Greta gut geht. Nachdem sie mich nicht mehr regelmäßig anruft, habe ich mir Sorgen gemacht. Und ich sage dir eins: Wenn ich nur ein einziges Anzeichen dafür finde, dass es der Kleinen nicht gut geht, oder du nicht richtig für sie sorgst, wird sie mit mir zurück nach Brunsbek fahren! Heute noch!« Markus spricht klar und deutlich, sodass man kein einziges Wort infrage stellt.

»Wird sie keinesfalls! Greta bleibt hier, sie geht nirgendwo hin!« Paul fällt es zusehend schwerer, sich zurückzuhalten. Angespannt ballt er seine Hände zu Fäusten und steckt sie in die Hosentasche.

»Kati. Ich kann und ich werde! Also schau, dass du dich fügst!« Markus redet leise, aber bedrohlich.

Ein Seitenblick auf Kati bestätigt Paul, dass er seine neugewonnene Freundin schon ziemlich gut kennt. Denn seinen Erwartungen getreu, ringt sie um ihre Fassung. Ihr Kopf ist hochrot, ihre Augen glänzen glasig.

Paul tritt einen Schritt näher und mischt sich ein. »Ich, als Gretas Klassenlehrer, kann Ihnen versichern, dass sie einen vollkommen aufgeweckten und gesunden Eindruck macht. Schauen Sie sich doch einfach hier um, lassen Sie sich von Greta erzählen, wie es ihr geht. Aus meiner Sicht gibt es jedoch keine Bedenken, Herr Eisenhauer.«

Markus runzelt die Stirn. Während er Paul anstarrt, zuckt sein Mundwinkel einige Male. Ein Handyklingeln reißt alle drei aus dieser grotesken Situation. Zögerlich betrachtet Markus das Display, wendet sich daraufhin fluchend ab, um das Gespräch anzunehmen.

Augenblicklich dreht sich Paul zu Kati. Zwischen zusammengebissenen Zähnen presst er hervor: »Jetzt wird nicht geweint! Reiß dich zusammen! Für Greta!« Laut pustet Kati die Luft aus, als sie versucht, Pauls Aufforderung nachzukommen. Sie schiebt die Schultern nach hinten, danach lockert sie ihre Nackenmuskeln ein wenig, indem sie den Kopf zweimal halb kreisen lässt. »Du schaffst das!«, flüstert Paul ihr gerade rechtzeitig zu, denn Markus beendet sein Telefonat. Weiterhin fluchend, wirbelt er zu ihnen herum.

»Zeig mir, wie ihr lebt, und erkläre mir, warum, verflucht noch mal, Greta nicht regelmäßig anruft.« Bitterböse blickt Markus sie an.

»Das kann ich dir verraten, Markus! Weil dein Heikilein die Anrufe abfängt. Sie hat Greta verboten, so oft anzurufen. Das habe ich dir gestern schon gesagt, aber du glaubst mir ja nicht.« Stillschweigend denkt Markus nach. »Außerdem …« Kati ballt die Hände zu Fäusten. »Außerdem werden wir von ihr bedroht.«

Ein sarkastisches Lachen ertönt. »Meinst du nicht, du gehst zu weit?«

Kati kramt ihr Handy hervor, hält ihm schnaufend die Nachricht direkt vor die Nase. »Schau!«, brüllt sie. »Das hängt in Brunsbek. Keiner sonst hat dieses Bild.« Markus weicht einen Schritt zurück, damit er sich die Nachricht überhaupt ansehen kann. Auch die ersten zwei Nachrichten zeigt sie ihm und beharrt auf ihre Vermutung, dass Heike dahintersteckt.

»Es wäre jedenfalls naheliegend«, wirft Paul schlichtend ein.

»Was geht Sie das eigentlich an? Ich dachte, Sie wären Gretas Klassenlehrer. Warum stehen Sie hier noch rum?«

»Markus!«, empört Kati sich. »Lass ihn in Ruhe. Er war mir bisher eine große Hilfe.«

Markus einzige Reaktion ist ein verächtliches Schnauben.

Erneut ballt Paul die Fäuste in seiner Hosentasche. Er wünscht sich zutiefst, dass diese verfahrene Situation ein positives Ende nimmt. Daher beschließt er, zum Angriff überzugehen. In einem ruhigen Ton beginnt er zu sprechen: »Kati arbeitet in der Arztpraxis meiner Eltern. Da haben wir uns kennengelernt, folglich angefreundet. Freunde helfen sich untereinander. Deswegen stehe ich ihr zur Seite und versuche, sie zu unterstützen, wo es machbar ist. Das werden Sie verstehen können, Herr Eisenhauer? Es geht immerhin um das Wohl ihrer Tochter, welche Ihnen so am Herzen liegt.«

Kati und Markus schauen ihn gleichermaßen verdutzt an, doch die Emotionen könnten unterschiedlicher nicht sein. Eine leichte Röte steigt Kati ins Gesicht. Markus hingegen verstummt, bis er Kati anblickt und geradeheraus fragt: »Du hast schon einen Neuen?« Obwohl er derjenige ist, der sie betrogen hat.

»Er ist ein Freund«, sagt Kati, während sie näher zu Paul tritt. Erneut werden sie von Markus' Handygetöse unterbrochen.

»Verdammter Dreck. Nichts können die alleine machen!«, murmelt er, bevor er sich abermals abwendet, um den Anruf entgegenzunehmen. »Was? Das ist nicht dein Ernst!«, plärrt er in das Handy.

Kati greift nach Pauls Hand. »Danke«, flüstert sie, den Blick weiterhin auf Markus gerichtet. Ehe Paul etwas erwidern kann, lässt sie seine Hand los. Daraufhin macht sich ein Gefühl von Kälte in ihm breit.

»Ja, verflucht, ich komme! Das wird Konsequenzen für dich und diesen Trottel haben, lass dir das gesagt sein!«, beendet Markus das Gespräch. Dann wendet er sich Kati zu. »Ich möchte jetzt noch eine halbe Stunde mit Greta verbringen. Danach muss ich zurückfahren. Aber denke nur nicht, dass ich dich aus den Augen lasse.«

Erleichterung macht sich breit. »Wirst du mit Heike sprechen?«, will Kati wissen.

Für einige Sekunden schließt Markus die Augen, schüttelt den Kopf. »Ja, werde ich. Obgleich ich nicht wüsste, warum sie so etwas machen sollte.«

Keiner hätte mit diesem plötzlichen Ende, ja beinahe positiven Ausgang, des Gespräches gerechnet, als Greta bereits jubelnd in die Arme ihres Vaters springt. Dieser wirbelt sie lachend durch die Luft, danach setzt er sich mit ihr auf die Bank. Einige Male fällt der Name Heike in ihrem Geplauder. Greta scheint ihm gerade zu erzählen, was Heike ihr ständig am Telefon sagt.

Ratlos blickt Paul zu dem – ja, er kann es nicht anders nennen – liebevollen Vater. Fürsorglich streichelt er seiner Kleinen immer wieder über den Rücken. Seine Augen leuchten, während sein Interesse alleine seiner Tochter gilt. Andererseits hintergeht er Kati. Der Mann ist ein Widerspruch in sich.

Doch was im Augenblick zählt, sind ausschließlich Gretas Augen, die pures Glück ausstrahlen. Tief im Inneren muss Markus etwas Gutes in sich verborgen halten. Warum sonst war Kati mit ihm verheiratet. Automatisch wirft Paul einen Blick auf sie, die wiederum Greta und ihren Vater beobachtet, während sie sich angeregt unterhalten.

Als Kati Pauls Aufmerksamkeit bemerkt, sagt sie bloß: »Er war nicht immer so ein Arsch.«

Paul nickt. »So etwas Ähnliches habe ich mir längst gedacht.«

Auge um Auge, Zahn um Zahn. Paul schlittert über den nassen Rasen und schießt den Ball zwischen zwei Apfelbäume. »Toooor!«, brüllt er aus Leibeskräften. Ja, auch dieses Jahr geht der Kirschen-Cup wieder an Paul. Tom hat es bisher noch kein einziges Mal geschafft, ihm den Titel zu nehmen.

»Das kann doch nicht wahr sein!«, mosert Tom, während er kurzatmig zu dem am Boden liegenden Paul marschiert und ihm die Hand reicht.

»Tja, du Sportskanone, ich hab's eben drauf. Du solltest lernen, zu deinen Schwächen zu stehen!« Paul prustet, dabei amüsiert er sich köstlich über seinen eigenen Scherz. Daraufhin lässt Tom Pauls Hand einfach los, sodass der neugekührte Kirschen-Cup-Träger mit voller Wucht im Matsch landet. Nun ist es an Tom, loszuprusten.

»Oh Mist!«, flucht Paul, nachdem er sich beruhigt hat. Der Verband seiner lädierten Hand ist vom Matsch überzogen.

Wenig später sitzen die Brüder völlig schmutzig, fertig, dennoch glücklich in Toms Wohnzimmer und öffnen sich je eine Bierflasche. Gerade angestoßen, beginnen sie auch schon mit der Spielanalyse, was die beiden einige Lachtränen vergießen lässt. So vergeht der Abend in einer lockeren Atmosphäre mit Bier und Pizza, Witzen und dummen Geschwätz, bis Paul schließlich gegen zehn Uhr nach Hause geht.

♥♥♥

Eine halbe Stunde später liegt er frisch geduscht, doch völlig erschöpft in seinem Bett. Schnell checkt er noch einmal seine Nachrichten auf dem Handy. Eine ist von Liza, die wissen will, was das heute Mittag auf dem Schulhof war. Vor ihr bleibt wirklich nichts verborgen. Aber wahrscheinlich hat dieses Durcheinander sowieso die ganze Belegschaft mitbekommen. Da ist Liza eher das kleinere Übel.

Eine weitere Nachricht ist von seinem Vater, der besorgt wissen möchte, was heute Morgen los war. Betti muss ihm verraten haben, dass Paul Kati in die Schule zitiert hat.

Dann ist da eine zweite Mitteilung.

Kati: *Hi, ich weiß gar nicht, wie ich dir das alles jemals danken kann. Ich stehe tief in deiner Schuld. LG Kati*

Aus unerklärlichen Gründen wird ihm warm, aber auch ganz eng, ums Herz. Denn mehr als Freundschaft wird er ihr nicht geben können. Zwar kennt Paul nun die Wahrheit, dass Kati ihn angelogen hat, lastet allerdings schwer auf ihm. Wenn er sich nur nicht so zu ihr hingezogen fühlen würde. Sie ist attraktiv und sexy. Als er an den Kuss in Katis Bett zurückdenkt, regt sich etwas in seiner Lendengegend. Dieser Kuss war alles andere als keusch. Eventuell sollte er ihnen wenigstens eine Freundschaft mit gewissen Vorzügen eingestehen, doch zunächst einmal antwortet er.

Paul: *Hallo, ich hab's gerne gemacht. Kein Problem.*

Zwei Minuten später kommt die nächste Nachricht von ihr.

Kati: *Darf ich mich bitte erkenntlich zeigen? Ich würde dich gerne zum Essen einladen.*

Nachdenklich starrt Paul auf sein Handy. Kann er dieser Einladung nachkommen? Freunde tun doch so etwas, oder etwa nicht?

Paul: *Ein Abendessen ist okay.*

Eine weitere Nachricht folgt sofort.

Kati: *Charlotte kann am Samstag auf Greta aufpassen. Passt es da bei dir?*

Paul: *Passt wunderbar, wann soll ich dich abholen kommen?*

Kati: *19 Uhr ist super. Ich reserviere was in Trier. Ich freue mich auf dich.*

Sie freut sich auf mich? Tief in Pauls Herzen flammen erste Zweifel auf. Vielleicht ist das in ihren Augen ein Date? Definitiv muss er das am Samstag ansprechen.

Mit einem nicht definierbaren Gefühl im Bauch schläft er schlussendlich ein.

XIV

Ja, er hat zugesagt! Kati hüpft auf und nieder, freut sich wie verrückt und kann nicht mehr aufhören, zu grinsen. Sobald sie an ihn denkt, kribbelt es in ihrem Bauch. Kati ist drauf und dran, sich in Paul zu verlieben. Ob das wiederum so gut ist, wird sich noch herausstellen. Doch jetzt lässt sie sich erst einmal nicht von ihrer Skepsis die Laune verderben.

Natürlich fand Charlotte es total klasse, dass Kati mit Paul ausgeht. Also hat sie ihr gleich ein Restaurant in Trier empfohlen. Nun, Kati hat ihr einige Male erklärt, dass es sich hierbei um ein Essen unter Freunden handelt, aber Lotti grinst nur dämlich, während sie nickt, als hätte sie irgendwelche Zuckungen. Mittlerweile hat Kati aufgegeben, sie dennoch gebeten, vor Greta nichts Derartiges zu erwähnen. In dieser Hinsicht ist Verlass auf Charlotte. Trotz der großen Entfernung hatten die Freundinnen stetigen Telefonkontakt. Schließlich kennen sie sich schon ewig. Lotti war es auch, die ihr bedingungslos die Tür geöffnet hat. Ohne nachzufragen, war sie für Kati und Greta da. Wegen alledem weiß Kati ganz genau, dass sie sich irgendwann, wenn der Zeitpunkt gekommen ist, ihr anvertrauen wird.

Ja, der Tag wird kommen. Doch momentan genießt sie es einfach, jemanden um sich zu haben, der nicht über die ganzen Geschehnisse in Brunsbek informiert ist. Zwar weiß Charlotte von dem Unfall, aber alles andere hat sie ihr noch nicht erzählt.

Wenn man vom Teufel spricht, denkt sich Kati, als ihre Freundin die Küche betritt. Wieder trägt sie ein glückseliges Grinsen auf dem Gesicht. Das ist ja zum Davonlaufen! »Mensch! Hör auf mit deiner Grinserei. Ich habe dir schon einmal gesagt, dass das Essen nichts weiter zu bedeuten hat! Paul und ich sind *nur* Freunde.« Daraufhin wird Lottis Grinsen nur noch breiter.

»Ja, das sagtest du bereits.« Zwinkernd wendet sie sich der Kaffeemaschine zu. »Trotzdem ...«

»Charlotte Schmitt!«, stoppt Kati sie in ihrem Versuch, irgendetwas Unvernünftiges verlauten zu lassen. In einer Unschuldsgeste hebt ihre Freundin die Hände. Als hätte Lotti nie etwas gesagt, schaut sie dem Kaffee zu, wie er geräuschvoll in die Tasse tropft.

Mit einer Hand stützt sich Kati auf der Arbeitsplatte ab und hüpft herauf, sodass sie neben ihrer Freundin zum Sitzen kommt. Nachdenklich greift sie nach Lottis Kaffeetasse. Die Bestohlene runzelt bloß die Stirn, indessen bedient sie die Maschine direkt noch einmal. »Er ist Gretas Lehrer.« Mit dem Finger fährt Kati den Rand der Tasse entlang.

»Und ein wirklich gutaussehender Single, mittleren Alters, mit einem ordentlichen Beruf *und* einem heißen Hinterteil!«

»Du bist unmöglich!«

»Ist schon in Ordnung. Ich will dir damit nur sagen: Wo ein Wille ist, da ist auch ein Weg.« Danach nimmt sie sich ihr Heißgetränk und setzt sich an den Esstisch. »Du magst ihn!«, stellt sie fest, ohne mit der Wimper zu zucken.

Ertappt, läuft Kati knallrot an. Mit beiden Händen streicht sie sich resignierend über ihre Wangen, kann sich ein Grinsen jedoch nicht verkneifen.

»Kati Eisenhauer, sag mir die Wahrheit!«, fordert Lotti in einem scharfen, aber gleichermaßen liebevollen Ton.

»Ja, verdammt! Ich mag ihn.«

»Mama, du siehst toll aus!«, ruft Greta strahlend, als Kati die Küche betritt.

Haltlos blickt Kati über die Schulter in das Schlafzimmer, wo ein Haufen zerwühlter Kleider auf dem Bett liegt. Drei Stunden sowie zwei genervte Aufschreie hat es gedauert, bis sie sich schließlich für ein olivgrünes knielanges Kleid mit dreiviertel langen Armen und einem runden Halsausschnitt entschieden hat.

»Meint ihr?« Unsicher legt sich Kati eine Locke hinters Ohr, die aus der Hochsteckfrisur gesprungen ist. Ihre Mähne ist aber auch zu störrisch.

Kurz darauf winkt Lotti sie heran, als würde sie Kati etwas zuflüstern wollen. Kaum beugt sie sich zu ihr herunter, löst sie die Haarnadeln, sodass Katis Dutt aufspringt. »In natura siehst du besonders heiß aus.« Dann macht sie sich über ihr Leberwurstbrot mit Gürkchen her.

Ein erleichtertes Lächeln ziert Katis Lippen. Offene Haare, dezentes Make-up, so fühlt sie sich am wohlsten. In diesem Moment klingelt es schon. Zum Abschied gibt sie Greta noch einen Kuss auf die Stirn, winkt ihrer Freundin einmal zu, schnappt sich ihre Handtasche und verlässt die Wohnung.

Vor der Tür trifft sie direkt auf Paul, der ihr förmlich die Hand hinhält, während er Kati sehr verhalten anlächelt. »Hi«, grüßt er.

Verwundert erwidert Kati den Händedruck und begrüßt ihn ebenfalls. Gemeinsam gehen sie zum Auto. Sie kennt den Flitzer ja bereits von seinem heldenhaften Angebot, seinen Wagen fahren zu dürfen, um schnellstmöglich in die Schule zu kommen. Sobald Kati sich elegant niedergelassen hat, streicht sie das Kleid über ihren Beinen glatt. Ein Blick zur Seite bestätigt ihr, dass er jeden ihrer Handgriffe beobachtet.

»Ich möchte gerne etwas klären, bevor wir losfahren.« Die Ruhe des Wageninneren wird von seiner dunklen Stimme erfüllt. Als sie seinen Gesichtsausdruck wahrnimmt, breitet sich schlagartig ein ungutes Gefühl in ihr aus. Kati will gar nicht hören, was Paul zu sagen hat, denn sie hat die üble Vorahnung, dass es ihr nicht gefallen könnte – dabei hat sie sich so sehr auf diesen Abend gefreut.

»Egal, was sich zwischen uns entwickelt, du solltest wissen, dass ich keine feste Beziehung haben möchte. Nicht, dass du dir falsche Hoffnungen machst oder enttäuscht bist. Das will ich vermeiden.« Erwartungsvoll schaut er Kati an.

Vor den Kopf gestoßen, errötet ebendiese. Das Schlimme ist nicht, dass Paul Klartext spricht. Was Kati am meisten schmerzt, ist, dass ihre zarte Verliebtheit soeben einen Genickschlag erlitten hat. Die Vorfreude auf den heutigen Abend ist – wie erwartet – mit einem Mal wie weggeblasen. Als Antwort nickt sie ihm kurz zu, erntet dafür aber nur einen misstrauischen Blick, doch dann fährt er endlich los.

In Trier ankommen, ist Katis Hoffnung auf ein schönes Beisammensein vollkommen verschwunden. Den Wagen stellt Paul in einem großen Parkhaus ab, danach machen sie sich zu Fuß auf den Weg in die Stadt. Über das grobe Kopfsteinpflaster flanierend, bestaunt Kati das ehrfürchtige Gemäuer des Doms. Wow, was diese kleine Stadt alles zu bieten hat! Augenscheinlich lässt sich Kati ein bisschen von ihrer Trübsal ablenken, bis ein fester Griff um ihren Arm, sie aus ihren Gedanken reißt. »Du bist fast gegen die Bank gelaufen.« Erklärt Paul kurz.

Kati kann keineswegs verhindern, dass sich aufgrund seiner Berührung ein kleines Kribbeln in ihrem Bauch ausbreitet. Das ist nicht gut. Nein, ganz und gar nicht gut. Erst vorhin hat Paul seine Grenzen mehr als deutlich abgesteckt. Auch wenn Kati das akzeptieren muss, so kann sie nichts gegen ihre Gefühle ausrichten.

Endlich betreten sie den Club Walderdorffs – ein stadtbekanntes Restaurant. Sie werden einem Tisch in einer Nische zugewiesen und schweigen sich weiterhin an. Als der Kellner kommt, bestellt sich Kati einen Saar-Riesling Wein. Paul bevorzugt ein Bitburger Bier. Mit dem Ober verschwindet zudem die Konversation am Tisch. Die Stille hat beide fest im Griff. Kati weiß nicht, was sie sagen soll. Überhaupt haben sie sich nicht unterhalten, seitdem sie in Saarburg losgefahren sind. In Pauls Nähe kann sie nur schwerlich klar denken.

Mensch Kati, reiß dich zusammen, stell dich nicht so kindisch an, gibt sie sich innerlich einen Ruck. In dem Moment räuspert sich Paul, der kurz darauf anfängt zu reden. »Irgendwie habe ich mir den Abend ein wenig angenehmer vorgestellt.«

»Ich auch«, stimmt Kati wie der Blitz zu.

»Warum beschleicht mich das leise Gefühl, dass etwas nicht stimmt?«, fragt Paul.

Wortlos starrt Kati ihn an.

Mit den Fingern schnippt er vor ihren Augen, sodass sie aus ihrer Starre erwacht. Mutig beginnt sie zu sprechen: »Naja, du redest ja auch nicht sonderlich viel.«

»Kati! Was ist los?«, fragt er mit Nachdruck.

»Ich ... ich weiß nicht. Meine Laune ist nicht so berauschend«, erwidert sie ehrlich.

»Das hat nicht zufällig etwas mit meiner Ansprache im Auto zu tun?«

Da ist er, Pauls Scharfsinn. Prompt errötet Kati, denn er hat den Nagel auf den Kopf getroffen. Genau das spiegelt sein resignierter Blick in diesem Moment wider.

»Sag mir nicht, dass du in mich verliebt bist«, fordert er augenrollend. »Dazu kennen wir uns viel zu kurz!«, fügt er hinzu, als gäbe es Regeln dafür.

Kati wünscht sich ein Loch im Erdboden. Warum nur, kann sie nicht sagen, dass es nicht so ist? Wieso sträubt sich ihr Körper dagegen? Sie bringt es einfach nicht über ihre Lippen.

»Also doch ...«, stellt Paul fest. Seufzend legt er seinen Kopf auf die Hände. Einige Augenblicke verharrt er in dieser Position.

Jetzt reicht es! Plötzlich erwachen Katis Lebensgeister, um sie innerlich anzufeuern. Er tut gerade so, als wäre es ein Verbrechen, dass sie sich in ihn verliebt. »Und wenn schon?«, legt sie los. »Was ist so schlimm daran? Du benimmst dich, als wäre es eine Schande, dass ich mich in dich verl... verguckt habe. Ja, du verhältst dich wie ein Arschloch. Wenn ich dir zuwider bin, kann ich gerne gehen! Du musst es mir nur sagen«, motzt sie ihn an, während sie ihr Kinn leicht anhebt.

In jeder einzelnen Sekunde, während Kati ihm eine Standpauke hält, beobachtet Paul sie. Dabei kommt er leider nicht drum herum, einmal trocken aufzulachen. Kati probt den Zwergenaufstand. Ihr Brustkorb hebt und senkt sich fürchterlich schnell. Ihre Stirn liegt in Falten, während sie ihn erbost anblickt. Das Lachen bleibt ihm jedoch gleich im Hals stecken, als ihm klar wird, dass er nicht weiß, was er antworten soll.

Paul, der sonst auf alles eine Antwort parat hat, der eine Situation meistens im Griff hat, schaut sie wortlos an. Mit einer verzweifelten Geste streichen seine Hände übers Gesicht. Ellbogen steil in die Luft ragend, die Hände im Nacken ineinander verhakt, verharrt er und beginnt zu sprechen.

»Ich weiß nicht, was ich sagen soll«, gibt er offen zu. »Ich mag dich, Kati, aber ich möchte mich keinesfalls binden. Ich finde dich ungeheuerlich attraktiv, hab das Bedürfnis dich zu berühren, aber es wird nichts Ernstes aus uns werden. Seit unserem Kuss, möchte ich diesen immer wiederholen, doch das Vergangene steht mir im Weg.« Ob er jemals vergessen kann, was Jessi ihm angetan hat? Oder werden ihm seine Erfahrungen stets einen Strich durch die Rechnung machen?

Bei dem vorbeiziehenden Kellner, bestellt er sich sofort ein weiteres Bier. Paul sollte nicht hier sein. Leider hat er aber jetzt keine andere Möglichkeit, als damit klarzukommen. Zudem tut Kati ihm irgendwie leid. Jedes Wort, welches Paul Kati als Antwort entgegenbringt, saugt sie auf wie ein Schwamm das Wasser. Tatsächlich hängt sie ihm geradezu an den Lippen. Da ist definitiv zu viel Interesse im Spiel. *Nichts Ernstes* ist bestimmt nicht ernst genug für Kati. Verdammt! Er hätte ihrer Einladung zum Essen nie zustimmen sollen!

Inständig hofft Kati, dass sie sich verhört hat. »Kannst du mir mal sagen, wo dein verdammtes Problem liegt? Fummeln und vögeln, ja, aber wenn's an die Gefühle geht, ziehst du feige den Schwanz ein? Ist das so ein Männerding, oder was? Ich verstehe es einfach nicht. Du überforderst mich, Paul!« Kopfschüttelnd sieht Kati ihn an. Hastig nimmt sie einen Schluck Wein.

Sein zweites Bier hat Paul bereits geleert. Das ist ihr nicht entgangen. Warum ist Paul Kirschen so verflucht ... so ... ja, wie ist er überhaupt? Kati kann ihn schwerlich einschätzen. Wiedermal hat er ihr zu spüren gegeben, dass er nicht gut für sie ist.

Anstatt ihr zu antworten, bestellt Paul sich lieber ein neues Bier.

»Ich möchte dich ja in keiner Weise bevormunden, aber du trinkst schon das dritte Bier. Du musst noch Auto fahren«, sagt sie sichtlich genervt.

Provokant nimmt er einen großen Schluck aus seinem Glas. »Du hast recht. Du solltest mich nicht bevormunden. Können wir das Gehabe jetzt mal sein lassen und versuchen, den Abend einigermaßen unfallfrei über die Bühne zu bringen?«

Erneut durchfährt Kati einen Stich der Enttäuschung, als Pauls Worte in ihr Bewusstsein vordringen. Es war eine idiotische Idee, ihn zum Essen einzuladen. Da sie aber jetzt beide an einem Tisch sitzen, sollten sie das Beste draus zu machen.

»Wie geht es deiner Hand?«, will Kati deshalb wissen. Obwohl … eigentlich will sie es nicht wissen, denn in diesem Moment wünscht sie ihm eine eitrige Wundinfektion.

»Ach, das ist verheilt. War halb so wild«, entgegnet er lässig. »Hat dein Mann sich gemeldet?« Dem Kellner gibt er ein Zeichen, sodass dieser ihm Getränkenachschub bringt.

»Nein, noch nicht. Von Heike kam aber auch keine Nachricht mehr. Sicher konnte Markus das regeln«, erwidert Kati so sachlich, wie es ihr möglich ist.

»An deiner Stelle wäre ich zur Polizei gegangen«, sagt Paul.

Nachdenklich nimmt sie einen Schluck Wein. »Ich denke, Markus hat sich drum gekümmert, sonst wäre schon längst die nächste Drohung von Heike eingetroffen.«

»Hm, mag sein«, stimmt Paul zu. Auch dieses Bier leert er zügig, ordert sich sogleich das Nächste.

»Wollen wir überhaupt noch was essen?«, fragt Kati besorgt. Denn nach so viel Alkohol sollte man mal etwas Festes zu sich nehmen. Immerhin sind sie deshalb hierhergekommen.

»Iss ruhig, ich bestelle mir lieber noch ein Bier.«

»So kannst du nicht mehr Auto fahren. Das ist dir hoffentlich klar?«

»Ich bin alt genug und weiß, was ich tue. Deinen bösen Blick kannst du dir sparen. Das hier war übrigens eine Scheißidee.«

Mit der Hand wedelt Paul zwischen ihnen beiden hin und her. Ohne auf Katis entsetzten Blick zu achten, lässt er ein weiteres Getränk kommen.

Ein zusätzlicher Schlag ins Gesicht. Kati versucht, tapfer zu sein. Paul Kirschen ist ein Arsch! Das ist gerade nicht auszuhalten. Wütend, durcheinander und verletzt zugleich, lässt Kati ihren Blick über ihn gleiten, bis dieser letztlich an seinen Händen verweilt. Die Wärme, die sich aufgrund dessen in ihr ausbreitet, verwandelt sich zu einem schweren Kloß in Katis Magen.

»Ich möchte nach Hause«, flüstert sie.

Paul wirkt erleichtert. Bei der nächsten Gelegenheit winkt er den Ober herbei, zückt sein Portemonnaie und bezahlt.

»Ich wollte dich eigentlich einladen«, merkt Kati an.

»Lass mal stecken, ich mach das.« Pauls Augen glänzen vom Alkohol. Als er aufsteht, schwankt er ein wenig. Gemeinsam machen sie sich auf den Weg zum Auto.

»Hey, pass auf, wo du hinläufst! Fast wärst du wieder gegen die Bank gerannt. Du stehst wohl auf unangenehme Begegnungen, was?«, Paul kichert vor sich hin. Er merkt nicht, wie er Kati abermals verletzt.

Verletzt oder nicht, lebensmüde ist Kati auf keinen Fall. Also stellt sie sich Paul mitten in den Weg, als sie das Parkhaus erreichen. »Du wirst kein Auto mehr fahren! Das lasse ich nicht zu!«, sagt sie mit fester Stimme.

Laut lachend schiebt er Kati jedoch zur Seite. »Das entscheide immer noch ich!«

»Du bist betrunken!« Erneut baut sie sich vor ihm auf.

»Ich kann fahren, keine Bange«, sagt Paul, während er seine Autoschlüssel aus der Jackentasche fischt. »Außerdem kennt mein Auto den Weg!«, lallt er. Erneut amüsiert er sich köstlich über seinen eigenen Scherz.

»Paul Kirschen! Bei allem Respekt, bis hierher und nicht weiter! Du wirst nicht mehr Auto fahren!« Mit einem Mal schnappt Kati sich den Schlüssel aus Pauls Hand und rennt davon.

»Heyyy!« Paul weiß gar nicht, wie ihm geschieht. Seine Reaktionsfähigkeit ist arg in Mitleidenschaft gezogen. Als er sich endlich umdreht, ist von Kati keine Spur mehr zu sehen. Schleunigst verlässt er das Parkhaus, um sich umzuschauen. Sie ist weg! Unfassbar! Das hat sie jetzt nicht wirklich gebracht, oder? In Folge holt Paul sein Handy aus der Tasche, damit er Kati anrufen kann, doch sie nimmt nicht ab. Ein erneuter Versuch läuft ins Leere. Was nun? Ratlos geht er zurück zu seinem Auto, lehnt sich dagegen und reibt sich erst mal mit den Händen übers Gesicht. »Verflucht!«, sprudelt es lauthals aus ihm heraus. Wie konnte dieser Abend nur in solch einem Desaster enden? Seinen Kopf auf das Autodach gebettet, murmelt er leise vor sich hin. »Das darf nicht wahr sein! Diese Hexe da!« Kurz darauf ruft er Tom an, der ihm sagt, dass er sich sofort auf den Weg macht.

Zwanzig Minuten später hält Tom neben Paul, der sich mittlerweile auf einer Bank vor dem Parkhaus niedergelassen hat, an. Nachdem er sich mühselig von seiner Sitzgelegenheit erhoben hat, wackelt er zum Auto herüber.

»Mann, wie viel hast du denn gesoffen?«, wird er in Empfang genommen. »Du hast ja ordentlich Schlagseite.«

Nachdem Paul ins Auto gekrochen ist, schließt er einen kleinen erholsamen Moment die Augen. Doch dann beginnt er, seinem Bruder zu erzählen, was alles vorgefallen ist. »Es war eine dumme Idee, die Einladung anzunehmen. Verstehst du?«

»Nein, ehrlich gesagt nicht!«, legt Tom sogleich los. »Kati hat Betti vorhin angerufen, damit ich dich abholen komme. Sie klang ganz schön fertig. Du verhältst dich wie ein Idiot, Paul.

Was ist nur dein Problem? Kann's sein, dass du dich in Kati verknallt hast?«

Ruckartig dreht Paul den Kopf zu seinem Bruder. »Hast du nicht mehr alle Latten am Zaun?«, schießt er zurück.

Lauthals fängt Tom an zu lachen. Irgendwann, als er sich beruhigt hat und Paul ihn immer noch mit hochgezogenen Augenbrauen anstarrt, fährt Tom fort: »Du bist total verschossen in Kati. Überlege mal, mit wem du hier sprichst. Ich bin´s, Tom, dein Bruder, erinnerst du dich? Mir machst du nichts vor. Du bist völlig scharf auf sie. Wir müssen nur herausfinden, warum du dich ihr gegenüber wie ein Arsch verhältst!«

Pauls Kopf arbeitet auf Hochtouren. So genau hat er bisher nicht darüber nachgedacht. Er findet sie ja sehr nett und auch wirklich anziehend, aber ... ja, was aber, Paul? Warum kann er sich nicht eingestehen, dass er gerne in Katis Nähe ist, dass er ihre Anwesenheit genießt? Er kann sich nicht in sie verlieben, so wie sie in ihn verliebt ist – das ist der springende Punkt. Was wäre, wenn Kati ihn wieder anlügt, oder ihm nochmals etwas vorenthält? Wenn sie ihn ebenfalls verarscht, genau wie seine Ex es getan hat? Würde er diese Tortur noch mal durchstehen? Will er das noch mal mitmachen müssen? Nein, das möchte er nicht ... Niemals! Kein Wunder, dass er mit Worten heftig um sich schlägt, Kati von sich fernhält ... reiner Selbstschutz.

»Warum stehst du nicht zu deinen Gefühlen für Kati?«, hinterfragt Tom, in die Stille des Wageninneren.

»Weil ich keine Gefühle für sie habe. Da gibt es nichts, wozu ich stehen müsste. Ich mag Kati und ... ach, lassen wir das!« Verzagend schließt er die Augen.

»Mensch, Paul. Ich meine es doch gut. Du verrennst dich da in dein eigenes Gefühlsgefängnis. Wie du Kati anschaust, wie du sie anstrahlst, das kann nicht nur Freundschaft sein.«

»Du siehst Gespenster!«, sagt Paul beiläufig, während er sich fragt, warum Tom nicht einfach mal seinen Mund halten kann.

»Das werden wir sehen. Du wirst noch an unser Gespräch zurückdenken, glaub mir. Du stehst dir selbst im Weg, aber hey ... du bist alt genug, ich lass dich jetzt in Ruhe mit diesem Thema!«, sagt Tom.

»Gott sei Dank!«

XV

Erschrocken fährt Paul zusammen, als die Klingel ihn aufweckt. Ein Blick auf den Wecker verrät ihm, dass es schon zehn Uhr ist. Normalerweise schläft er nie so lange – eigentlich ist Paul ein absoluter Frühaufsteher.

Beim Versuch, mit einer schwunghaften Bewegung aufzustehen, überkommt ihn ein leichter Schwindel. Stück für Stück kehren die Erinnerungen an den gestrigen Abend zurück. Am liebsten würde er sich direkt wieder unter der Bettdecke verkriechen. Definitiv war das zu viel Alkohol. Die Bestätigung dafür bekommt er prompt, als ein stechender Schmerz in seinen Schläfen einsetzt. Kaum fällt ihm ein, wie unfreundlich er zu Kati war, steigt ihm siedend heiße Schamesröte ins Gesicht. Quälend macht sich auch noch sein schlechtes Gewissen bemerkbar.

Die Schelle ertönt abermals, sodass Paul sich endlich aufrafft und nur mit Boxershorts bekleidet, zur Wohnungstür schlendert. Einen Arm in die Höhe gereckt, streckt er seine müden Knochen ausgiebig. Überhaupt nicht zurechnungsfähig, öffnet er schließlich gähnend die Tür ... und erstarrt.

Traurig blickt Kati ihm entgegen. Ihre Nase ist gerötet, dennoch sieht sie einfach hinreißend aus. Als Kati allerdings wahrnimmt, dass Paul fast nackt vor ihr steht, werden ihre Augen riesig.

»Bin gleich zurück«, sagt Paul geradeso, bevor er ins Bad hechtet. Hinter verschlossener Tür atmet er tief durch, geht dann zum Waschbecken, lässt sich kaltes Wasser über seine Arme laufen, spritzt sich das kühle Nass ins Gesicht und merkt, wie seine Lebensgeister langsam erwachen. Was will sie hier? Nachdem

Paul sich abgetrocknet hat, verlässt er das Bad. Kati hat sich unterdessen in den Flur seiner Wohnung gestellt, die Tür ist geschlossen. Zerschlagen schaut sie zu Boden, bis sie seine Anwesenheit bemerkt. Irgendwie tut sie ihm leid, wie sie so dasteht. Sie wirkt bedrückt.

Vorsichtig hebt sie ihren Kopf, lässt ihren Blick über sein zerzaustes Haar gleiten, herab zu seinem Hals und seinen ausgeprägten Schultern. Automatisch fixiert Kati sein Schlüsselbein, seine Brust, seine Bauchmuskeln. Abrupt fällt ihr auf, was sie gerade ganz offensichtlich tut, daraufhin läuft sie knallrot an. Bevor sie sprechen kann, muss sie sich erst einmal räuspern. »Es ... tut mir leid. Ich wollte nicht, dass der Abend so verläuft!« Den Schlüssel, den Kati ihm am Vorabend weggenommen hat, hält sie nun in der ausgestreckten Hand. Damit geht sie einen Schritt auf Paul zu.

Um seine Beherrschung kämpfend, versucht Paul, auf andere Gedanken zu kommen. Bloß in die Boxershorts gehüllt, wird er nicht verbergen können, wie scharf ihn Katis Musterung gemacht hat.

Nicht nur den Schlüssel, sondern auch ihre Hand umgreift Paul, kaum streckt sie ihm das klirrende Metall entgegen. Instinktiv geht er dabei einen Schritt auf sie zu. Ihr blumiger Duft erweckt ein vertrautes Gefühl in ihm. Na toll! Auf andere Gedanken zu kommen, hat ja wirklich super geklappt.

Katis Lippen sind einen kleinen Spalt breit geöffnet. Sie wirken so einladend, so rot, so wohlgeformt ... ehe er sich versieht, geht er einen weiteren Schritt auf sie zu. Ihre Münder und Zungen vereint in einer atemberaubenden Leidenschaft. Das ist genau das, was Paul jetzt möchte. Bevor er seinen Plan umsetzen kann, stolpert Kati einen Schritt zurück und kracht mit dem Rücken gegen die Tür. »Notdienst ... ich muss ...

zum Telefondienst«, stottert sie völlig durch den Wind. Schon läuft sie davon.

Wenn das mal keine Abfuhr war! Langsam lässt Paul seinen Arm sinken, während er beobachtet, wie Kati aus seiner Wohnung flüchtet. In diesem Moment will er sie so sehr, dass er schwerlich klar denken kann. Der Drang, ihr zu folgen, sie an sich zu reißen, wird immer mächtiger. Fuck! Wo ist sein Verstand, wenn man ihn braucht? Kaum hat er sich innerlich verflucht, verlässt er die Wohnung.

Zitternd versucht Kati, den Schlüssel ins Loch zu stecken, als Paul eine Hand auf ihre legt und die Praxistür gemeinsam mit ihr öffnet. Noch einen Schritt näher getreten, legt er die andere Hand auf ihre Taille. Vereinzelt abstehende Locken ihres wohlduftenden Haares streichen über Pauls unrasierte Wangen.

Zielstrebig drängt er die erstarrte Kati durch das Foyer der Praxis, geradewegs in Behandlungszimmer Drei. Dort angekommen, dreht er sie in seinen Armen um. Sie scheint genau zu wissen, was er vorhat, denn ihre Lider sind herabgesenkt, die Wangen leicht gerötet und ihr Atem kommt viel zu schnell, während Kati ihn erwartungsvoll anschaut.

»Kati ...«, beginnt er. Doch was will er überhaupt sagen? Das Denken fällt ihm gerade unfassbar schwer. »Gott ... ich kann die Finger nicht von dir lassen«, sprudelt es aus ihm heraus. »Du bist einfach zu verführerisch ... bitte sag mir, dass das okay für dich ist. Bitte ...« Das letzte Wort verlässt nur flüsternd seine Lippen. Dann legt er seine Hand auf ihre Wange, um mit dem Daumen sanft ihre Unterlippe zu berühren.

»Ja«, haucht sie leise.

»Nimmst du die Pille?«, will er von Kati wissen, sodass sie abermals nickt.

Gemächlich schiebt Paul seine Hände unter ihren dünnen Mantel, zieht sie somit an sich. Als er Kati an seiner nackten Brust spürt, jagt ihm ein wohliger Schauer durch den ganzen Körper. So muss es im Himmel sein, denkt er sich, während seine Lippen zärtlich auf die ihren treffen. Das kleine Keuchen, das Kati ausstößt, als Paul mit seiner Zunge in ihren Mund eindringt, katapultiert ihn ins himmlische Königreich. Jetzt ist es soweit! Er darf sie kosten, sie endlich zum Höhepunkt bringen. Nichts wird ihn davon abhalten können!

Mit seinen Zähnen knabbert Paul an der zarten Haut ihres Halses, während er Kati in einer stützenden Umarmung rückwärts zur Behandlungsliege drückt. »Bereit?«, raunt er fragend an ihren Hals. Seine Stimme klingt belegt, passend zu dem Knistern, welches in der Luft liegt. Auf Katis Nicken hin, hebt er sie mit einem Ruck hoch, sodass sie auf der Liege zum Sitzen kommt. Für einen Augenblick genießt er den Anblick und die Vorfreude auf das, was folgt.

Ungeduldig beobachtet Kati, wie Paul sie bewundert. Ein so schöner Mann, der nur Augen für sie hat. Aus dem Augenwinkel kann sie Pauls Erregung in seinen Boxershorts wahrnehmen. Daraufhin steigert sich die brodelnde Hitze ihres Körpers ins Unermessliche. Endlich ist es so weit. Kati möchte von ihm berührt werden, sie will seine Haut auf ihrer spüren. Deshalb nimmt sie seine Hand und zieht ihn näher zu sich. Untermalt von dem Gefühl, das gerade etwas Besonderes geschieht, haucht sie gegen seine Brust. »Bitte, lass mich nicht noch länger warten.« Ihre Lippen berühren die warme Haut seiner Brust, während sie spricht.

Als Antwort darauf greift Paul ungeduldig in ihre Haare, zieht ihren Kopf nach hinten und vereinnahmt ihren Mund für sich. Der Kuss ist berauschend. Er liebkost ihre Lippen wild, somit steuert er beide in einen Rausch aus kleinen schmatzenden Geräuschen, leisem Aufstöhnen und vollkommener Ergriffenheit. Seine Hände gleiten Katis Oberschenkel hinauf, schieben ihr Kleid nach oben und greifen seitlich unter ihren Slip.

Hastig befreit sich Kati aus ihren Ballerinas, möchte ihr Höschen abstreifen, ihm helfen, damit es schneller geht ... als sie von Paul gestoppt wird.

»Nicht so hektisch, ich will diesen Anblick genießen. Außerdem werde ich dich entkleiden.« Quälend langsam zieht er daraufhin das Kleid über ihren Körper. Dabei gleiten seine Fingerspitzen auf der nackten Haut ihrer Taille entlang. Er saugt jeden Zentimeter ihrer wunderschönen weiblichen Kurven in sich auf. »Du bist so schön«, murmelt er und lässt das Kleid zu Boden fallen. Den BH öffnet er ebenfalls, ehrfürchtig entblößt er ihre Brüste. Mit dem Daumen streift er einige Male ganz zart über ihre rosigen Knospen. Die Leidenschaft in Katis losgelöstem Gesicht benebelt Pauls Sinne.

Kati legt ihre Hände auf seine Bauchmuskeln. Ihre Fingerspitzen gleiten unter den Bund seiner Hose, wobei sie Paul intensiv beobachtet – das kleine Aufzucken in der Lendengegend, sein harter Penis, der hervorspringt, als sie seine hautengen Boxershorts herunterzieht. Bedächtig legt Kati ihre Finger um seine Erektion, bewegt sie auf und ab, bis sie den kleinen Lusttropfen an seiner Eichel glänzen sieht.

»Himmel!«, stöhnt Paul auf. Sein Atem kommt viel zu schnell. Katis Blick auf sich zu wissen, ihre zarten Finger auf seiner Erregung ... einfach zu spüren, wie sehr Kati ihn will, bringt ihn fast um den Verstand.

Folglich zieht Paul sie an die Kante der Liege, ihre Beine legt er um seine Hüften. Bis tief ins Knochenmark durchfährt beide ein Schauer, als Paul seinen Penis an Katis Eingang positioniert. Ihre Blicke sind lediglich durch halbgeschlossene Augen verbunden, während seine Hände ihren Po umgreifen. Mit einem Mal dringt er in sie ein.

»Oh Gott!«, murmelt Kati aufgelöst, beinahe unverständlich vor sich hin. Paul versucht, seine Begierde im Zaum zu halten. Gemächlich bewegt er sich in ihr. Mit jedem einzelnen Stoß gelangt er tiefer in ihr Inneres. Diese feuchte Enge ist so unglaublich heiß. Der Anblick ihrer Brüste, die Kati ihm entgegenreckt, treibt seinen Puls weiter in die Höhe.

An seinen Oberarmen festgekrallt, lässt Kati ihn nicht mehr los ... sie wird Paul nie wieder loslassen. Dieser Mann gehört ihr, auch wenn er das noch nicht weiß. Er ist wunderschön in seiner Hingabe. Ihre Sinne schwinden, als sein Daumen plötzlich auf ihrem Kitzler liegt und diesen in einem stetigen Rhythmus reibt. Die Beherrschung verlierend, stöhnt Kati ihre Ekstase heraus. Diese süße Qual ist anders nicht auszuhalten.

Schon lange hat Paul die Kontrolle an seine Lust abgegeben. Unter ständig heftiger werdenden Stößen, treibt er sie beide immer tiefer in den Rausch purer Leidenschaft. Eine Hand krallt sich in das zarte Fleisch ihres Pos. Keuchend zehrt er von seinen Kraftreserven, als er an seinem Penis ihren Orgasmus spüren kann und sich dabei in ihrem Anblick verliert. Begleitet von Katis Höhepunkt, schießt ihm die Hitze durch die Venen, als auch er Erlösung findet und sich schubweise in ihr entlädt. Kraftlos lässt Paul sich auf Kati sinken. Er schließt die Augen und schwelgt in dem Gefühl vollkommener Zufriedenheit.

»Wahnsinn«, murmelt er an ihrem rosigen Busen, der von einem zarten Schweißfilm überzogen ist. Eine ganze Weile bleiben sie in dieser Position, genießen das sanfte Kribbeln, welches durch ihre Körper schleicht.

Kati hebt ihren Kopf an und schaut auf ihre Brust. Da liegt er, der Mann, der ihr seit Wochen nicht mehr aus dem Kopf geht. Vor Glück läuft ihr eine einzelne Träne aus dem Augenwinkel. Der Sex war intensiv, hat sie tief in ihrem Herzen berührt. Kaum merklich hebt sie ihre Hand, tastet sanft mit den Fingerspitzen durch Pauls zerwühlte Haare. Noch ist er nicht aus seinem aufgelösten Zustand erwacht.

Doch das ändert sich schlagartig, als das Geräusch der zufallenden Praxistür Paul aufschrecken lässt.

»Scheiße!«, fluchen beide gleichzeitig. In Windeseile rafft Kati ihr Kleid vom Boden auf und zieht es an. Während Paul sich, nur mit seinen Boxershorts am Leib, hektisch nach seinen restlichen Kleidungsstücken umschaut. Bis ihm einfällt, dass er keine weiteren Klamotten dabei hatte. Er ist ja quasi sofort nach dem Aufstehen über Kati hergefallen. Verdammt, seine Vernunft scheint zurückzukehren. Er schaut zu Kati, die sich gerade nach ihren Ballerinas bückt. Bevor er sich versieht, kniet er vor ihr auf dem Boden und hilft ihr in die Schuhe. Das Gefühl ist so vertraut, fast intim – zu intim. Das kann nicht wahr sein, er darf sich nicht verlieben. Erst mal nachdenken, rügt er sich innerlich, dann verrückt machen!

»Was machen wir jetzt?«, möchte Kati ein wenig ängstlich wissen.

»Wir gehen jetzt da raus. Du hast Telefondienst und ich werde erst mal richtig wach.« Ein kleines Grinsen schleicht sich in sein Gesicht. Ja, sie ist extrem süß.

»Man wird uns gemeinsam sehen. Du ...«

»Du hast dir noch mal meine Wunde angeschaut. Geh schon vor, ich mach hier schnell Klarschiff.« Erklärend zeigt Paul mit einer Hand auf das zerrissene Papier, welches stellenweise zerfetzt von der Liege herabhängt.

»Kati? Bist du schon da?«, hallt es durch die Praxis.

»Los! Betti sucht dich.« Mit einer kleinen, aber liebevollen Geste, bittet er Kati, den Raum zu verlassen. Kurz darauf sind Stimmen im Flur zu hören, während Paul die Liege frisch bezieht.

Als die Stimmen im Foyer leiser werden, geht Paul davon aus, dass Kati mit Betti im Aufenthaltsraum ist. Also betritt er den Flur, damit er diesen zügig durchqueren kann. Nur um geradewegs in die Fänge seines Bruders zu laufen. Dieser besitzt die Frechheit, ihn anzugrinsen und ihm wortlos die Praxistür aufzuhalten, an der er zuvor lehnte. Wie ein Butler verbeugt sich Tom vor Paul. Letzterer geht, ohne darauf zu reagieren, an ihm vorbei. Im nächsten Moment ist er in seiner Wohnung. Gerade als Paul die Tür hinter sich zuschmeißen will, wird sie von Tom abgefangen. Natürlich! Er hätte es sich auch denken können.

»Was?«, fragt Paul schlicht, als er zielbewusst in seine Küche marschiert und die Kaffeemaschine bedient.

»Ähm ... korrigiere mich, wenn ich falsch liege, aber gestern Abend hast du Kati wie das Letzte behandelt und heute Morgen vögelst du sie?«

Na gut, irgendwie hat sich Paul bereits gedacht, dass er Tom nichts vormachen kann – wie immer eigentlich. Seinem Schicksal ergeben, hält Paul in seiner Bewegung inne und schließt für einen Moment resignierend die Augen.

»Scheiße, ja. Ich hab keine Ahnung, wieso, ich kann einfach nicht die Finger von ihr lassen.« Der Kaffee sprudelt mittlerweile lautstark in die Tasse, während Paul sich zu Tom dreht. Der lehnt in seiner typischen, neunmalklugen Haltung mit verschränkten Armen am Türrahmen und grinst seinen kleinen Bruder dämlich an.

»Na los«, fordert Paul ihn auf. »Beginne mit deinem Vortrag, ich möchte duschen.«

Tom lacht laut auf, während er ebenfalls zur Kaffeemaschine geht. Nachdem er sich eine Tasse herausgelassen hat, setzt er sich an den Küchentisch.

»Was für einen Vortrag? Ich verstehe nur nicht, wie du so schnell deine Meinung ändern kannst.«

»Es ... ich ... ach, ich weiß es doch nicht! Sie stand da und ...« Erneut bricht Paul ab. Um sich abzulenken, trinkt er von seinem Kaffee.

»Spiel nicht mit ihr«, sagt Tom ganz ernst in die einträchtige Stille.

»Nein«, Paul schüttelt den Kopf, »ich spiele keineswegs mit ihr. Das war reiner Sex, nicht mehr ... das weiß sie auch.«

»Ich will es hoffen.« Zwinkernd steht Tom auf, klopft seinem Bruder einmal auf die nackte Schulter und tritt aus der Küche. »Ein kleiner Tipp noch!«, ruft er vom Flur. »Zieh nach dem Duschen etwas langärmeliges an.« Lachend verlässt Tom die Wohnung seines Bruders.

Idiot, denkt sich Paul, begutachtet daraufhin aber seinen Bizeps. Dieser hat etliche, lange Kratzer von Katis Fingernägeln vorzuweisen. Sie hat beachtlich zugepackt. Seine Mundwinkel zucken nach oben.

Offensichtlich hat sie ihn genauso sehr gewollt, wie er sie.

XVI

»Mama, was ist denn los?« Greta schaltet den Fernseher leiser. »Du guckst ja gar nicht.« »Doch, doch!«, behauptet Kati. Stattdessen blitzen Bilder von Pauls zerzausten Haaren sowie seinem wohlgeformten Körper in ihrem Geiste auf. Wie er sie geküsst hat – das Gefühl war einfach unglaublich. Vor lauter Glück, welches Kati empfindet, könnte sie die ganze Welt umarmen. Die Gedanken an Paul lassen sie nicht mehr los. Weiche, zärtliche Lippen, genauso betörend wie all seine anderen Berührungen. Unheimlich toll fühlte sich seine Haut an, sein Duft hat Kati in den Wahnsinn getrieben.

Ihre Tochter nimmt sich das letzte Stück Rosinenkuchen, den Kati ihr als Überraschung vom Bäcker mitgebracht hat. »Schneewittchen stirbt übrigens gerade und du grinst hier rum!«, motzt Greta mit vollem Mund.

»Ach, mir geht es heute gut. Ich bin froh, dass ich dich habe, mein Schatz. Das ist alles.« Achselzuckend sieht sie ihre Tochter mit einem liebevollen Lächeln auf den Lippen an. Folglich kuschelt sich Greta an ihre Mutter, um dem Sonntagsfilm wieder ihre volle Aufmerksamkeit zu schenken.

Als Kati abends im Bett liegt, kann sie ihr Glück immer noch kaum fassen. Aber wie wird es nun weitergehen? Wie soll sie in Zukunft auf Paul reagieren? Wie wird er auf Kati reagieren? Heute hatten sie Sex miteinander. Unverschämt guten und sensationellen Sex. Schmunzelnd drückt Kati ihren Kopf in das Kissen. Das wohlig warme Gefühl der Glückseligkeit hat sie fest im Griff, sodass sie das erste Mal seit Monaten friedlich einschlafen kann.

Das Glück bleibt ihr nicht lange hold. In der Mittagspause des darauffolgenden Tages erhält sie eine Nachricht. Das Blut gefriert ihr in den Adern. Eine Nachricht von der ihr unbekannten Nummer – Heike!

Du bist zu weit gegangen, du Schlampe. Das wirst du bereuen!

Umgehend leitet sie die Drohung an Markus weiter. Dazu schreibt sie ihm, dass jetzt lange Zeit Ruhe war und, dass er sich schleunigst darum kümmern möge. Unterdessen schwört sich Kati, keine Panik oder irgendetwas Derartiges zu bekommen. Markus regelt das. Was soll passieren? Heike wohnt in dem über 600 Kilometer entfernten Brunsbek, außerdem weiß Markus Bescheid. Entschlossen packt Kati ihr Handy weg und geht ihrer Arbeit nach.

An diesem und in den folgenden Tagen ist sie Paul nicht begegnet. Deswegen hat sie sich schon überlegt, einfach morgens mit ihm joggen zu gehen. So könnten sie beide sich mal wiedersehen. Mittlerweile glaubt Kati jedoch nicht mehr an einen Zufall, sonst hätte sich Paul längst bei ihr gemeldet. Ob er ihr ausweicht? Zweifel machen sich in ihr breit, sodass die Glückseligkeit über Pauls Zuneigung nur noch schwach vor sich hinflimmert.

Pauls Laune ist grausam. Seit ein paar Tagen fühlt er sich miserabel. Alles geht ihm auf die Nerven, am meisten aber, dass er ständig an das kleine Abenteuer mit Kati denken muss. Innerlich hat er sich bei Weitem eingestanden, dass er Kati nicht ausschließlich körperlich unheimlich anziehend findet. Nichtsdestotrotz bringt ihm das alles nichts, er muss realistisch bleiben. Eine Beziehung kommt für ihn keinesfalls in Frage. Zu sehr fürchtet er, dass er erneut enttäuscht und verraten werden könnte. Seit zwei Wochen haben sie sich jetzt nicht mehr gesehen. Was auch gut so ist, denn Paul darf Kati keine falschen Hoffnungen machen. Sex ja, Beziehung nein. Doch eben dies verursacht in ihm die schlechte Laune.

»Na? Deine Fröhlichkeit kennt heute mal wieder keine Grenzen, was? Kann ich dem Herrn irgendwie beistehen?« Mit besorgter Miene betrachtet Liza ihren Freund. Als Paul nicht reagiert, sondern nur penibel darauf achtet, in den überfüllten Gängen der Schule keine Kinder über den Haufen zu rennen, stößt Liza ihn mit dem Ellenbogen in die Seite. »Paul Kirschen, würdest du mir die Güte erweisen und zusammen mit mir zur Pausenaufsicht gehen?«, fragt sie etwas strenger.

Verdutzt schaut er Liza an. »Warum? Wird dort draußen ein Aufstand der Minderjährigen erwartet, oder warum schaffst du das nicht alleine?«

Augen rollend, stöhnt Liza genervt auf. »Mensch, Paul, bitte. Ich möchte mit dir reden.«

Nun hat Liza endlich Pauls volle Aufmerksamkeit. Beunruhigt schaut er seine Freundin an. Sein Blick gleitet weiter hinab, bleibt letztendlich an Lizas kleinem Bäuchlein hängen. »Ist mit dem Baby alles okay?«, will er sofort wissen.

Liebevoll grinst sie ihn an. »Ja, dem Baby geht es gut ... und ich wäre froh, ich könnte dasselbe über meinen Freund sagen, der hier seit Tagen mit schlechter Laune herumirrt.« Besorgt legt sie eine Hand auf seinen Unterarm. »Bitte, Paul, sprich mit mir. Ich sehe doch, dass was nicht stimmt.« Eine Weile lang schaut er nachdenklich auf Liza hinunter, kurz danach steuert er jedoch wortlos die Bank auf dem Pausenhof an. »Na los, erzähl schon«, fordert sie ihn auf.

Hingegen Lizas Aufforderung lässt Paul in aller Ruhe seinen Blick über den Schulhof schweifen. Zufällig erblickt er Greta, die bei ihren Freundinnen steht und sich angeregt unterhält. Als Liza seinem Blick folgt, bleibt ihr nicht verborgen, dass ihr Freund ausgerechnet Greta ansieht. »Sag bloß, die Mutter deines Problemfalls hat dich wieder mal so aufgewühlt. Man könnte meinen, sie hat mehr Einfluss auf dich, als du zugeben willst.«

»Hm …«, brummt Paul abwesend, während sein Blick immer noch auf Greta ruht.

»Wie bitte?« Liza hält in ihrer Bewegung inne. Abwartend blickt sie ihren Freund an.

»Was hast du gesagt?« Nun wendet sich Paul doch von Greta ab, um Liza anzuschauen. Resignierend schüttelt sie den Kopf über ihn. »Was hast du denn? Erst schleppst du mich zur Pausenaufsicht, obwohl ich nicht auf dem Plan stehe, und jetzt sprichst du auch noch in Rätseln!«, beschwert sich Paul. Die Arme überkreuzt, lehnt er sich nach hinten, indes streckt er seine Beine weit von sich.

Fassungslos betrachtet Liza ihn. Sie kann gar nicht aufhören, den Kopf zu schütteln. »Paul!« Eindringlich bittet Liza um seine Aufmerksamkeit. »Würdest du mir sagen, was dich bedrückt? Du weißt, ich bin schwanger.« Mit dem Finger zeigt sie auf ihren Bauch. »Aufregung ist Gift für mich. Also, lass mich nicht in der Luft hängen … bitte!«

Seufzend starrt Paul zu Boden. Schon immer weiß Liza, wie sie ihn zum Reden bringt, vermutlich sind sie auch deswegen so eng befreundet. »Ich habe Scheiße gebaut«, beginnt er nach ein paar Minuten des Schweigens.

»Aha, aha, immerhin ein guter Ansatz. Könntest du mir jetzt noch erläutern, was genau passiert ist? Ob du es glaubst oder nicht, ich ahnte es bereits.«

Bevor Paul jedoch reagieren kann, erscheint Greta plötzlich vor den beiden Lehrern und plappert freudig drauf los. »Herr Kirschen, heute Mittag kommt Emma mich besuchen.« Vor Freude strahlt die Kleine.

Genervt von der Unterbrechung, stöhnt Liza auf. Die Ellenbogen auf seinen Knien abgestützt, schenkt Paul hingegen Greta seine volle Aufmerksamkeit. »Cool! Grüße sie schön von mir.«

Greta nickt und fährt fort. »Und morgen hat Mama Geburtstag. Lotti und ich wollen ihr eine Donauwelle backen, das ist ihr Lieblingskuchen«, erzählt sie stolz.

»Nein, unmöglich«, scherzt Paul, »das ist doch schon *mein* Lieblingskuchen.« Das Mädchen kichert vor sich hin, als Paul erschütternd die Hand auf sein Herz legt. «Wie geht's deiner Mutter?«, platzt es unüberlegt aus ihm heraus. Augenblicklich wird ihm bewusst, dass das keine gute Idee war, Greta diese Frage zu stellen. Denn neben ihm ist Liza auffällig ruhig, rückt sogar etwas näher.

»Mama geht es gut. Sie arbeitet gerade«, antwortet Greta, sodass Paul lächelnd nickt. Kurz darauf zwinkert er ihr zu, während er mit der Hand auf Gretas Freundinnen zeigt, die ungeduldig auf sie warten. Daraufhin kichert Greta verstehend, winkt ihm und Liza noch einmal zu, danach läuft das Mädchen davon.

»Also, du und Gretas Mutter?«, fragt Liza, als das Mädchen gegangen ist. Als hätte sie Angst, sie könnte seine Antwort nicht hören, reckt sie ihren Kopf in Pauls Richtung.

»Was? Nein!«, widerspricht Paul heftig. »Nimm es mir nicht übel, aber ich möchte nicht darüber sprechen. Es reicht, dass Tom mir in den Ohren liegt.«

Unerwartet legt Liza ihre Hand auf Pauls Arm. »Weißt du, Paul, … hör zur Abwechslung einfach auf dein Herz«, sagt sie sanft zu ihm und erhebt sich wenig später von der Bank. »Wenn du eh hier sitzt, würdest du den Rest der Pausenaufsicht für mich übernehmen? Ich muss mal für schwangere Lehrerinnen.«

Schon ist Liza verschwunden, während Paul immer noch ihre Worte im Kopf herumgeistern: Er soll auf sein Herz hören.

♥♥♥

Stunden später liegt Paul hellwach in seinem Bett. Die Kirchenglocken läuten, es ist bereits Mitternacht. Eifrig nimmt er sein Handy, welches auf dem Nachtschrank liegt. Wie Liza es ihm befohlen hat, wird er jetzt auf sein Herz hören. Deswegen öffnet er zielstrebig den Chat.

Paul: *Happy Birthday!*

Es dauert nicht lange, bis er sieht, dass sie ihm zurückschreibt.

Kati: *Danke schön!*

Na super, sehr kurz angebunden das Fräulein. Aber er hat ja auch nicht viel mehr geschrieben.

Paul: *Wie geht's dir?*

Kati: *Mir geht's ganz gut soweit. Und dir? Woher weißt du, dass ich Geburtstag habe?*

Paul: *Greta hat es mir erzählt.*

Kati: *Das hat sie mir gar nicht gesagt. Nur, dass du dich nach mir erkundigt hast.*

Paul: *Ich hätte das nicht tun sollen, doch es war raus, bevor ich es begriffen habe.*

Kati: *Ist nicht schlimm. Ich habe mich gefreut ;)*

Paul: *Kati, hör zu. Neulich ... ich wollte dir noch sagen, dass es mir sehr gut gefallen hat. Es war allerdings eine einmalige Sache.*

Zwei Minuten vergehen, ohne dass Kati antwortet, obwohl sie online ist – das zeigt das Smartphone schließlich deutlich an!

Paul: *Kati?*

Kati: *Ich bin da. Ist okay!*

Paul: *Warum habe ich das Gefühl, dass es nicht okay ist?*

Kati: *Schon gut. Ich werde dir keine Szene machen, also entspann dich!*

Paul: *Das habe ich auch nicht angenommen. Bist du jetzt enttäuscht?*

Wieder regt sich auf dem Bildschirm seines Mobiltelefons nichts. Erst nach ein paar Minuten schreibt sie ihm.

Kati: *Nein.*

Das kam viel zu zögernd, so kann er sich denken, dass das nicht die Wahrheit war. Deswegen beendet er das Gespräch schnell.

Paul: *Ich schlafe jetzt, muss morgen früh raus. Feier schön und lass dich verwöhnen. Mach's gut.*

Kurz bevor er einschläft, vibriert sein Handy erneut.

Kati: *Ich fand es auch schön, was vor zwei Wochen passiert ist. Mach's gut.*

Um drei Uhr morgens schaut Paul auf die Uhr. Hellwach! Seitdem Katis letzte Nachricht bei ihm ankam, liegt er im Bett und betrachtet seine Zimmerdecke, die lediglich vom Schein des Mondes beleuchtet ist. Diese Frau treibt ihn in den Wahnsinn. Jetzt schlägt er sich schon die Nächte wegen ihr um die Ohren, das wird ja immer bunter.

Fünf Uhr, Paul liegt weiterhin wach im Bett. »Verdammt!« Fluchend steht er auf, duscht sich, dann kocht er sich erst mal eine Elefantendosis Kaffee. Um den Tag überstehen zu können, wird er den brauchen.

Nachdem er joggen war, beginnt sein Schulalltag. Ausnahmsweise sind seine Schüler heute mal sehr fleißig, so kommt es, dass der Morgen einigermaßen zügig vergeht. Bevor Paul die Meute in den Nachmittag entlässt, bittet er Greta kurz zu sich. Grinsend tritt diese vor ihn. Mit ihrer neugewonnen fröhlichen Art, schenkt sie ihm einen kleinen Lichtblick an diesem Tag, denn die Müdigkeit und die Gedanken an Kati scheinen ihn aufzufressen.

»Na? Ist die Donauwelle schon fertig?«, will er in einem Plauderton wissen, während er seine Lehrbücher einpackt.

Eifrig nickt Greta. »Wir haben sie gestern Abend noch gebacken, als Mama im Bett lag.«

»Dann lasst sie euch schmecken und verbringt einen schönen Tag miteinander.«

»Das machen wir!« Kurz winkt Greta ihm zu, greift nach ihrer Schultasche und läuft zu ihren Freundinnen die vor der Klasse auf sie warten.

Warum fühlt sich Paul plötzlich so alleine?

XVII

»**G**reta? Lotti? Wo seid ihr? ... Mann, war das ein Tag heute! Ich glaube, halb Saarburg liegt mit einer Erkältung flach«, erzählt Kati fröhlich, in der Annahme, dass sich die angesprochenen in der Küche aufhalten. Dort angekommen, stellt sie jedoch fest, dass niemand da ist. Folglich geht sie ins Wohnzimmer weiter, aber auch da ist keine Menschenseele.

Stirnrunzelnd läuft Kati zu Gretas Zimmer, ahnt allerdings bereits, dass der Raum ebenso leer sein wird, denn sie hört keinerlei Stimmen. Generell ist es in der Wohnung auffällig still. Völlig untypisch. So langsam breitet sich Besorgnis in ihr aus, doch noch schafft Kati, diese in ihrem Bewusstsein zurückzudrängen. Zur Sicherheit schaut sie zusätzlich im Bad nach – keine Spur von Lotti und Greta. Wo können sie nur sein? Ihr Pulsschlag beschleunigt sich immer mehr. Mittlerweile überprüft sie hektisch jedes Zimmer erneut, als ob sie sich versteckt hätten, aber Kati muss einfach sicher gehen. Tief durchatmen! Ruhe bewahren! Auch wenn ihre Hände bereits zittern. Zuletzt erreicht sie wieder die Küche.

Da liegt ein Zettel. Gott sei Dank! Stürmisch eilt Kati zum Tisch, um die Nachricht zu lesen.

Hallo Greta, bereite schon mal alles vor. Ich bin schnell los, ein paar Blumen kaufen. Deine Mama kommt um kurz nach zwei, also beeil dich. Hopp, hopp ; -) Gruß und Kuss, Lotti

Was? Moment! Dann müsste sie doch hier sein. »Greta?«, ruft Kati mit einem leichten Anflug von Hysterie in ihrer Stimme. Jede Zimmertür reißt sie auf, durchsucht die einzelnen Räume wiederholt. Nirgends ist Greta aufzufinden. Nirgends!

In einem letzten Versuch, sich zu beruhigen, geht Kati in ihrem Kopf alle Möglichkeiten durch. Vielleicht hat Greta unterwegs Charlotte getroffen und sie zum Blumenladen begleitet?

Ja, so muss es sein. Aufmunternd nickt Kati. Als sie das Handy aus ihrer Handtasche gekramt hat, wählt sie umgehend die Nummer ihrer Freundin.

»Happy Birthday, Liebes. Bin gleich zu Ha…«

»Ist Greta bei dir?«, fällt Kati ihrer Freundin harsch ins Wort.

»Nein, sie ist schon zu Hause, sei nicht so ungeduldig. Dort wartet übrigens nicht nur Greta, sondern auch eine Überraschung auf dich«, flötet Charlotte in einem fröhlichen Sing Sang.

»Sie ist nicht zu Hause!«, flüstert Kati in das Mobiltelefon.

»Nicht? Komisch, so haben wir es doch abgemacht. Womöglich ist sie noch mal losgezogen, um etwas zu besorgen.«

»Meinst du?« Hoffentlich hat sie recht, betet Kati.

»Ich brauche eine Viertelstunde, dann bin ich zu Hause und Greta mit Sicherheit ebenso.«

Nachdem Kati aufgelegt hat, versucht sie, sich mit einem tiefen Atemzug zu beruhigen. Diese Panik, die ständig in ihr aufkommt, muss aufhören. In den meisten Fällen ist sie nämlich unbegründet.

Dennoch kommt sie nicht zur Ruhe. Abermals geht sie in Gretas Zimmer, dreht sich hilflos im Kreis und schaut sich um. Plötzlich fällt ihr etwas auf. Gretas Schulranzen steht nicht an der gewohnten Stelle. Schnell hechtet Kati in den Flur, wo ihre Tochter den Ranzen gerne neben die Wohnungstür wirft und liegen lässt. Aber auch dort – nichts! Verzweifelt wischt sich Kati mit den Händen über das Gesicht.

Jetzt ist es halb drei. Greta müsste genau genommen seit gut eineinhalb Stunden zu Hause sein. Erneut greift sie nach ihrem Handy.

Paul Kirschen – Rufnummer – Anrufen.

Immerhin scheint Katis Gehirn noch einigermaßen zu funktionieren. Die Leitung ist frei, obwohl es eine gefühlte Ewigkeit dauert, bis Paul abnimmt.

»Kirschen?«, meldet er sich schließlich.

»Weißt du, wo Greta ist?«, fragt sie Paul ohne Umschweife. Nervös läuft sie durch den Flur.

»Das weiß ich nicht. Wahrscheinlich zu Hause«, antwortet er.

»Da ist sie nicht!«, erwidert Kati mit zittriger Stimme.

»Dann kommt sie bestimmt gleich«, beruhigt Paul sie. »Ihre Freundinnen haben vorhin an der Tür auf sie gewartet. Eventuell haben sie sich verquatscht. Ist ja alles möglich bei den Mädels heutzutage.«

»Aber Greta ist sonst sehr zuverlässig, sie würde nicht einfach eineinhalb Stunden zu spät kommen.«

Stille.

Paul scheint ihre Angst zu merken. »Ich suche dir die Nummern von den anderen Mädchen raus, dann kannst du dort mal anrufen.«

»Ja, danke.« Wie betäubt beendet Kati ohne ein Wort des Abschiedes das Gespräch. Wenig später verlässt sie die Wohnung – sie muss Greta finden. Nichts anderes ist mehr wichtig. Automatisch läuft sie den Schulweg ihrer Tochter entlang. Zwischenzeitlich hat Paul ihr sämtliche Rufnummern im Chat zugeschickt, die sie unterwegs fleißig abtelefoniert hat.

Alle gaben die gleiche Antwort: Kurz vor den Bahnschranken haben sich ihre Wege getrennt. Greta ist alleine mit Fabienne weitergezogen, weil der Heimweg der beiden Mädchen fast derselbe ist. Bei Fabienne geht jedoch niemand ans Telefon. Fabiennes Handynummer, die Kati von ihren Freundinnen bekommen hat, wählt sie ununterbrochen, aber es ist keiner erreichbar. Erneut ruft sie Charlotte an. Zuvor hat Kati sie gebeten, schnell nach Hause zu kommen, falls Greta dort auftaucht.

»Nein, sie ist noch nicht da«, meldet diese sich sogleich.

»Verdammt!« Immer deutlicher spürt Kati die Panik in sich emporkriechen. Mit weit aufgerissenen Augen, sowie einer hohen Achtsamkeit, geht sie an der Saar entlang, in die Altstadt hinein, bis Kati letzten Endes am Wasserfall steht. Auch dort ist Greta nicht zu finden. Der Klingelton ihres Telefons lässt sie zusammenschrecken. Vielleicht ist Greta endlich wieder da? Hoffnungsvoll nimmt sie das Gespräch an. »Paul?«

»Hast du Greta gefunden?« In Pauls Stimme ist ganz klar Sorge zu erkennen.

Mit einem Schlag ist die kleine Flamme der Hoffnung, dass jemand Greta entdeckt haben könnte, erloschen. Im Hintergrund hört man Stimmen, zudem ist das Rauschen des Windes zu vernehmen. »Nein, habe ich nicht«, wimmert Kati leise in ihr Smartphone. Warum hat sie bei Paul immer gleich das Bedürfnis, sich ausheulen zu müssen? Sie versucht, die aufkommende Tränenflut zu verhindern.

»Wo bist du? Ich komme zu dir!«, sagt Paul in einem sanften Ton.

Nun ist es um ihre Beherrschung geschehen. Verzweifelt legt sie ihre Fingerspitzen auf den Mund, kann sich ein kräftiges Schluchzen jedoch nicht verkneifen. Aus ihren Augenwinkeln lösen sich ein paar Tränen und rinnen ihre Wangen hinab.

»Scht, Kati. Sag mir, wo du bist«, beruhigt Paul sie.

»Wasserfall«, bringt sie gerade so noch hervor, bevor sie ihr Handy in die Tasche steckt.

Wie lange Kati am Wasserfall steht, weiß sie nicht. Hilflos und voller Verzweiflung starrt sie auf das rauschende Wasser. Einige Minuten später greift jemand nach ihrem Arm. Paul ... es ist Paul. Als Kati ihn sieht, brechen augenblicklich alle Dämme. Tränen fließen ohne jeglichen Rückhalt. Mit einem sorgevollen Blick zieht er Kati in seine Arme.

Er ist da! Jetzt werden sie Greta finden, schließlich hat Paul für jedes Problem eine Lösung. Kati spürt, wie seine Hand sich auf ihren Hinterkopf legt. Fest drückt er Kati an seine Brust. Immer wieder spricht er ermutigend auf sie ein, was sie tatsächlich ein kleines Bisschen beschwichtigt, sodass sie klarer denken kann.

»Hast du sie auf ihrem Handy angerufen?«, fragt Paul, den Mund auf ihre Locken gedrückt.

»Ihr Handy liegt zu Hause«, murmelt Kati an seine Brust.

Mit beiden Händen umgreift Paul ihr Gesicht, zwingt sie so, ihn durch ihren tränenverschleierten Blick anzusehen. »Greta wird wieder auftauchen. Du musst jetzt einen kühlen Kopf bewahren. Hörst du?« Geräuschvoll zieht Kati ihre Nase hoch, wischt sich zugleich mit der Hand die Tränen aus den Augen. Danach nickt sie entschlossen. Zur Bestätigung nickt Paul ihr ebenfalls zu, reibt ihr die letzten Tränen mit seinem Daumen von der Wange und weicht etwas zurück. »Am besten gehen wir jetzt zu Charlotte und schauen, ob Greta mittlerweile dort angekommen ist.«

Dann machen sich beide schnellen Schrittes auf den Weg.

❤❤❤

Skeptisch wird Paul von Charlotte begrüßt, als er kurze Zeit später zusammen mit Kati die Küche betritt. Die folgende Ernüchterung ist groß, denn Greta ist nicht zu Hause, sie hat sich auch nicht gemeldet. Mutlos reißt Kati sich ein Stück Küchenrolle ab, um sich erst einmal ordentlich die Nase zu schnäuzen. Ihre Augen sind aufgequollen, fällt Paul auf, als er sie betrachtet. Ihr geht es miserabel. Trotz allem sieht sie wirklich schön aus. Allerdings erkennt man ihre Sorge so überdeutlich, dass Katis Anblick ihn einfach nur traurig stimmt.

Provokant stellt Charlotte sich vor Paul und räuspert sich laut. Mit hochgezogenen Augenbrauen schaut sie ihn an, womit sie ihm zu verstehen gibt, dass sie ihn gerade beim Starren erwischt hat. Aber wen kümmert das schon? Für Paul ist es nichts Neues, dass er seinen Blick nicht von ihr lassen kann. Zu seinem Glück ist Kati jedoch viel zu aufgelöst, um das Verhalten ihrer Freundin zu bemerken.

Nachdem die drei kurz besprochen haben, was sie längst wissen, und mit wem Kati schon alles telefoniert hat, versucht Paul noch einige Male, Fabienne zu erreichen. Nach dem siebten Versuch hebt endlich die Mutter von dem Mädchen ab. Vor Erleichterung fährt sich Paul mit seiner Hand durch die Haare. Jetzt wird sich sicherlich alles aufklären.

»Guten Tag, Frau Mai. Kirschen hier. Dürfte ich bitte ihre Tochter sprechen? Es ist sehr dringend.«

»Guten Tag, Herr Kirschen. Worum geht es? Hat meine Tochter wieder etwas angestellt?«, will Frau Mai umgehend wissen.

»Nein, ihre Tochter hat nichts angestellt. Wir sind auf der Suche nach einer Mitschülerin, mit der Fabienne zuletzt gesehen wurde. Deshalb muss ich jetzt ganz schnell mit ihr reden.«

»Okay, ich rufe sie. Einen Moment bitte!«

Kati, die sich angespannt vor ihm befindet, beobachtet jede Regung in seinem Gesicht, kann dabei kaum ruhig stehen bleiben. »Ja, danke«, sagt er. Danach hält er das Telefon kurz vom Ohr weg, um Kati mitzuteilen: »Sie bringt Fabienne das Telefon.«

Derweil stellt Paul den Lautsprecher an, sodass sowohl Kati als auch Charlotte mithören können.

»Hallo?«

»Hallo, Fabienne, hier ist Herr Kirschen, dein Lehrer. Ist Greta bei dir? Oder weißt du, wo sie sein könnte?«

»Bei mir ist sie nicht. Sie ist zu ihrem Vater.«

»Was?«, erklingt es aus drei Mündern gleichzeitig. Die Verwirrung ist groß, sodass Paul alles daran setzt, Licht ins Dunkel zu bringen. »Wie kommst du darauf?«, will er zunächst wissen.

»Eine Frau hat sie heute Mittag vor dem Polizeipräsidium abgefangen. Greta ist mit ihr gefahren, sie hat sich total gefreut. Fragen Sie doch Gretas Mutter, die weiß Bescheid«, erklärt Fabienne.

Vor lauter Entsetzen hat Kati den Mund weit aufgerissen. Heftig schüttelt sie den Kopf, möchte Paul zu verstehen geben, dass sie keinen blassen Schimmer hat. Irgendwann legt Paul seine Hand auf ihre Wange, um sie davon abzuhalten, ein Schütteltrauma zu erleiden, nickt ihr aber wissend zu.

Nein, Kati weiß definitiv nichts.

»Fabienne, hast du mitbekommen, was die beiden geredet haben?«

»Nur ein bisschen. Die Frau meinte, dass es eine Überraschung wäre und sie jetzt gemeinsam zu Gretas Vater fahren; dass das mit Gretas Mutter abgesprochen wäre und sie ihre Reisetasche schon im Kofferraum hat. Und dann haben sich beide ganz doll gefreut und umarmt. Die Frau war wirklich nett.«

Paul gibt zwischendurch immer mal ein bestätigendes Brummen von sich, löst den Blick jedoch keine Sekunde von Kati, die weiterhin direkt vor ihm steht, um dem Gespräch aufmerksam zu lauschen. »Kannst du mir sagen, wie die Frau oder das Auto aussahen?«, will Paul nun von Fabienne wissen.

»Die Frau hatte lange rote Haare. Sie war soooooo derbe hübsch, Herr Kirschen. Das können sie sich gar nicht vorstellen!«, schwärmt ihm das Mädchen mit quietschender Stimme vor. Paul rollt die Augen. Immer dieses Teeniegehabe! »Das Auto war schwarz, aber da habe ich nicht so drauf geachtet.« In diesem Moment schließt Kati die Augen, als würde ihr die Erkenntnis durch die Venen schießen.

Nachdem sich Paul verabschiedet hat, verstaut er sein Handy in der Tasche. Wie vorhin am Wasserfall legt er auch jetzt beide Hände um Katis Gesicht und zwingt sie, ihn anzusehen. »Was?«, fragt er schlicht.

»Das war Heike!« Ihre Stimme bebt. »Ich weiß überhaupt nichts von dieser Aktion. Besagte Reisetasche gibt es ebenfalls nicht. Ihre Sachen sind alle noch da.«

»Bist du dir sicher?«, hakt Paul nach.

Jetzt schaltet sich Charlotte ein. »Ja, ich habe eben schon in ihrem Zimmer nachgeschaut. Es fehlt nichts.«

Kati geht zum Esstisch herüber, nimmt ihr Handy zur Hand und wählt die Nummer, über die sie bedroht wurde. Schnellen Schrittes läuft sie wie ein Tiger durch den Raum – von einer Ecke in die andere und zurück, während sie das Handy am Ohr hält und wartet, dass dieses weibliche Ungetüm namens Heike endlich abnimmt.

Nichts! Erneut probiert sie es. Heike nimmt nicht ab. Der Ton einer eingehenden Nachricht, bringt Kati dazu, stehen zu bleiben. Sofort starrt sie auf das Mobiltelefon.

Du wolltest ja nicht hören! Nun ist Ruhe. Markus gehört mir, nur mir alleine! Greta wird ihn ab jetzt nicht mehr ständig anrufen und er wird auch nicht mehr mit seinen Gedanken bei ihr sein. Wenn du die Polizei einschaltest, werde ich mit deinem hübschen Töchterchen in den Gegenverkehr fahren. Überlege dir gut, was du tust! Wie du siehst, sitze ich am längeren Hebel.

Auf die Knie sinkend, versucht Kati, zu realisieren, was sie da gerade gelesen hat. Es will ihr aber einfach nicht gelingen. Immer wieder liest sie den knappen Text, bis ihr jemand das Handy aus der Hand nimmt. Kurz darauf greift man unter ihre Arme, um sie auf einen Stuhl zu setzen. In Katis Ohren rauscht es. Ein Gefühl der lähmenden Taubheit macht sich in ihr breit. Ihr Kopf sinkt auf die Brust. Was ist mit ihrer kleinen Greta?

»Halt sie fest, Charlotte!«, donnert Pauls Stimme durch die Küche. Am Rande bekommt sie mit, dass Paul nachschaut, was Kati so aus der Fassung bringt. »Scheiße!«, flucht er, fasst sich aber wiederum schnell. Vor ihr geht er in die Hocke und spricht in einem lauten, eindringlichen Ton, damit er irgendwie zu ihr hervordringt. »Kati. Wir müssen die Polizei informieren. Hörst du?«

Ruckartig hebt sie den Blick, schaut ihm starr in die Augen und beginnt mit ihrem Kopf zu schütteln. »Nein!«, befiehlt sie lautstark. »Das dürfen wir nicht. Hast du nicht gelesen, was sie dann macht?« Ihr körperliches Befinden ignorierend, reckt Kati ihr Kinn in die Höhe.

»Hör zu«, setzt Paul erneut an. »Das hier ist eine Nummer zu groß für uns. Lass die Polizei sich darum kümmern, die haben Erfahrung mit solchen Situationen. Die wissen was zu tun ist.«

»Nein!«, schreit Kati, während sie aufspringt, sodass der Stuhl, auf dem sie zuvor saß, nach hinten kippt. »Keine Polizei!« Ruppig reißt sie Paul das Handy aus der Hand. Mit dem Rücken zu den anderen beiden stehend, wählt sie mit zittrigen Fingern Markus' Nummer. Nach dem vierten Klingeln nimmt er endlich ab.

»Was willst du?«, knurrt er in den Hörer.

»Wo treibt sich deine Freundin herum?«, fragt Kati mit einer überraschenden Kälte in ihrer Stimme.

»Ich wüsste nicht, was dich das angeht!«, kontert Markus augenblicklich.

»Dann werde ich dir das jetzt mal sagen. Die Schlampe hat Greta entführt!«, keift sie ins Handy. Ein lautes Lachen ertönt, welches sogar die anderen beiden im Raum hören können.

»Denkst du nicht, dass du jetzt übertreibst?« Seine Stimme klingt entspannt, fast amüsiert. Kein Funken von einer Beunruhigung.

Fassungslos dreht sich Kati zu Paul, schaut ihn hilfesuchend an. Sofort geht er auf sie zu, nimmt ihr das Handy aus der Hand und verlässt den Raum. »Hier ist Paul Kirschen«, kann Kati ihn hören. »Nein, wir wohnen nicht zusammen. Es geht um ihre Tochter, Herr Eisenhauer. Greta wurde von ihrer Freundin entführt.« Daraufhin erzählt Paul von Fabiennes Aussage und von der Nachricht die Kati soeben erhalten hat. Er tritt zurück in die Küche und macht den Lautsprecher an.

»Scheiße«, murmelt Markus vor sich hin, als er die Nachricht liest, die Paul ihm weitergeleitet hat. »Sie wollte ein paar Tage in den Urlaub. Ich weiß allerdings nicht, wohin sie ist«, gibt er beschämt zu.

»Dann werde ich gleich die Polizei verständigen. Ich möchte nicht, dass Greta etwas zustößt«, wirft Paul ein.

»Nein ... machen Sie das nicht!«, reagiert Markus hektisch.

»Warum nicht?«, will Paul wissen.

»Weil ... ich Heike seit der Konfrontation mit den Drohnachrichten nicht mehr richtig einschätzen kann.«

Resigniert schüttelt Paul den Kopf. »Hören Sie auf, in Rätseln zu sprechen, verdammt noch mal! Es geht hier um Ihre Tochter. Ist sie Ihnen denn so wenig wert?«, brüllt er ins Telefon.

»Sie ist krankhaft eifersüchtig. Heike erträgt es nicht, dass ich täglich mit Greta telefonieren möchte. Auch wenn Sie mir das nicht glauben, sie fehlt mir sehr, seitdem sie in Saarburg lebt. Ich traue Heike momentan in keiner Weise. Bitte rufen Sie nicht die Polizei. Es wäre nicht auszudenken, wenn Greta was passiert. Ich mache mich sofort auf den Weg nach Saarburg, sagen Sie Kati bitte Bescheid.«

»Wo könnte sie hin sein? Denken Sie nach!« Pauls Tonfall ist scharf und lässt keinen Freiraum für Widersprüche.

»Ihre Familie hat zwei Ferienhäuser. Eines in Dänemark und das andere an der holländischen Küste. Am besten teilen wir uns auf.« Plötzlich kommt Leben in Markus' Stimme. »Fahren Sie mit Kati nach Holland und ich breche nach Dänemark auf.«

»Ich werde nirgendwohin fahren! Das ist ja irrsinnig! Was, wenn Greta zwischenzeitlich etwas geschieht? Was dann? Lassen Sie das die Polizei übernehmen!«

»Wir fahren dorthin!«, mischt Kati sich umgehend ein, marschiert geradewegs auf Paul zu und nimmt ihm das Telefon aus der Hand.

Fassungslos schüttelt er den Kopf über sie. Sind denn wirklich alle verrückt hier?

Das Gespräch zwischen Markus und Kati dauert nicht länger als dreißig Sekunden. Sie steckt ihr Smartphone in die Hosentasche, läuft entschlossenen Schrittes zu ihrem Kleiderschrank, um sich mit zittrigen Händen einen dicken Pullover zu schnappen.

»Kati, jetzt bleib mal stehen. Was hast du vor?«, will Paul dringend in Erfahrung bringen.

»Wir fahren nach Holland. Markus schickt mir die genaue Adresse aufs Handy.« Hastig packt sie ihre Handtasche zusammen.

»Wir? Wir fahren nirgendwo hin! Und du bleibst auch hier. Wir werden jetzt die Polizei verständigen. Mein Gott, seid ihr denn alle irre? Das ist *Kindesentführung*, Kati! Hast du das überhaupt schon realisiert?« Wild wedelt Paul mit den Händen in der Luft herum, während er Kati versucht von ihrem Alleingang abzuhalten.

So aufgebracht und ungehalten hat Kati ihn noch nie erlebt. Doch jetzt ist nicht der Zeitpunkt für derartige Machtkämpfe. Zwar glaubt Paul, dass er sie vor einem großen Fehler bewahrt, allerdings kann Kati nichts Falsches daran finden, ihre Tochter retten zu wollen.

Um weitere Gegenwehr von Paul vorzubeugen, geht Kati zielstrebig zum Küchentisch. In einer Mischung aus Zorn und Verzweiflung krallt sie ihre Finger um die Kaffeetasse und schleudert diese mit einem markerschütternden Schrei gegen die Wand. Die Tasse zerspringt in tausend Teile, sodass die braune Flüssigkeit quer durch den Raum spritzt. Entschlossen wendet Kati sich ihm zu. »Ich habe gerade nicht die Zeit, mich mit dir zu streiten! Meine Tochter wurde entführt, wie du eben so schön festgestellt hast!« Todernst sieht sie ihm in die Augen.

»Das habe ich sehr wohl realisiert!«

Dann bricht Kati den Blickkontakt ab und möchte an ihm vorbeigehen. Sie ist hier fertig, will nur noch Greta hinterher, aber Paul hält sie am Arm zurück. »Kati, das ist verrückt, lass das bleiben!« Sie schließt die Augen, während er auf sie einredet. »Wo willst du denn jetzt hin?«

»Ich will mir meine Tochter zurückholen, Paul! Bringst du mich hin?« Erwartungsvoll schaut sie ihm in die Augen. Als Kati sein Zögern bemerkt, lacht sie einmal kurz auf. Ruckartig geht sie an ihm vorbei und verlässt die Wohnung.

XVIII

Nach fünf Minuten Dauerlauf erreicht Paul endlich sein Auto, welches er am Mittag in der Nähe des Wasserfalles geparkt hatte, um von dort aus Greta zu suchen. Kaum sitzt er in seinem Wagen, braust er mit quietschenden Reifen los. Hupend bahnt er sich den Weg durch die engen Gassen der Altstadt.

Na endlich! Nachdem er durch den Tunnel gefahren ist, überquert er die Saarbrücke. Hier kann er wieder etwas mehr Gas geben. Wo ist Kati so schnell hin? Was hat sie vor? Diese Heike scheint gefährlich zu sein, hat verdammt noch mal ein Mädchen entführt, sie kann die Frau doch gar nicht alleine stellen. Das sollte die Polizei erledigen. Das ist nichts für Kati, verflucht! Während Paul innerlich vor sich hin schimpft, sucht er mit den Augen die Straße ab. Kati hat keinen Wagen, wie will sie überhaupt nach Holland kommen?

Pauls Gedanken rasen, da fällt ihm ein Radfahrer ins Auge, der mitten auf der Fahrspur fährt. Als er näher herankommt, erkennt er die Lockenmähne und den Wollpullover, den er zuvor noch in Katis Zimmer gesehen hat. Immer dichter steuert er heran, sodass er letzten Endes genau neben Kati her rollt.

»Das ist nicht dein Ernst!«, brüllt Paul aus dem fahrenden Wagen. »Nach Holland geht es in die andere Richtung – nur, damit du Bescheid weißt!«

»Du Idiot!«, donnert Kati ihn an. Kurz darauf macht sie einen waghalsigen Schlenker mit dem Rad. »Ich fahre zum Bahnhof.« Kräftig tritt sie in die Pedale, während sich Paul in dieser angespannten, grotesken Situation tatsächlich ein Lachen verkneifen muss.

»Na, komm schon. Stell dein Rad ab und steig ein«, fordert Paul sie nachsichtig auf. Er versteht sie ja. Stur starrt Kati jedoch geradeaus. In Rekordtempo strampelt sie weiter. »Mensch Kati, steig ein! Wir suchen Greta gemeinsam. Wir werden sie finden!« Unmöglich kann er das länger mit ansehen! Folglich gibt Paul Gas, fährt ein Stück vor und versperrt ihr den Weg. Stürmisch eilt er aus dem Auto, ehe Kati an ihm vorbeifährt.

Um ihre Fassung kämpfend, steigt sie endlich vom Fahrrad ab. Mit beiden Händen packt sie den metallenen Rahmen des Rads, um ihn mit voller Wucht auf den Gehweg zu schleudern. Frustriert tritt sie einige Male auf das klapprige Ding ein.

»Hör auf damit!«, bittet Paul gefühlsbetont. An einem Arm zieht er Kati zu sich.

»Verfluchter Scheißdreck!«, schreit sie aus Leibeskräften, während sie mit den Fäusten auf seine Brust einschlägt. »Ich will doch nur, dass es Greta gut geht«, wimmert Kati fast unverständlich an Pauls Pullover.

Das will Paul auch. Sanft beginnt er, auf Kati einzureden. Schon bald merkt er allerdings, dass seine Worte nicht zu ihr durchdringen. Deswegen führt er Kati einfach zum Auto, setzt sie entschlossen auf den Beifahrersitz, schnallt sie an und läuft zur Fahrerseite. Bevor sie losfahren, verlangt Paul noch Katis Handy. Nach ein paar Sekunden findet er die Adresse, die Markus zuvor an Kati gesendet hatte. Diese gibt er sofort ins Navigationssystem seines Wagens ein.

Ihr Ziel: Cadzand Bad, an der belgischen Grenze. 387,1 Kilometer, in vier Stunden und drei Minuten.

Na, dann los!

♥♥♥

Binnen zwanzig Minuten sind sie in Luxemburg auf der Autobahn, nach Belgien unterwegs. Mittlerweile hat Kati ihren Kopf an die Scheibe gelehnt, sieht wortlos auf die vorbeirasenden Leitplanken. Manchmal kommt ein jämmerliches Schluchzen tief aus ihrem Inneren. Das Geräusch ist leise, doch lässt es Paul jedes Mal zusammenfahren. Er empfindet großes Mitleid für die Frau, die gerade neben ihm sitzt, die schmerzlich um ihre Tochter bangt.

Dabei kann er aus Angst um Greta selbst kaum klar denken. Am liebsten möchte er sich in einer Ecke verkriechen, zu Gott beten, dass diese Katastrophe ein positives Ende nehmen wird. Das Einzige, das Paul tatsächlich unternimmt: Mit aller Willenskraft versucht er, die Kontrolle über die Situation zu bewahren. Angesichts der Tatsache, dass sie noch drei Stunden Fahrt vor sich haben, zudem nicht einmal wissen, ob sie Greta überhaupt dort vorfinden, fällt ihm dies sehr schwer. Ob es Greta gut geht? Ob ihr womöglich etwas zugestoßen ist …? Letztere Auffassung vergisst Paul besser gleich, konzentriert sich stattdessen weiter auf den Verkehr.

Zeit, nach vorne zu schauen – sie werden die Kleine retten. Keine Alternative ist akzeptabel. Bei dem Gedanken riskiert er wieder mal einen Blick auf das Häufchen Elend, welches neben ihm sitzt. Ohne drüber nachzudenken, greift Paul Katis Hand. Danach platziert er ihre miteinander verschlungenen Finger auf Katis Schoß.

Nach einigen Minuten spürt Paul, wie sie zudem die zweite Hand auf seine legt. Völlig unbewusst beginnt sie mit seinen Fingern zu spielen. Eine zarte, kaum hörbare Stimme durchbricht die Stille des monotonen Fahrgeräusches. »Ich hab' solche Angst!« Obwohl sein Blick weiterhin auf die Straße gerichtet ist, spürt Paul genau, wie er von Kati beobachtet wird. Im Augenwinkel bemerkt er, wie sie den Kopf ihm zugewandt hält.

»Ich auch!«, flüstert er zurück, als er endlich den Kloß in seiner Kehle überwinden kann. Dabei drückt er Katis Hand ein wenig fester, um ihr zu zeigen, dass sie nicht alleine ist.

Schweigend fahren sie noch eine Stunde weiter, bis Katis Handy klingelt. Die Nachbarn des Hauses in Dänemark haben sich zurückgemeldet. Ihnen ist nichts Verdächtiges aufgefallen. Kein Auto in der Auffahrt, keine Bewegungen im Haus. Markus ist ebenfalls auf dem Weg nach Holland, denn mittlerweile hat er nicht nur mit den Nachbarn aus Dänemark telefoniert, nein, auf dem heimischen PC hat er im Suchverlauf den Routenplan von Saarburg nach Cadzand Bad entdeckt. Daher ist er sich praktisch sicher, dass Heike und Greta sich an der Küste aufhalten.

Nachdem Kati das Gespräch beendet hat, legt sie ihr Handy wieder auf die Ablage in der Mittelkonsole. »Ich halte das nicht mehr aus. Kannst du schneller fahren?«, bittet sie drängend. Paul reagiert in keiner Weise, als habe er mit einem Ausbruch dieser Art gerechnet. »Verdammt, rede mit mir! Gib endlich Gas!«, kreischt sie. Langsam wird sie immer hysterischer. Sie erträgt die Ungewissheit keine Sekunde länger! Ihr Puls rast, sie steht kurz vor dem Hyperventilieren. Mit letzter Kraft schlägt sie auf das Armaturenbrett ein, um die angestaute, nervöse Energie in sich loszuwerden. Gefangen in nackter Angst um ihre Tochter, verliert sie völlig die Kontrolle über sich und ihr Handeln. Dies scheint Paul dazu zu veranlassen, den Blinker zu setzen, damit er auf dem Randstreifen der Autobahn anhalten kann.

Die Hände am Lenkrad, blickt er auf die wildgewordene Löwenmutter neben sich. Was soll Paul nur tun? Vor Sorge um Greta kann er selbst kaum einen klaren Gedanken fassen. So gerne würde er Kati sagen, dass alles gut wird, doch das wäre schlichtweg gelogen, denn er kann ihr nicht versprechen, dass ebendies zutreffen wird. Ein paar Mal schluckt er mühevoll, irgendwie muss er sie beruhigen!

Noch immer strampelt Kati wild um sich. Tief im Sog der Verzweiflung gefangen, lässt sie letztendlich ihren Kopf ziemlich unsanft gegen das Armaturenbrett sinken. In dieser Haltung versucht sie, zu Atem zu kommen. Die Gelegenheit nutzt Paul, zieht Kati in eine Umarmung und drückt sie fest an sich. Seinen Kopf in ihrem Haar vergraben, kämpft er gegen seine eigenen Tränen an. Hoffentlich tun sie das Richtige!

Einen kleinen Augenblick gibt Paul ihr, danach legt er seine Hände auf ihre Schultern, sodass er ihr in die Augen blicken kann. »Kati, schau mich an!«, bittet er sie eindringlich. »Du musst für Greta stark sein. Sie braucht dich jetzt. Greta und ich. Ich muss Auto fahren, damit wir die Kleine retten können. Beherrsch dich, hörst du?«

»Ich soll mich beherrschen? Meine Tochter wurde entführt, das alles nur meinetwegen!«, schluchzt Kati jedoch sofort auf, ihr Gesicht ist schmerzverzerrt.

»Reiß dich zusammen, verdammte Scheiße!«, platzt es aus ihm heraus. Wütend schlägt er mit beiden Händen auf das Lenkrad. »Reiß dich endlich zusammen«, presst er erneut zwischen mahlenden Kiefern hervor. »Passt das in deinen Schädel rein? Hier geht es gerade nicht um dich!« Erschrocken schaut Kati ihn mit offenem Mund an. Als Paul ihre Starre bemerkt, setzt er in einem ruhigeren Ton fort: »Wir müssen ans Ziel kommen. Jede Sekunde zählt. Du kannst später immer noch zusammenbrechen, doch jetzt reiß dich mal zusammen!«

Schniefend lehnt sich Kati zurück. Wortlos wendet sie ihren Blick aus dem Fenster. Offenbar hat sie endlich begriffen. Wie soll Paul Auto fahren, wenn sie neben ihm die halbe Inneneinrichtung zusammenschlägt? Er kann sich nicht auch um Kati sorgen, die Angst um Greta reicht vollkommen aus! Bevor er wieder anfährt, atmet Paul einmal kräftig durch. Neben ihm bleibt Kati zunächst völlig stumm. Erst nach einigen Minuten der Fahrt ergreift sie schüchtern das Wort. »Ich hätte Greta von Anfang an einweihen müssen, dann wäre das alles nicht passiert.« Die erdrückende Stille zwischen den beiden ist kaum erträglich. Auf ihre Worte hin bleibt Paul stumm, sodass Kati erneut zu sprechen beginnt: »Paul, bitte rede mit mir«, bettelt sie regelrecht.

Hörbar stößt er Luft aus, verlagert sein Gewicht ein wenig, damit ihm das Autofahren leichter fällt. »Was soll ich sagen?«, fragt er leise. »Ich habe dir von Anfang an gepredigt, dass du zur Polizei gehen sollst.« Schwer seufzt er. »Das kann ich dir zuliebe leider nicht schönreden.«

»Ich dachte nicht, dass Heike ernst machen würde, das musst du mir glauben. Ich habe immerhin jahrelang neben ihr gewohnt. Obwohl wir nicht wirklich befreundet waren, habe ich ihr so etwas keinesfalls zugetraut.«

»Eine Drohung ist eine Drohung, ganz gleich, von wem sie kommt. Wenn es dann noch deine Tochter betrifft, hättest du zur Polizei gehen müssen. Die hätten von vorneherein einen Riegel vorgeschoben«, gibt Paul zu bedenken. Um das Lenkrad verkrampfen sich seine Finger zusehend, die Knöchel werden weiß. Erneut breitet sich die Stille zwischen ihnen aus, welche ausschließlich von Katis Schluchzern unterbrochen wird.

»Es ist nicht nett, dass du mir die Schuld gibst«, klagt Kati verhalten.

Irritiert schaut Paul sie an. »Du hast dir doch eben selbst die Schuld gegeben, wenn ich es tue, ist es aber nicht okay? Du hast echt ein Problem.« Ungläubig schüttelt er den Kopf.

Mit zusammengezogenen Augenbrauen und überkreuzten Armen funkelt Kati ihn erbost an. »Du bist ein unmöglicher Mensch. Es ist nicht auszuhalten, wenn man weiß, was man verschuldet hat!«, teilt sie ihm mit. »Das musst du mir nicht auch noch zusätzlich vorhalten. Mann, ein bisschen Einfühlungsvermögen würde dir guttun!«

Auf ihre Worte hin verlässt nur ein lautloses Zischen, begleitet von einem humorlosen Lachen, seine Lippen. Währenddessen schüttelt Paul wieder den Kopf. Nach ein paar Minuten der Totenstille spricht er weiter. »Mensch, Kati ... keiner würde mit so etwas rechnen«, murmelt er in sanftem Ton. »Du hättest tatsächlich zur Polizei gehen müssen, ja. Dennoch trägst du keinerlei Schuld, dass diese Irre Greta entführt hat.« Nach einem tiefen Seufzen versucht Paul schließlich, zu schlichten: »Lass uns jetzt nicht streiten!«

Ein kleines Nicken bringt Kati zustande, trotzdem bevorzugt sie es, den Rest der Fahrt zu schweigen.

Als sie endlich Cadzand Bad erreichen, ist die Stimmung auf dem Nullpunkt. Die Angst um Greta zerrt an den Nerven der beiden. Kaum befahren sie den kleinen Parkplatz des Ferienortes, möchte Kati das Navi abstellen, doch ihre Finger zittern so sehr, dass sie es nicht hinbekommt. »Scheiße, Scheiße, Scheiße!«, flucht sie frustriert.

Vorsichtig zieht Paul Katis Arm weg, um das Gerät selbst abzuschalten. Rasch steigt er aus, umrundet das Auto und öffnet die Beifahrertür. Als sie ausgestiegen ist, umgreift Paul ihre Hände, damit er diese auf seine Brust legen kann. Bedächtig beginnt Paul, mit ihr zu sprechen, in der Hoffnung, dass Kati das Gesagte in ihrer tiefen Verzweiflung umsetzen wird. »Hör zu, Kati«, flüstert er. »Du musst jetzt deine Nerven beisammen halten, das ist ganz wichtig!« Eindringlich hebt er seine Augenbrauen. »Es fällt dir vielleicht schwer, aber versuche, mir zu vertrauen. Wir müssen das schaffen.« Kati nickt. »Gut!«, stößt Paul besorgt aus, ist sich im selben Moment jedoch sicher, dass Kati kein Wort von alldem verstanden hat. Was bleibt ihm anderes übrig, als ihren Plan weiterzuverfolgen? Sie müssen zu Greta. Paul nimmt sein Smartphone aus der Hosentasche, gibt die Adresse in das Navigationssystem des Handys ein und greift nach Katis Hand, um den Rest des Weges zu Fuß zu bestreiten. »Komm mit!«, befiehlt er in einem ruhigen Ton. Nachdem sie einige hundert Meter weiter über die Dünen in Richtung ihres Ziels gelaufen sind, bleibt Kati ruckartig stehen.

»Da ist sie! Da ist Heike!« Mit dem Finger weist sie auf eine weibliche Silhouette in der Ferne.

»Sie sind hier!«, sagt Paul nach einigen Sekunden erleichtert, wenn auch voller Respekt gegenüber der vor ihnen liegenden Situation.

»Oh mein Gott!«, ruft Kati augenblicklich aus. »Wir müssen Greta zurückholen, Paul. Hoffentlich geht es ihr gut.« Katis Lebensgeister erwachen unmittelbar. Vor Aufregung schießt ihr die Röte ins Gesicht, ihre Wangen glühen, die Augen leuchten.

Bestätigend drückt Paul Katis Hand. »Komm!«

Heike steht auf der Kanalbrücke, die zwischen den Dünen liegt. Hinter dem schmalen Weg geht es zwei Meter steil bergab. Nur eine schmale Treppe führt zum unteren Teil der Brücke, die für die Überfahrt der Autos angedacht ist. Nachdenklich lässt sie den Blick über die Weiten der Nordsee schweifen. Ihr Haar ist durcheinander, stellenweise zerzaust und flattert büschelweise im Wind.

Wenige Augenblicke später stehen Kati und Paul hinter der nichtsahnenden Heike.

»Schau, Kati, so klein ist die Welt. Ist das nicht deine ehemalige Nachbarin?«, fragt Paul scheinheilig. Auf seine Worte hin versteift sich Heikes Körperhaltung sofort. Selbst das Atmen scheint sie für einen kurzen Augenblick einzustellen.

Kati steht der Sinn offenbar nicht nach gespielter Höflichkeit. Keine Sekunde später greift sie in Heikes Gestrüpp, was sich irgendwann mal Haar nannte, und reißt sie mit einem festen Ruck zurück. »Wo ist Greta?«, zischt Kati ihr in gefährlichem Ton ins Ohr. Pauls Kinnlade klappt herunter. Was zum Teufel?! Wenn es hier nicht gerade um Leben und Tod ginge, hätte er Kati jetzt wohl applaudiert.

»Ich weiß nicht, wovon du sprichst. Lass mich sofort los!« Schrill erklingt Heikes Stimme durch die Abenddämmerung.

Abermals zieht Kati kräftig an deren Haaren, sodass Heike ein greller Schmerzensschrei entfährt. Einen Arm um Kati gelegt, flüstert Paul ihr ins Ohr: »Es reicht. So kommen wir nicht voran. Lass sie los.«

Widerwillig stimmt Kati ihm zu. Kurze Zeit später löst sie ihre verkrampfte Hand aus Heikes Zotteln, wobei sie wie ein Stier schnauft. Bevor Heike fliehen kann, keilen Paul und Kati diese dermaßen ein, dass kein Entkommen mehr möglich ist. Mit dem Rücken gegen die Mauer der Kanalbrücke gedrängt, schaut Heike ihren Angreifern lediglich dreist ins Gesicht. »Das wird ein Nachspiel haben«, geifert sie.

Ein eisiges Lachen entrinnt Pauls Kehle: »Und ob das ein Nachspiel haben wird. Fragt sich nur für wen?«

In diesem Moment tritt Kati ihr mit Leibeskräften auf den Fuß, sodass Heike erneut einen Schrei von sich gibt. »Schluss jetzt!«, schreit sie die Rothaarige an. »Wo ist Greta?«

»Aaach«, höhnt Heike. »Ist sie dir etwa entlaufen?« Arglistig blickt sie Kati entgegen.

Nun hat Paul genug von dem Schmierentheater. Diese Kriminelle denkt doch nicht allen Ernstes, sie könne ihn an der Nase herumführen? Sie ist ja fast noch dümmer, wie Kati sie beschrieben hat. »Wir können das Spielchen tagelang so fortführen, wir können es aber auch bleibenlassen, indem Sie uns jetzt einfach mal sagen, wo Sie Katis Tochter versteckt halten. Ist sie in der Ferienwohnung?«

Irgendetwas verändert sich in Heikes Mimik, als sie ihn anschaut. Eiskalt, berechnend und bitterböse. Ganz langsam wendet sie sich ab, sodass sie wieder auf Kati schaut. Diese kann Heikes bösem Blick allemal standhalten.

Blitzartig greift die Gestörte nach einem Stein, der hinter ihr auf der Mauer liegt. Mit voller Wucht schlägt sie damit gegen Katis Kopf. All das geht so schnell, dass Paul gar nicht weiß, wie er reagieren soll. Für einen Sekundenbruchteil eilt er nach vorne, erstarrt dann jedoch in seiner Bewegung. Was soll er zuerst tun, Kati helfen oder Heike festsetzen? Letztlich gewinnt sein Reflex, Heikes Arm greifen zu wollen.

Als er Heike schnappen möchte, bemerkt Paul allerdings, dass Kati nach hinten taumelt. Sie droht die Treppe rückwärts herunterzustürzen! »Kati, pass auf!«, brüllt er. Sofort rennt er los, um sie vor dem Fall zu bewahren. Gerade rechtzeitig bekommt er sie am Ärmel zu fassen. Mit dem anderen Arm greift er fix um sie herum, zieht sie an sich und schützt sie so davor, hinabzustürzen.

Blut rinnt Kati an der Schläfe entlang. »Mein Kopf tut weh!«, flüstert sie irritiert, als sei es ein Geheimnis.

Behutsam setzt Paul sie auf den Boden, mit dem Rücken gegen die Mauer gelehnt. Danach geht er vor ihr in die Hocke.

»Alles klar bei dir?« Achtsam schiebt er ihre Locken beiseite, um sich die Wunde ansehen zu können. »Tief ein und ausatmen«, befiehlt er sanft. Schnell zieht er seinen Pullover über den Kopf, den Stoff drückt er vorsichtig auf Katis Blessur, damit die Blutung gestillt wird.

Nur mit einem T-Shirt bekleidet, legt Paul einen Arm um ihren Rücken, mit dem anderen Arm greift er unter die Knie, um sie hochzuheben. Nicht, dass ihr Kreislauf noch flöten geht – so etwas kann er jetzt keinesfalls gebrauchen. Entschlossen läuft er mit ihr in seinen Armen los. Das Auto steht ungefähr einen halben Kilometer entfernt. Zwar ist Kati wirklich ein Fliegengewicht, trotzdem ist es ganz schön anstrengend, sie über diese lange Wegstrecke hinwegzutragen.

»Greta«, wispert Kati. »Wo ist Heike hin?«

»Ich weiß es nicht. Wir fahren jetzt erst mal zu ihrem Haus!«, antwortet Paul hechelnd. Daraufhin legt Kati ihren Kopf an Pauls Schulter, sofort schließt sie die Augen. »Hey, Augen auf, Kati. Mach mir bitte nicht schlapp. Denk an deine Tochter, hörst du?«, drängt Paul. Mit viel Mühe kommt sie seiner Aufforderung nach.

Am Auto angekommen, setzt Paul sie vorsichtig auf den Beifahrersitz und rennt unmittelbar zur Fahrerseite. Etwas zu kraftvoll knallt er sein Smartphone in die dafür vorgesehene Halterung und folgt der weiblichen Stimme des Navigationssystems. Kurze Zeit später erreichen sie ihren Zielort. Ein schönes, idyllisches Häuschen, unweit vom Meer. Heike hat schätzungsweise zehn Minuten Vorsprung. Genug, um abzuhauen, denn es ist kein Auto zu sehen. »Bleib sitzen!«, befiehlt Paul Kati in einem strengen Tonfall. Danach sprintet er los.

Die Tür ist verschlossen, die Fenster zu beiden Seiten des Einganges auch. Na, dann will er mal testen, ob die Türen tatsächlich so leicht aufzutreten sind, wie es in sämtlichen Filmen dargestellt wird. Einen Schritt geht Paul zurück, nur um mit voller Wucht genau neben das Schloss zu treten. »Uargh!«, stößt er vor lauter Anstrengung hervor. Außer, dass ihm jetzt sein Hüftgelenk Schmerzen bereitet, ist leider nichts weiter passiert. Deswegen beschließt er, mit einem Stein die kleine Scheibe in der Tür einzuschlagen. Kaum ist dies geschehen, kann Paul die Tür von innen öffnen.

Endlich drin!

Vom Flur gehen drei Türen ab. Hinter der ersten kommt eine Küche zum Vorschein, hinter der zweiten ein Bad und hinter der dritten ein Wohnzimmer. Alle Räume sind menschenleer. Eilig rennt Paul die Treppe hinauf, öffnet ebenfalls alle Türen. Im letzten Raum angekommen, wird er fündig: Dort befindet sich nicht nur Gretas Ranzen, auch das Bett sieht aus, als hätte jemand darauf gelegen. Fluchend läuft Paul mit der Tasche aus dem Haus.

»Sie ist nicht da?«, fragt Kati ihn, während Paul mit Gretas Schultasche auf das Auto zueilt. Ihre Stimme ist ein leises Wimmern. Wie sie dasitzt, tut sie ihm einfach leid. Seinen vollgebluteten Pullover an ihren Kopf gedrückt, ist Kati den Tränen nahe. Die Verzweiflung ist in ihren Augen mehr als deutlich zu erkennen. »Was sollen wir nun tun!« Das war keine Frage, sondern ein panischer Hilferuf.

»Gib mir dein Handy«, verlangt Paul ohne große Umschweife. Nachdem Kati ihm das mobile Gerät mit zittrigen Fingern gereicht hat, wählt Paul Markus' Nummer.

»Kati? Habt ihr Greta gefunden?«, ertönt es nach einem Klingeln durch den Hörer. Neben der tiefen Männerstimme nimmt man auch noch Fahrgeräusche über Markus' Freisprechanlage wahr.

»Hier ist Paul. Nein, haben wir nicht. Sie sind uns entkommen. Das Haus ist verlassen, aber sie waren hier. Ich habe Gretas Schultasche gefunden.« Markus flucht, was das Zeug hält, bis Paul ihn schließlich stoppt. So kommen sie nicht weiter. »Wo könnten sie hin sein? Gibt es einen Ort, an dem Heike besonders gerne ist? Hat sie Freunde oder Verwandte in der Gegend?« Pauls Sorge gilt momentan nicht nur Greta. Nein, auch Kati wird zusehends blasser. Immerfort gleitet sein Blick über ihre angespannten Züge. Wenn sie zusammenbricht, wird er das nächstgelegene Krankenhaus aufsuchen müssen. Was Heike wieder einen riesengroßen Vorsprung verschafft – wohin auch immer.

»Sie ist oft am Hafen in Breskens«, antwortet Markus, »und sie möchte den Rumpf der alten Mühle in Terhofstede kaufen. Es gab schon einige Verhandlungsgespräche wegen des Preises.«

Mittlerweile hat Paul sich ins Auto gesetzt. Hektisch tippt er auf das Navigationsgerät ein, während er der Stimme des anderen Mannes lauscht. »Was sagt Ihr Instinkt? Terhofstede oder der Hafen?«, will Paul von Markus wissen. Zeitgleich mit Markus liefert Kati ihm die Antwort.

»Die alte Mühle!«, platzt es aus ihr heraus. »Heike hat mir mal von dem alten Gebäude erzählt, als wir uns zufällig bei der Gartenarbeit getroffen haben.«

Also zur Mühle. Die Entscheidung ist gefallen.

Ohne ein weiteres Wort zu sagen, beendet Paul das Gespräch mit Markus und fährt mit quietschenden Reifen los. Neun Minuten, meint das Navi. Doch Paul ist sich sicher, dass er es in fünf schaffen kann, wenn er genug Gas gibt – dann wissen sie endlich mehr. So schnell wie möglich – was in diesem Kaff gar nicht mal so einfach ist – fährt er durch die engen Straßen. Alle paar Meter muss er scharf abbremsen, wegen der störenden Fahrbahnerhöhungen, die ihren Zweck voll erfüllen. Paul hat nämlich das Gefühl, nicht von der Stelle zu kommen. Am Ortsausgang tritt er vollends aufs Gas, mit waghalsigen Manövern überholt er andere Autos. Sobald auch nur ein Fahrzeug in Sichtweite ist, hupt er wie ein Irrer. Nach guten sechs Minuten hat er das Bedürfnis, dieses verfluchte Navi aus dem Fenster zu schmeißen. Ununterbrochen erklingt die nervigste weibliche Stimme aller Zeiten, setzt Paul darüber in Kenntnis, dass er das Tempolimit überschreitet, aber das interessiert ihn nicht – verdammt!

Endlich sagt die abgehackte Stimme etwas Vernünftiges: Sie haben ihren Zielort erreicht! Gott sei Dank.

Was ist das? »Das soll alles sein?«, fragt Paul ungläubig. Er schaut einmal reihum auf die Häusergruppe, die sich um den Rumpf der alten Mühle verteilt.

»Da!«, brüllt Kati wie vom Blitz getroffen.

Neben einer alten Scheune, man kann das Heck sehen, parkt Heikes Wagen. Der nächste Schock folgt sogleich, denn als Kati den Blick nach oben zu dem alten Turm wandern lässt, gefriert ihr das Blut in den Adern. Heike steht dort. Sie hält Greta im Schwitzkasten.

Mehr verwirrt als ängstlich, versucht Greta, auf Heike zu blicken, doch das Umdrehen will ihr nicht gelingen. Als Heike sie an den Haaren zerrt, um das Mädchen in Stellung zu bringen, verwandelt sich auch Gretas Blick in einen Spiegel der Angst. Mit Druck auf ihren Hinterkopf wird sie gezwungen, über das niedrige Geländer zu steigen. Bei diesem erschreckenden Anblick springen Paul und Kati gleichzeitig aus dem Auto heraus. Hastig laufen sie auf den Turm zu.

»Oh mein Gott, Greta!«, kreischt Kati. Adrenalinbedingt blendet sie ihre körperliche Schwäche durch die Kopfverletzung völlig aus. Stattdessen hat sie nur noch Augen für ihre Tochter.

»Mama!«, ruft Greta so laut, dass ihre Stimme heiser klingt. Man kann ihr ansehen, dass sie nicht versteht, was hier eigentlich los ist.

Nach Gretas furchtsamen Ausruf zögert Paul keine Sekunde länger. Aufgebracht rüttelt er an der alten Holztür zur Mühle, tastet mit den Fingerspitzen an dem Türbogen entlang und probiert, die Tür letztlich einzutreten, doch er scheitert wieder kläglich. Es gibt keine Möglichkeit, die Holztür zu öffnen. Aber irgendwie muss Paul dort hineingelangen! Fluchend umrundet er das Gemäuer, tastet den wild wuchernden Efeu ab, in der Hoffnung, eine verborgene Tür zu finden. Das Geschrei, welches von der Vorderseite des Turmes widerhallt, treibt ihn an.

Er muss die Kleine retten!

»Du bekommst jetzt deine Rechnung, Kati Eisenhauer!«, schreit Heike von dem Plateau herab. Währenddessen drückt sie Greta immer weiter zum Abgrund hin. »Jahrelang musste ich ansehen, wie du mit meiner großen Liebe unter einem Dach lebst. Dann habe ich Markus endlich für mich und was machst du? Du mischst dich *schon wieder* in mein Glück ein!« Zornig schüttelt Heike den Kopf, sodass ihr Haar in alle Richtungen weht. »Schluss damit!«, brüllt sie wutentbrannt.

»Ich mische mich doch gar nicht ein. Ich will Markus nicht zurück, er gehört dir! Dir ganz alleine!«, ruft Kati bettelnd. Gott, wenn sie ihre Tochter zurückhaben kann, wird sie Heike auch noch gut zu reden, ihr Markus hoch und heilig versprechen, schließlich will sie ihren Ex wirklich nicht zurück – nur Greta.

»Mama, ich habe Angst!« Der markerschütternde Schrei ihrer Tochter lässt Kati die Augen aufreißen, erst recht, als Greta daraufhin weiter vom Geländer weg und zum Abgrund geschoben wird.

»Jeden Tag, jeden verdammten Tag, ruft dieses blöde Gör an. Jedes Mal, ist Markus dann mit seinen Gedanken bei ihr … nicht bei mir! Verstehst du? Ich ertrage es nicht mehr, die zweite Geige zu spielen. Ich will endlich seine Nummer Eins sein! Ich *bin* die Nummer Eins!«

»Du machst es so doch nur schlimmer. Lass Greta los, Heike! Ich schwöre dir, wir halten uns in Zukunft fern. Markus gehört dir alleine«, versichert Kati, wobei sie sich Mühe gibt, ihre Stimme möglichst einfühlsam klingen zu lassen. Innerlich ist sie voller Panik – sie will nichts Falsches sagen, damit sie Heike nicht auch noch provoziert.

Inzwischen findet Paul an der Rückseite des Rumpfes eine Leiter, die bis kurz unter den Vorsprung des Plateaus reicht. Ohne zu überlegen, steigt er unter laut knarzenden Protesten der alten Sprossen die Leiter empor. Sein Atem geht so schnell, dass er sich im Stillen selbst beruhigend zuspricht. Er muss sich jetzt konzentrieren. Wenn Paul die Rettungsaktion gefährdet, nur weil er kurz vorm Hyperventilieren steht, wäre das fatal. Das Knarzen wird immer lauter. Hoffentlich kommt er heil dort oben an.

Plötzlich gibt die Strebe unter ihm nach. In der Mitte bricht sie durch, sodass Pauls Beine ins Leere treten. »Uahh!«, kreischt er auf, hält sich jedoch geradeso mit aller Kraft an der Leiter fest. Mit den Füßen hangelt Paul wild umher, damit er Halt findet. In diesem Moment löst sich die Leiter allerdings ein Stück von der mit Efeu zugewachsenen Mauer. Gott sei Dank, geben die alten und rostigen Schrauben nicht gänzlich nach. Noch hält die Leiter seinem Gewicht stand, sodass Paul einfach weiter klettert.

Endlich! Ein Ende ist in Sicht. Jetzt muss er nur die eineinhalb Meter bis zu seinem Ziel überbrücken. Mit wild klopfendem Herz, schaut Paul sich um. Einen Meter weiter rechts ist ein kleines rundes Fenster. Das ist seine Chance. Irgendwie muss er dahin gelangen. Sorgfältig testet er die Reißfeste der alten klebenden Efeuwurzeln am Gemäuer. Sieht gut aus, denkt er. Doch was passiert, wenn er sein volles Gewicht an den Efeu hängt?

Sein Herz schlägt ihm bis zum Hals, als er seine Finger weiter oben um ein paar Äste schlingt, damit er sich zu dem Fenster hinüber hangeln kann. Er verharrt an Ort und Stelle, die Finger um den Efeu verkrampft. Wenn er jetzt fällt, ist er tot! Aber das hält ihn keineswegs von seinem Vorhaben ab, denn sonst ist wiederum Greta bald tot.

Paul lässt nicht zu, dass ihr etwas geschieht. Niemals!

Am Efeu festgekrallt, klettert er wachsam zwei weitere Streben der morschen Leiter hinauf. Als er sich am Sichersten fühlt, was in seiner waghalsigen Situation ziemlich lächerlich klingt, löst er eine Hand aus dem grünen Gestrüpp und setzt sie weiter oben an. Jetzt bewegt er ganz vorsichtig sein Bein zum Fenster herüber, mit seinem Fuß versucht er, einen einigermaßen festen Stand zu bekommen. Abermals löst Paul eine Hand, um sich am Rand des Aussichtsplateaus der alten Mühle festzuhalten. Der andere Fuß folgt, fast hat er es geschafft. Mit aller Kraft zieht er sich das letzte Stück nach oben, hangelt sich mit dem Bauch über den Vorsprung und ... er hat es geschafft. Er hat es wirklich geschafft!

Die Erleichterung währt keine Sekunde, aus dem Augenwinkel kann er erkennen, wie Heike am anderen Ende des Plateaus steht und Greta hinter dem niedrigen Geländer fest im Schwitzkasten hält. Während Heike heftig mit Kati streitet, geht Paul

Gretas wimmern durch Mark und Bein, sodass es ihm immer schwerer fällt, die Ruhe zu bewahren.

Nur einen Schritt weiter, dann schubst Heike Greta in die Tiefe. Bevor das geschieht, muss Paul unbedingt handeln – jetzt! Mit Schwung stößt er sich vom Gestänge des Geländers ab, hastet auf die beiden zu. Genau in diesem Moment schreckt Heike zusammen, dreht sich zu ihm herum und lässt Greta los. In Zeitlupentempo muss Paul zusehen, wie sich die Kleine aus seinem Sichtfeld entfernt. »Neeeiiiiiin!«, brüllt er tief aus seiner Kehle heraus. Gretas von Panik weit aufgerissenen Augen, ihr wehendes Haar, als sie stürzt, das ist alles, was er wahrnimmt, als er um Gretas Leben rennt. Das darf einfach nicht passieren! Er muss ihren Sturz aufhalten, sie irgendwie zu fassen bekommen ...

Greta kann gerade noch so mit einer Hand das Geländer umfassen. Schreiend baumelt sie wie am seidenen Faden, versucht mit aller Kraft, nicht abzurutschen. Zehn Meter freier Fall – der Ausgang ist gewiss. Trotzdem wendet sich Heike geradezu ungerührt von dem Mädchen ab, sie steuert die aufgeklappte Luke ins Turminnere an, danach verschwindet sie.

Das Verhalten dieser Irren bemerkt Paul fast gar nicht, schließlich ist er voll und ganz auf Greta konzentriert. Endlich hat er die Brüstung erreicht. Umgehend bückt er sich herab, greift nach Gretas Handgelenk. Kaum hat Paul zugepackt, verlässt die Kleine auch schon jegliche Kraft. Ihre blutleeren Finger rutschen am Handlauf ab. Mit der zweiten Hand umgreift Paul Gretas Unterarm, so fest es nur geht. Doch als das Gewicht alleine auf ihm lastet, macht er einen kleinen Ruck vorwärts, kann sich jedoch sofort fangen und zieht Greta mit aller Kraft nach oben, wobei er sich mit ihr im Arm zurückfallen lässt. Gemeinsam bleiben sie auf dem Plateau liegen.

Der Schock sitzt so tief, dass Greta gar nicht mehr aufhört, zu schreien. Selbst als Paul sie in Sicherheit gebracht hat, kann sie nicht verstummen. Einfühlsam nimmt er Greta in seine Arme, hält sie geschützt an sich gedrückt. Langsam realisiert er, wie knapp das Ganze war. Greta ist dem Tode haarscharf entkommen! »Jetzt wird alles gut!«, sagt Paul pausenlos, wobei er ihr tröstend über den Rücken streichelt. Mit Armen und Beinen umklammert ihn die Kleine, während sie Pauls T-Shirt mit ihren Tränen durchnässt. Immer wieder schluchzt sie laut auf.

Unterdessen nimmt in Paul das Bedürfnis, diesen Ort des Schreckens verlassen zu müssen, Überhand. Deswegen krabbelt er mit Greta – die ihn nach wie vor umfasst – durch die Luke und steigt die Treppen hinab. Im unteren Drittel kommt ihnen bereits eine kreidebleiche und blutverschmierte Kati entgegen.

»Greta!«, weint Kati.

Paul lässt sich auf der Treppe nieder, sodass Greta weiterhin regungslos auf seinem Schoß ruhen kann. An einer Hand zieht er Kati zu ihnen hinunter, bis sie ebenfalls auf den Stufen sitzt. Dann nimmt er auch Kati in die Arme.

»Mama«, flüstert Greta.

Pauls Brust schwillt an. Es ist kaum zu glauben, dass er beide Mädels lebend in den Armen hält. Glück! Ja, das ist es, was er gerade empfindet. Daraufhin zieht er Kati etwas näher an sich. Befreiung durchströmt ihn. Eine kleine Träne löst sich aus seinem Augenwinkel, da bemerkt er schon Katis Daumen, der ihm den Tropfen wegwischt. Mit ihrer Stirn lehnt Kati sich gegen seine Wange und schließt die Augen. Auf seiner Haut spürt er ihre warmen, bebenden Atemzüge.

Ein inniger Moment, in dem nur die drei eine Rolle spielen, entsteht. »Wir haben es geschafft«, raunt Paul erleichtert.

Ja, sie haben es geschafft! Sie haben Greta zurück. Die Kleine ist wohl auf!

Katis Lippen legen sich auf seine Wange, verweilen einen Moment in dieser Position, bis sie haucht: »Ich danke dir so sehr, Paul!« Federleicht wie die Flügel eines Schmetterlings gleiten ihre Lippen in einem winzigen Kuss über seinen Kiefer. Noch immer zittert Kati vor Erleichterung, wenigstens hat Greta aufgehört zu schluchzen.

Einen Moment lang halten sich alle gegenseitig fest. Erst, als ihre Herzen wieder in halbwegs normalen Rhythmen schlagen, flüstert Paul: »Kommt, wir rufen die Polizei, damit wir nach Hause fahren können!«

XIX

Kati ist heilfroh – endlich ist Greta gerettet! Keine Sekunde lässt sie die Kleine aus den Augen. Selbst als die Polizei sie vernimmt, ruht ihr Blick nicht auf ihrem Gegenüber, sondern auf ihrer Tochter. Es dauert eine gefühlte Ewigkeit, bis die Polizei alle Personalien aufgeschrieben und weitere tausend Kleinigkeiten geregelt hat. Erst danach hat Kati eine Minute Zeit, um Markus in einer knappen Nachricht darüber in Kenntnis zu setzen, dass Greta gesund ist. Am besten soll er direkt nach Saarburg kommen. Einige Stunden später ist alles erledigt, die Anspannung fällt allerdings nur sehr langsam von Kati ab. Gemeinsam geht sie mit Greta und Paul zu dessen Auto. Eng an ihre Tochter gekuschelt, macht Kati es sich auf der Rückbank gemütlich. Immer wieder streichelt sie Greta beruhigend über die Hand, zeigt ihr, dass sie für sie da ist. Jetzt ist sie in Sicherheit.

Längst hat Paul sich den Spiegel so eingestellt, dass er Greta genau im Blick hat. Sobald es die Verkehrslage zulässt, schaut er nach dem Rechten. Offenbar ist Kati nicht die Einzige, die sich große Sorgen macht.

Nach einer halben Stunde Fahrt setzt sich Greta aufrecht hin, bricht somit das Schweigen. »Warum hast du mich mit ihr fahren lassen?«, fragt sie ihre Mutter.

Um nicht gleich erneut loszuheulen, versucht Kati, tapfer zu sein. Sie schaut ihrer Tochter in die Augen, erklärt ihr Wort für Wort, wie Heike sie hintergangen hat. Dass sie ihr die Erlaubnis niemals erteilte, von den Drohungen, sowie von Heikes krankhafter Eifersucht. Es ist schlimm genug, was diese Kriminelle Greta angetan hat, ihr nun aber jede Einzelheit zu erzählen, bricht Kati fast das Herz. Trotzdem muss ihre Kleine die Wahrheit erfahren – nach allem, was passiert ist, hat sie das verdient. Gretas Augen werden immer größer.

»Wo ist sie jetzt?«, möchte Greta eilig wissen.

Erschrocken schaut Kati Paul über den Spiegel hinweg an. In ihrer Verzweiflung hat sie Heikes Flucht, vor allem, was das für sie bedeutet, noch nicht wirklich realisiert. »Das wissen wir nicht, Greta«, verkündet Paul einfühlsam. »Die Polizei sucht sie. Bestimmt finden sie Heike bald!«

»Ich will sie nie wiedersehen!« Ihre Stimme klingt zerbrechlich, dennoch ist eine klare Entschlossenheit herauszuhören.

»Nein, das musst du auch nicht, mein Schatz!«, spricht Kati tröstend auf Greta ein.

»Mama? Warum bist du eigentlich mit Herrn Kirschen hier?«, will Greta als Nächstes wissen, während sie ihre Finger anstarrt. »Mögt ihr euch etwa?«

Abermals huscht Katis Blick in den Rückspiegel. Verwundert stellt sie fest, dass Paul die Gesichtsfarbe wechselt. Allerdings spürt Kati gleichermaßen, wie ihr die Schamesröte zu Kopfe steigt. Für ihr Alter hat Greta einen viel zu guten Spürsinn, was diese Dinge anbelangt.

Ein kleines Lächeln schleicht sich um Pauls Lippen, bis er wegen eines künstlichen Hustenanfalls den Mund verzieht. Lacht der Kerl sie etwa aus? Katis Augenbraue schießen in die Höhe.

»Mama?«, drängelt Greta.

»Ähm … ja … also, ich mag ihn schon ganz gerne«, sagt sie so leise wie möglich, damit Paul es nicht mitbekommt. Dem Anschein nach hat er aber jedes einzelne Wort hören können, denn seine Augen strahlen sie liebevoll an. Sein zuvor noch freches Lächeln, gleicht einem gefühlvollen Schmunzeln.

»Wird Herr Kirschen jetzt mein Stiefvater?«, fragt Greta geradeheraus. Beiden Erwachsenen fällt schlagartig die Kinnlade herunter, was bei Paul wieder einen dieser trockenen Hustenanfälle auslöst. »Mein Gott, stellt ihr euch an! Ich würde mich freuen, wenn wir bei Herr Kirschen wohnen. Dann könnte ich nämlich immer mit Emma losziehen. Ich will jetzt nicht mehr nach Brunsbek zurück.«

»Greta, lass das bitte!«, versucht Kati, ihre Tochter zu bremsen.

Zeitgleich holt Paul zu einer langen Rede aus: »Hör mal, Greta. Ich möchte, dass ihr in den nächsten Tagen bei mir bleibt. Nur solange, bis Heike gefasst wird.« Ernst schaut Kati ihm entgegen. »Das hat wiederum absolut gar nichts damit zu tun, dass ich dein Stiefvater werde.« Er grinst bis hinter beide Ohren. »Obwohl ich deine Mutter auch mag!«, sagt er kaum hörbar. Doch vor der Weibermeute ist so gut wie nichts sicher, denn beide strahlen jetzt um die Wette. In Katis Brust wird es warm, ihr Herz schlägt viel zu schnell. Verrückt, was dieser Mann mit ein paar Worten bewirken kann.

Einige Minuten später legt sich Greta mit dem Kopf auf den Schoß ihrer Mutter, kurz darauf fällt sie in einen unruhigen Schlaf. Beruhigend streichelt Kati ihr über den Kopf, immer wieder redet sie auf Greta ein, dass jetzt alles gut ist.

Unterdessen kämpft Paul gegen seine Müdigkeit an. Die gestrige schlaflose Nacht sowie dieser Horrortag setzen ihm sehr zu. Erst öffnet er das Fenster, danach ändert er seine Sitzposition, sodass es angenehmer für ihn wird. Weit reißt er den Mund auf, um herzhaft zu Gähnen. Wie soll er die Heimfahrt bloß überstehen? Doch alles andere wäre keine Option. Noch heute Nacht wird Paul die Mädels in seiner Wohnung einquartieren. Persönlich wird er dafür sorgen, dass es ihnen an nichts fehlt. Wenigstens das haben sie sich nach der ganzen Aufregung verdient.

Kaum ist sein Plan gedanklich ausgereift, wirft er einen Blick in den Rückspiegel – nur um unmittelbar von Katis braunen Augen in Empfang genommen zu werden. Voller Dankbarkeit sieht sie ihm entgegen, sodass ihm ganz warm ums Herz wird. Paul kostet diesen innigen Moment aus. Allein aus ihrem Anblick zieht er Kraft, Energie ... vielleicht auch ein bisschen von dem, was er sich nicht eingestehen will, doch so sehr braucht – ihre Zuneigung. Innerlich beginnen seine Gedanken zu rasen, Verstand und Gefühle kämpfen miteinander. Als sich eine kleine Träne aus Katis Augenwinkel löst, hält Paul inne. Mit der Hand wischt sie den Tropfen schnell weg, danach lehnt sie sich im Autositz wieder zurück. Wenig später scheint Kati sich vollkommen auf die vorbeirasende Landschaft der belgischen Autobahn zu konzentrieren, wodurch sie Paul mit seinen Gedanken alleine lässt.

Schon von Weitem erkennt Paul das Hinweisschild für eine Raststätte, weshalb er frühzeitig den Blinker setzt. Hier kann er sich die Füße vertreten, einen Kaffee trinken, vor allem aber das tun, wozu ihn sein Innerstes mit jedem Herzschlag drängt.

Nahe am Shop parkt er das Auto. Kaum ist der Motor aus, dreht sich Paul in seinem Sitz halb nach hinten, sodass er in Katis Richtung flüstern kann. »Steigst du kurz aus?« Ein dicker Kloß bildet sich in seinem Hals, als er ihren fragenden Gesichtsausdruck sieht. Er hofft, dass sie seiner Bitte dennoch nachkommt.

Seine Bedenken waren völlig umsonst, denn in diesem Moment schnallt sich Kati ab. Behutsam legt sie Gretas Kopf auf die Rückbank, damit sie unbemerkt aussteigen kann. Die Autotür hält Paul ihr bereits auf, sodass er sie direkt in Empfang nimmt.

»Was ist los?«, möchte Kati mit gefurchter Stirn wissen.

Ohne ihr zu antworten, schließt Paul leise die Tür, fasst unter ihren Armen durch und zieht sie an sich. Seine Nase vergräbt er in ihren verstrubbelten, teilweise immer noch mit Blut verklebten Haaren. Sobald ihre Körper eng aneinandergepresst sind, kriecht ein erleichterndes Brummen seine Kehle empor. Verdammt, das hat er jetzt gebraucht, dieses Mal ist er sich nicht selbst im Weg!

Eine Weile lang stehen sie einfach nur da, halten einander fest. Das Geräusch der vorbeirasenden Autos hallt in ihren Ohren wider, Zeit und Raum sind völlig ausgeblendet.

»Was passiert hier?«, murmelt Paul nach einigen Minuten in Katis Locken.

Ebendiese kann schwerlich einen Ton herausbringen, dazu ist dieser Augenblick viel zu ergreifend. »Es tut mir so leid«, flüstert sie an die zarte Haut seines Halses, was ihm einige wohlige Schauer beschert.

»Alles was zählt, ist, dass wir Greta gerettet haben. Ihr seid unversehrt. Du kannst nichts für Heikes Handeln.« Seine Hand wandert an Katis Hinterkopf, die Fingerspitzen streichen zärtlich über ihre Locken. Tief atmet Paul durch, spricht dann aus, was ihm auf dem Herzen liegt. »Mit meiner Frage meinte ich eigentlich, was mit uns beiden passiert«, raunt er ihr ins Ohr.

Noch etwas fester zieht sie ihre Arme um seinen Nacken. »Sag du es mir!«, bricht es aus ihr hervor. Kurz hält sie inne, danach gesteht sie ihm leise: »Ich mag es, in deiner Nähe zu sein.«

»Ich weiß nicht, wie ich damit umgehen soll«, sagt Paul ehrlich, dennoch mit sehr viel Einfühlungsvermögen in seiner Stimme. »Ich bin auch gerne bei dir«, gibt er kleinlaut zu, bevor er seine Bedenken kundtut. »Wie soll das mit uns werden? Ich komme frisch aus einer gescheiterten Beziehung.« Die Zweifel bringen ihn um. Wird er jemals wieder gänzlich einer Frau vertrauen können?

Entschlossen drückt Kati sich von seiner Brust ab, nimmt sein Gesicht in beide Hände. »Du hast alle Zeit der Welt. Ich wünsche mir dennoch tief in meinem Herzen, dass du uns eine Chance gibst.«

Trotz seines inneren Gefühlschaos ist es unmöglich für Paul, seinen Blick von ihr abzuwenden. Es fühlt sich so gut an, Kati im Arm zu halten. Zu wissen, dass man offen mit ihr sprechen kann. Nickend gibt er ihr zu verstehen, dass er darüber nachdenken wird. Jetzt ist nicht der richtige Augenblick. Sie sind beide angespannt, übermüdet und durcheinander, also beendet Paul den Ernst der Situation mit einem Schmunzeln.

»Du siehst zwar immer zum Anbeißen aus, aber jetzt gerade ...« mitten im Satz bricht Paul ab, vielsagend hebt er eine von Blut verkrustete Haarsträhne zwischen den Fingerspitzen an. Daraufhin grinst er Kati keck an. Kichernd lehnt sie ihre Stirn an seinen Brustkorb. Ziel erreicht. Da war ein Lächeln auf ihren Lippen.

Nacheinander suchen Kati und Paul die Toilette auf, sodass stets einer in Gretas Nähe ist. Gestärkt durch den Kaffee und die frische Luft, setzen sie ihre Heimreise letztendlich fort.

Nachdem Kati Charlotte über alles Geschehene informiert hat, telefonieren sie obendrein mit Michael.

Schließlich ist es endlich soweit. Nachts um halb zwei befahren sie den Hof der Villa. Das Haus ist hell erleuchtet. Ein Polizeiwagen steht auf dem Parkplatz. Kaum hat er das Auto abgestellt, sinkt Paul kraftlos in dem Sitz zusammen. Seine Muskeln versagen ihm schlagartig den Dienst. Vor einer halben Stunde ist Kati eingeschlafen. Eigentlich wollte sie unbedingt wach bleiben, um Paul bei der anstrengenden Autofahrt zu unterstützen. Aber das ist okay, denn sie war sehr ausgelaugt.

Wehrlos der eigenen Müdigkeit ausgeliefert schließt Paul die Augen. Von der achtstündigen Fahrt, sowie den Strapazen des ganzen Tages, schmerzen ihm die Knochen und Gelenke. Die schlaflose Nacht des Vortages, die beißende Angst um Greta, die er an diesem Tag hat durchstehen müssen. Gott sei Dank ist alles vorüber!

Leise klopft es an die Fensterscheibe. Im schwachen Licht der Hoflampe kann er Tom und seine Mutter neben dem Auto erkennen. Zuhause, denkt sich Paul. Noch nie war er so froh, seine Familie zu sehen, die ihn in der letzten Zeit ziemlich oft schrecklich genervt hat.

Als sein Bruder die Fahrertür öffnet, mustert er Paul mit einem sorgevollen Blick. »Mein Gott! Ich war noch nie so froh, dich zu sehen«, sagt Tom. Ein Schmunzeln schleicht sich auf Pauls Lippen, denn genau dasselbe hat er vor einem Augenblick gedacht.

»Wie geht's der Kleinen, alles gut?«, will Anja wissen. Ungeduldig macht sie Anstalten, an Tom vorbei ins Auto zu schielen.

»Ja, alles gut, Mama«, besänftigt Paul.

»Du siehst echt scheiße aus. Geh ins Bett, lass mich die beiden Mädels heimfahren«, bietet Tom ihm großzügig an.

»Das wird nicht nötig sein. Sie bleiben bei mir!«, verkündet Paul in festem Ton, während er sich abschnallt. Unter schmerzvollem Gestöhne steigt er aus dem Auto und streckt sich ordentlich, um seine Mutter Sekunden später in die Arme zu schließen. Danach drückt er Tom an sich. Er ist erleichtert, wieder hier zu sein! Er kann es kaum in Worte fassen.

»Die Polizei sitzt drin bei Michael«, lässt Anja ihn wissen. Mitleidig trübt sich ihr Blick, als sie hinzufügt: »Ich schätze, da werdet ihr jetzt nicht drum herum kommen – sie warten schon seit einer Stunde.«

Nachdem sie Greta in Pauls Arbeitszimmer auf ein Gästebett verfrachtet haben, macht er sich mit Kati zusammen auf den Weg zu den Polizisten. Auch ihnen schildern sie alles ganz genau. Abermals wird ihnen versichert, dass die Fahndung nach Heike auf Hochtouren läuft. Hoffentlich finden sie diese Irre bald, denkt sich Paul. Vorher ist Greta nicht sicher.

Eine weitere Stunde später kommt Markus endlich an, der noch angehört werden muss. Danach geht er recht zügig auf das Angebot von Pauls Eltern ein und zieht sich ins Gästezimmer zurück.

XX

Mittlerweile ist es vier Uhr in der Früh. Vor lauter Müdigkeit fällt Paul selbst das Geradeauslaufen unheimlich schwer. »Gehen wir?« Fragend blickt er Kati an, die zusammengekauert auf der Couch sitzt. Soeben sind die letzten Polizisten endlich abmarschiert. Die ganze Tortur des Fragen-Beantwortens hat Kati wacker durchgehalten. Nun fallen ihr die Augen aber andauernd zu, das Gähnen will schon lange nicht mehr enden.

Nachdem Paul ihre Hand ergriffen hat, zieht er Kati in den Stand. Daraufhin verlassen sie zusammen das Wohnzimmer seiner Eltern. Vom Flur aus kann er noch die Stimme seiner Mutter hören, die in die Runde sagt, dass sie ein wirklich tolles Paar wären. Automatisch verdreht er die Augen – Anja muss sich überall einmischen! Das fast schlafende Häufchen Elend an seiner Hand, bekommt von alldem zum Glück nichts mehr mit. Wie eine Marionette läuft Kati ihm einfach hinterher.

Erst als sie in Pauls Schlafzimmer stehen, lässt er ihre Hand los. Er nimmt ein T-Shirt für sie aus dem Schrank, legt es vor ihr auf dem Bett ab, dann zieht er sich aus. Mit fahrigen Bewegungen beginnt auch Kati, sich kraftlos zu entkleiden. Ohne weiter darüber nachzudenken, streift sie das für sie bereitgelegte T-Shirt über.

»Soll ich ... also, willst du, dass ich auf die Cou...« Bevor Paul sein Gestotter beendet, wird er unterbrochen: »Nein, bitte nicht.« Schüchtern schaut Kati ihn an. Dabei hofft sie inständig, nicht zu weit gegangen zu sein. Doch Paul kann eh keinen klaren Gedanken mehr fassen. Erschöpft lässt er sich auf sein Bett fallen. Kaum trifft sein Rücken auf die Matratze, hebt er auffordernd die Decke an, damit Kati sich neben ihn legt, woraufhin diese sich ebenfalls zurückfallen lässt. Es dauert keine fünf Minuten bis beide in einen tiefen Schlaf abdriften.

»Paul!« Jemand ruckelt an ihm. Spielt sein Unterbewusstsein ihm einen Streich? Anders kann es nicht sein, er ist eben erst eingeschlafen. »Paul.« Erneut zupft jemand an ihm. Die Augen einen Spalt breit geöffnet, sieht er sich einem schelmisch grinsenden Tom gegenüber. Er will sich gerade tierisch aufregen, als Tom zu sprechen beginnt: »Ist es dir lieber, wenn Greta euch wecken kommt?«, flüstert sein Bruder neunmalklug wie eh und je, während er neckisch mit den Augenbrauen wackelt.

Wie aufs Stichwort fällt Paul das Gewicht auf, welches auf ihm lastet. Rasch hebt er seinen Kopf an und sieht Kati mit ihrer Lockenmähne auf seiner nackten Brust liegen. Als er auf das wunderschöne, anschmiegsame Wesen auf seinem Oberkörper blickt, breitet sich ein warmes Gefühl in ihm aus. »So, so, interessant!«, sagt Tom amüsiert. Aufgrund Pauls verträumten Lächeln, zwinkert er seinem Bruder frech zu. »Ich wollte euch noch ein wenig Schlaf gönnen und dachte, dass ich Greta mit zu uns nehme, sobald sie wach ist. Ich schau solange in deinem Wohnzimmer fern. Ist das in Ordnung?«

Paul senkt den Kopf wieder nach hinten. »Ich weiß es nicht, denke aber schon. Lass sie nur keine Sekunde aus den Augen, versprich mir das!«, bittet er seinen Bruder. »Wie bist du überhaupt hier reingekommen?«

»Paps Ersatzschlüssel. Ich gebe auf sie Acht, versprochen!«

»Ihr seid eine Plage!«, stellt Paul klar, bevor sein Bruder sich leise lachend aus dem Schlafzimmer verzieht. Ein Blick auf die

Uhr bestätigt ihm, dass es gerade mal acht Uhr ist. Sie haben höchstens vier Stunden geschlafen. Viel zu wenig für die Anstrengungen des gestrigen Tages.

Sobald die Tür hinter Tom zufällt, dreht sich Paul zur Seite. Vorsichtig bettet er Katis Kopf auf seinem Kopfkissen, sodass er sie ganz nah an sich ziehen kann. Es fühlt sich einfach toll an, sie halten zu dürfen. Automatisch gleitet seine Hand unter ihr T-Shirt, mit zärtlichen Streicheleien verweilt sie auf Katis samtener Haut, bis er vor lauter Erschöpfung einschläft.

Nur am Rande bekommt er mit, wie Tom im Flur mit Greta redet, sie noch einen kurzen Blick ins Schlafzimmer werfen lässt, bevor dann die Wohnungstür hinter ihnen ins Schloss fällt.

Ein markerschütternder Schrei reißt Paul aus seinen Träumen. Panisch kommt Kati ins Schlafzimmer gerannt. »Sie ist weg! Heike hat sie wieder entführt! Mein Gott! Paul, mach was!« Mit erstickter Stimme bringt sie die letzten Worte heraus. Die Hände über ihr Gesicht gelegt, wirkt sie vollkommen hilflos. Restlos verzweifelt schluchzt sie auf.

Mit einem Satz springt Paul auf. So schnell war er bislang nie wach, vor allem aber geistig rasch auf der Höhe. Zwei Schritte hechtet er vorwärts, entschlossen greift er Katis Hände, um ihr in die Augen schauen zu können. »Kati!«, spricht er sie an. Doch diese ringt in ihrem panischen Heulkrampf nach Luft. Zu mehr ist sie nicht imstande. »Kati!« Paul wird lauter. »Greta geht es gut, sie ist bei Emma!«

Mit einem Mal weicht alle Kraft aus Katis Beinen. Sie droht zusammenzubrechen. »Greta ist verschwunden!« Noch immer versucht sie krampfhaft, zu Atem zu kommen, während ihr Blick angstgelähmt umherschweift.

Rettend greift er um ihre Taille, damit Kati nicht vollends zu Boden sinkt, währenddessen versichert er: »Greta ist bei Emma! Ihr geht es gut.« Irgendwann werden Katis Schluchzer leiser, ihr Atem wird gemächlicher. »So ist es gut, schön langsam atmen. Alles ist okay, Greta ist nicht fort.« Wieder und wieder redet er auf sie ein, damit sie endlich aufhört, zu hyperventilieren.

Mittlerweile hat Paul sich auf die Bettkante gesetzt und Kati auf seinen Schoß gezogen. Diese sitzt kerzengerade auf seinen Beinen, kann ihre Atmung nur sehr schleppend regulieren. »Wie kommt sie zu Emma? Ich habe gedacht ...« Sofort beginnt sich ihr Puls, erneut zu beschleunigen, was Grund genug für Paul ist, zu handeln.

»Nein, ihr geht es gut.«, unterbricht er ihren wiederholten Anflug von Panik. Schnell möchte er Kati ablenken. »Komm, ich mach uns einen Kaffee, danach holen wir sie ab, okay?« Bestätigend nickt Kati ihm zu, folgt ihm anschließend in die Küche.

Geplagt von üblen Vorwürfen, stellt sich Paul vor die Kaffeemaschine. Er hätte wissen müssen, dass Kati in Panik verfällt, weil Greta nicht da ist, wenn sie erwacht. Klar, dass Kati sofort denkt, dass ihre Tochter zum zweiten Mal entführt wurde. Diese Panikattacke darf Paul auf sein Konto verbuchen – damit hat er arg zu kämpfen.

Mit beiden Händen reibt er sich übers Gesicht, um seine Sinne zu sortieren. Paul muss sich entschuldigen, das steht fest. Betroffen wirft er einen Blick in Katis Richtung. Wenigstens atmet sie wieder normal.

Mit zwei Tassen Kaffee bewaffnet, setzt er sich schließlich Kati gegenüber an den Esstisch. Ein Heißgetränk stellt er vor ihr ab, das andere behält er selbst. Gedankenverloren pustet er in die dampfende Flüssigkeit. »Es tut mir leid«, sagt er nach einer Weile. »Ich habe nicht nachgedacht. Tom war heute Früh kurz hier. Er hat mir angeboten, Greta mit zu sich zu nehmen, damit wir noch ein wenig Schlaf nachholen können.« Schuldbewusst lugt Paul unter seinen verzottelten Haaren hervor.

Behutsam stellt Kati ihre Tasse auf dem Tisch ab, schiebt ihren Stuhl nach hinten, dann tapst sie mit nackten Füßen über die Küchenfliesen zu Paul herüber. Neben ihm bleibt sie stehen. Zärtlich lässt sie ihre Finger durch seine Haare gleiten. Mit gespreizten Beinen setzt sie sich rittlings auf seinen Schoß. Direkt im Anschluss legt sie ihre Wange an seine Bartstoppeln. »Bitte«, flüstert sie bedächtig. »Bitte, entschuldige dich nicht bei mir. Du hast Greta das Leben gerettet. Ich weiß gar nicht, wie ich dir das jemals danken kann. Entschuldige dich nicht für meine Überreaktion.« Während sie die Worte wispert, gleitet ihr warmer Atem sanft entlang seines Kiefers. Schauder beginnen über Pauls Haut zu laufen. Auf seinem Schoß fühlt sich Kati viel zu gut an.

Paul schlingt die Arme um ihren Rücken, sodass er sie näher an sich heranzieht. Danach vergräbt er sein Gesicht in ihrer Halsbeuge, gegen die er ein leises aber erleichtertes »Okay!« haucht. Automatisch legen sich Katis Arme um seinen Hals. Ihr gesamter Körper drückt sich an seinen. Nur die dünne Schicht des T-Shirts, welches Kati trägt, befindet sich zwischen ihnen.

Natürlich lässt das Paul keineswegs unberührt, denn ihr wunderschöner und weiblicher Körper, der sich so willig an ihn schmiegt, erregt ihn über alle Maße. Nie zuvor hat er eine Frau so sehr gewollt wie Kati. Sein Blick verweilt auf ihrem hübschen Mund. Voller Vorfreude streicht sich Paul mit der Zunge an der Unterlippe entlang. Gerade als sich ihre Gesichter aufeinander zubewegen, um sich einen berauschenden Kuss zu schenken, die Atmosphäre sich immer weiter aufheizt und die Erregung der beiden in der Luft zu knistern beginnt, wird die Wohnungstür aufgerissen.

»Hallo?« Emma, Greta und Betti laufen den Flur entlang, geradewegs an der Küche vorbei. Gott sei Dank!

»Bleib ja da sitzen, wo du bist«, flüstert Paul tonangebend. »Sonst bekommt gleich jeder mit, dass ich voll auf dich abfahre.« Wie zum Beweis drückt er seine Erektion gegen Katis Mitte, wobei er sich kaum ein Aufstöhnen verkneifen kann.

Ebenfalls ein Seufzen unterdrückend, zupft Kati benommen ihr T-Shirt zurecht. »Du fährst also auf mich ab?«, fragt sie leise, da wird auch schon die Küche gestürmt.

Eine eilende Betti rennt den Kindern hinterher, schaut mit großen Augen, sowie offenem Mund auf das ineinander verschlungene Pärchen. »Oh … es tut mir leid, aber Greta wollte jetzt zu dir, Kati.« Greta stört sich nicht im Geringsten an der Sitzposition der beiden und klammert sich umgehend an den Rücken ihrer Mama. Das Rumgehopse findet Paul aufgrund eines ganz bestimmten abschwellenden Körperteiles nicht sonderlich prickelnd. Verbissen verkrampft sich sein Kiefer.

Vorsichtig geht Betti einen Schritt nach vorne, mit einer Hand stützt sie sich auf der Stuhllehne ab, zudem stellt sie sich noch auf die Zehenspitzen. Bloß, um über den Tisch hinweg lugen zu können, hinter dem der nackte Paul und die halb nackte Kati sitzen. Dem Himmel sei Dank, ist ihr Schwager mit Boxershorts bekleidet, stellt Betti fest. Die Erleichterung kann man ihr deutlich ansehen. »Ähm …«, stottert sie, »… ihr kommt klar?« Mit dem Finger gestikuliert sie zu den drei Personen, die alle zusammen mehr oder weniger auf einem Stuhl hängen. In einer Mischung aus peinlicher Berührung und Besorgnis schaut Betti auf das Trio nieder.

Jetzt ist es um Paul geschehen, denn er prustet laut los. Die Situation könnte kaum grotesker sein. Kati fällt ebenfalls mit ein. Ein herrliches Bild bietet sich ihnen. Die Prüderie in Person, Betti, steht mit einem knallroten Kopf in seiner Küche, versucht die Lage zu überschauen. Pauls Lachen ist verdammt befreiend! Nach den Strapazen des gestrigen Tages ist es genau das, was Kati und er nun brauchen.

Erst als er nur noch erschwert atmet, beruhigt sich Paul langsam wieder. »Ja, wir kommen klar«, stimmt er nach einigen Augenblicken zu. »Vielen Dank, dass ihr auf Greta aufgepasst habt. Aber ich denke, sie bleibt jetzt bei uns.«

Wie zur Bestätigung legt Greta nun auch ihre Arme um seinen Hals. Außerdem gibt sie ihm einen Kuss auf die Wange. Das sollte Antwort genug sein.

Nachdem Betti gegangen ist, zieht Paul sich etwas über. Danach tritt er zu Greta ins Wohnzimmer.

»Herr Kirschen, darf ich Ihren Fernseher anmachen?«, fragt diese aufgeregt, als Paul sich neben sie setzt. Es fühlt sich falsch an, so förmlich angesprochen zu werden. Nachdem, was beide zusammen durchgestanden haben, verbindet Paul und Greta eine besondere Zusammengehörigkeit. »Greta, ich wünsche mir, dass du außerhalb des Schulgeländes Paul zu mir sagst. Was hältst du davon?«, will er fast schon nervös von ihr wissen.

»Geht klar«, stimmt sie sofort zu. Offenbar ist das für sie keine große Sache. »Also … darf ich deinen Fernseher anmachen?«

Überrascht schaut Paul sie an. Wie? Das war's jetzt? Nickend reicht er ihr die Fernbedienung. Irgendwie hat er sich das komplizierter vorgestellt. Erleichterung, vielleicht sogar so etwas wie Wärme breiten sich in ihm aus. Ein zufriedenes Lächeln zieht an seinen Mundwinkeln.

Wenig später kommt Kati aus dem Bad zu ihnen ins Wohnzimmer. Nun ist Paul an der Reihe. Als alle drei sich den Dreck vom gestrigen Tag abgeduscht haben, gehen sie zu Michael und Anja herüber. Gemeinsam mit Markus verbringen sie den Tag miteinander. Sie reden sehr viel, essen und lachen, was jedem Einzelnen nach der ganzen Aufregung wirklich guttut. Markus redet noch ziemlich lange allein mit seiner Tochter, gegen Abend verabschiedet er sich jedoch, weil seine Geschäfte in Brunsbek auf ihn warten. Zwischenzeitlich wollen zwei Beamtinnen der Kripo abermals mit Greta, ihrer Mutter und Paul sprechen. Danach kehrt endlich Ruhe ein.

Am Abend lümmelt das Trio geschafft auf der Couch, schauen sich im Fernseher eine Komödie an. Neben Paul sitzt Kati, Greta liegt mit dem Kopf auf dem Schoß ihrer Mutter. Die Hand im Haarschopf, streichelt sie ihre Tochter eine Weile, bis diese endlich eingeschlafen ist.

»Ich bringe sie ins Bett«, verkündet Paul. Behutsam trägt er sie in sein Arbeitszimmer, wo er sie ganz vorsichtig auf das Gästebett legt. Im Türrahmen stehend, wirft er einen letzten, versichernden Blick auf sie, bevor er das Licht ausschaltet und die Tür hinter sich zuzieht. Auf dem Rückweg holt er zwei Gläser Wein aus der Küche, um diese mit ins Wohnzimmer zu bringen. Dort angekommen, setzt er sich direkt neben Kati.

»Wie soll es jetzt weitergehen? Wir können nicht ewig bei dir bleiben.« Kati lehnt sich zurück. Sie schaut sich Pauls Profil im

Schein des flimmernden Fernseherlichtes an. Niemals wird sie sich an ihm sattsehen, aber solange er keine klare Ansage macht, was eine Beziehung betrifft, darf sie nicht zulassen, ihm vollkommen zu verfallen.

Nach ein paar kurzen Augenblicken dreht er sich zu ihr um, fest schaut er ihr in die Augen. »Ihr bleibt solange, bis Heike gefasst ist. Ich denke, dass ihr hier am Sichersten seid.« Kurz schließt er die Augen. »Und alles Weitere wird sich zeigen«, setzt er nach, dennoch greift er Katis Hand. »Komm, wir gehen schlafen. Ich bin immer noch hundemüde.«

Auch an diesem Abend dauert es keine zwei Minuten, bis beide eingeschlafen sind.

In den nächsten Tagen nimmt Paul Greta mit zur Schule, die Pausen lässt er sie im Klassenraum verbringen. Mittags fährt sie wieder mit ihm nach Hause. Mit dem Direktor führte er ein Gespräch. Paul hat ihm fast die ganze Geschichte erklärt – aber nur fast. Denn er hat ihm gesagt, dass die Eisenhauers bei seinen Eltern untergekommen sind, nicht, dass sie bei ihm wohnen. Zwar war der Direx keinesfalls begeistert, dennoch hat er Paul seine Unterstützung zugesichert.

Etwa eine Woche später erreicht ein Anruf Kati in der Praxis. Die Polizei setzt sie darüber in Kenntnis, dass sie Heikes Auto unweit von Cadzand Bad an der belgischen Küste gefunden haben. Es steht wohl schon ein paar Tage dort, auf einem spärlich befahrenen Parkplatz, wie einige Anwohner berichten. Doch Heike wurde nicht gesichtet.

Abends sitzen alle Familienmitglieder der Kirschens um den Tisch von Pauls Eltern, um auf den Teilerfolg der Fahndung anzustoßen. Die Ermittlungen laufen weiterhin auf Hochtouren. Man hat ihnen versprochen, dass sie bald Erfolg haben werden.

Paul hat sich mit seinem Bruder auf die Couch zurückgezogen. Wie einst als Teenies sitzen sie nun dort, die Füße auf dem Wohnzimmertisch abgelegt, das Bier in der Hand. Dabei unterhalten sie sich über dies und jenes. Die Atmosphäre ist lässig, die Kinder toben herum, während die Frauen mit Michael – dem Hahn im Korb – am Esstisch sitzen.

»Kati, es wäre uns eine Ehre, wenn du uns mit Vornamen ansprichst«, erklingt Michaels dunkle Stimme, der gerade sein Glas erhebt, um den Rest zu zuprosten.

Als nur Minuten später die verdächtige Ruhe auch zu den Brüdern durchdringt, unterbrechen sie ihr Gespräch, um einen Blick auf die zuvor noch quasselnde Meute am Tisch zu werfen. Alle grinsen die zwei an, bis es aus Anja herausplatzt. »Also wirklich, Jungs ... ich habe es euch vor zwanzig Jahren schon immer sagen müssen: Die Schuhe gehören nicht auf den Tisch!«

Unter genervtem Aufstöhnen streifen beide ihre Treter ab, achtlos lassen sie diese vor ihnen auf dem Boden liegen. Danach widmen sich die Männer wieder ihren Bierflaschen, nehmen einen ordentlichen Schluck und diskutieren ungerührt weiter.

Der Abend endet heiter bis fröhlich, als Kati und Paul schließlich gegen Mitternacht ins Bett fallen. Greta schläft bei Emma, die Mädels haben sich das gewünscht. Natürlich hat Tom versprochen, gut auf Katis Tochter achtzugeben.

Als Paul bequem in seinem Bett liegt, zieht er – wie neuerdings jeden Abend – Kati an seinen Bauch, damit er sich an ihren Rücken schmiegen kann. Ein zufriedenes Brummen kommt kräftig aus seinem Inneren. Seine Hand legt er fast schon routinemäßig auf ihren Rippenbogen, sanft streichelt er sie. Das wohlige Gefühl, das sich aufgrund dessen in ihm ausbreitet, genießt er. Seine Nase fest in ihr Haar gedrückt, atmet er tief ihren Duft ein.

Plötzlich dreht sich Kati auf den Rücken, mit ihrer Hand umfasst sie unerwartet die seine. »Paul, bitte. Ich kann nicht einfach so neben dir liegen, ich brauche mehr. Ich brauche dich!«, flüstert sie mit erstickter Stimme in die Stille der Dunkelheit.

Daraufhin knipst Paul das Licht an, mit der Hand stützt er seinen Kopf, sodass er Kati unter gesenkten Lidern hinweg anschaut. »Ich weiß nicht, ob ich dir schon mehr geben kann, als nur Sex«, spricht er aufrichtig das aus, was ihn die letzten Nächte davon abhielt, über sie herzufallen. Immerhin hat er nichts anderes gewollt als das – Kati ist in Pauls Augen mehr als nur attraktiv. Jede Nacht hadert er mit sich, die Finger von ihr zu lassen.

Die Argumente von Paul ignorierend, schiebt Kati seine Hand tiefer. Ihre Fingerkuppen berühren bereits die Spitzen ihres Slips, da verliert Paul seinen inneren Kampf doch noch. Für ihn ist sie die Verführung schlechthin, seine Selbstbeherrschung hingegen ist ein jammerndes Häufchen Elend. Um nicht völlig die Kontrolle abzugeben, schließt Paul kurz seine Augen. »Bitte, schau mich an«, haucht sie ihm ins Ohr und knabbert bei der Gelegenheit zärtlich an seinem Ohrläppchen.

Wohlige Schauer übersäen seinen Körper, während ihr Mund derartige Künste vollführt. Als Kati von ihm ablässt, kommt Paul zögernd ihrer Bitte nach und schaut endlich wieder in ihr bezauberndes Gesicht. Mit dem Finger wickelt sich Paul eine ihrer Locken um den Finger, während er seine Gedanken laut ausspricht. »Du bist wunderschön.« Seine Stimme ist rau vor Erregtheit. »Ich mag dich wirklich sehr. Sogar ein bisschen mehr als das. Aber ich habe Angst ...«

»Scht«, Kati legt einen Finger auf Pauls Lippen. »Denk nicht darüber nach. Heute Nacht ist all das nicht wichtig.« Mit der freien Hand umklammert sie erneut seine Finger, um diese kurz darauf unter den Saum ihres Slips zu führen. Fest in seine Augen schauend, öffnen sich ihre Lippen einen Spalt breit. Katis heißer Atem verlässt immer schneller ihren Mund. Sie möchte, dass seine Gedanken im Hier und Jetzt bleiben. Er soll keinesfalls darüber nachdenken, was werden könnte. »Berühr mich«, bringt sie voller Lust hervor, bevor sie seine Hand alleine zurücklässt. Mit zittrigen Fingern streicht sie über seine stoppelige Wange.

Ein leises Knurren ist zu vernehmen, als Paul endlich ihren flehenden Worten nachkommt und die Führung übernimmt. Seine Hand legt sich hauchzart auf ihr glühendes Geschlecht. Mit zwei Fingern liebkost er spielerisch ihre bereits feuchten Schamlippen, die nach seiner Berührung lechzen. Ein Schauer der Erregung durchfährt Paul, als sich die Auswirkung seines zärtlichen Streichelns in Katis Gesicht widerspiegelt. Die Sinnlichkeit, die sie ausstrahlt, ihre absolute Hingabe rauben ihm den Atem. Er muss einfach ihren verlockenden Mund kosten. Mit der Zunge bahnt Paul sich einen Weg von ihren erröteten Wangen bis hin zu ihren verführerischen roten Lippen. Liebevoll knabbert er an ihnen. Bis Kati ein ziemlich eindeutiges Keuchen von sich gibt, verwöhnt er sie. So ein erleichterndes, zugleich aber erotisches Geräusch, hat Paul noch nie zuvor gehört. Für diese kostbare Leidenschaft breitet sich das Gefühl der Dankbarkeit rasend schnell in ihm aus – das alles schenkt sie nur ihm. Mit jeder Faser ihres Körpers vertraut sie ihm, das ist deutlich zu erkennen.

Kurz darauf gleitet sein Finger in ihren feuchten Eingang. Gemächlich schiebt Paul ihn einige Male in Katis Scheide, während er mit dem Daumen ihren Kitzler umspielt.

Rekelnd genießt Kati Pauls Verführung. Für diesen Mann empfindet sie so stark. Außerdem beschert Paul ihr gerade eine wahre Wonne. Am liebsten würde sie es in die Welt hinausschreien. Stattdessen zieht sie seinen Kopf näher zu sich ran, sodass sich ihre Wangen berühren.

Hastig löst sich seine Hand von ihr. Paul kann nicht länger warten, will sie augenblicklich spüren. Er streift seine hautengen Boxershorts ab, greift mit zwei Fingern unter den Bund von Katis Slip und zieht ihn über ihre Beine, was ihr ein Seufzen entlockt.

Nachdem Paul sie auch von ihrem Shirt befreit, es achtlos zur Seite wirft, blickt er einen Moment lang einfach nur auf die sagenhaft schöne Frau, die vor ihm liegt, herab.

Die Augen starr auf ihn gerichtet, öffnet Kati ihre Beine einige Zentimeter, so weit, dass Paul ihr zartes, feuchtes Fleisch schemenhaft erkennen kann. Daraufhin legt er seine Hände auf ihre Knie, um diese bedächtig auseinander zu pressen. Grundgütiger! Seine Erregung steigert sich ins Unermessliche, kaum zeigt sich ihm ihre glänzende Scheide offen dar.

Als er sich über Kati beugt, um ihre warmen Brüste zu umfassen, drückt sein steifer Penis gegen ihre Weiblichkeit. So verweilt er einige Augenblicke, um das unglaubliche Gefühl genießen zu können. Dabei umspielen seine Finger Katis steil aufragende Brustwarzen, liebkosen diese, bis ihre leidenschaftlichen Geräusche ihn fast in den Wahnsinn treiben.

Mit der Hand positioniert er seinen prallen Penis an ihrer Vagina. Dann dringt Paul in sie ein.

Ganz langsam – Stück für Stück – immer tiefer.

Kati fühlt sich so vollkommen an, wie der Himmel auf Erden. In einem beständigen Rhythmus stößt Paul in ihr Inneres. »Was machst du nur mit mir?«, haucht er an ihren Hals, während er sie mit zarten Bissen an der wohlduftenden Haut quält. Ein Griff unter ihre rechte Kniekehle ermöglicht ihm, das Bein anzuwinkeln, damit er sich noch tiefer in ihr versenken kann. Mit einem lauten Stöhnen quittieren beide zugleich die neuerliche Empfindung, welche Pauls Eindringen auslöst. Ihre Blicke lösen sich für keinen Moment voneinander. Eine besondere Verbindung entsteht, während sich die Hitze zwischen den beiden steigert.

Mit ihren süßen Lauten, die leise über ihre Lippen kommen, raubt Kati ihm die Sinne. Ihr schneller werdender Atem kitzelt Paul im Gesicht.

»Es fühlt sich großartig an!«, haucht sie atemlos.

Seine Ellenbogen neben ihrem Kopf abgestützt, die Stirn auf ihrer niedergelegt, beschleunigt Paul seine Bewegung. Schneller und hemmungsloser. Tiefer und fester.

Gott, er will sie so sehr, kann nicht aufhören. Am liebsten nie mehr.

Als sie endlich von den ersehnten Wellen der Erlösung heimgesucht werden, schießt beiden eine Glut durch die Venen. Ihre Münder nur Millimeter entfernt, stöhnen sie ihre gegenseitige Hingabe in die Stille des Raumes.

Nachdem Paul sich in ihr entladen hat, schwindet auch Katis Kontraktionen langsam. Atemlos lässt Paul sich auf sie sinken. Immer noch blicken sie sich an, sind sprachlos über die Gewalt der Gefühle, welche die zwei gerade fest im Griff hat.

Einen kleinen Moment schließt Paul seine Augen, als müsste er etwas abwägen, über etwas nachdenken. Resignierend schüttelt er seinen Kopf, ohne sich von Kati abzuwenden. Spontan senkt er seinen Mund auf ihre feucht glänzenden Lippen, küsst Kati, als sei sie sein Überlebenselixier. Ein Kuss, der mehr sagt als tausend Worte. In ihrer Nähe fühlt er sich geborgen, das Gefühl permanent intensiver. Die Erkenntnis, dass er sich in sie verliebt hat, kriecht stetig in ihm empor, benebelt seine Sinne. Dieses Bewusstsein wärmt nicht nur sein Inneres, auch zwischen seinen Lenden spürt er, wie sehr ihn dies erregt.

Der sanfte Kuss wird immer leidenschaftlicher. Ihre Zungen spielen ein wildes Spiel miteinander, was seine Erregung fortwährend steigert. Genau das Gefühl scheint Paul regelrecht aufzufressen. Gemächlich beginnt er sich erneut in ihr zu bewegen.

XXI

Es ist ein Tag wie jeder andere, als Kati eine Woche später am Morgen die Praxis betritt. Neuerdings ist sie ständig müde, was bloß daran liegt, dass sie seit geraumer Zeit, besonders anstrengende nächtliche Aktivitäten nachgeht.

Im Personalraum angekommen, zieht sie sich ihre Arbeitskleidung über, direkt danach beginnt sie, die Anmeldung startklar zu machen. Zuerst betätigt sie den Generallichtschalter, sodass die gesamte Praxis im Licht erstrahlt, fährt die zwei Computer hoch und schaltet den Drucker sowie das Versicherungskarten-Lesegerät ein.

»Guten Morgen, Kati!« Mit einem breiten Lächeln auf den Lippen spaziert Anja das Foyer entlang. Ehrlich erwidert Kati das fröhliche Strahlen. Seitdem sie bei Paul Unterschlupf gefunden hat, sind ihre Arbeitgeber nicht mehr nur ihr Chefs, sondern auch gute Freunde geworden. Gerade so als wüsste Anja, dass Kati jeden Abend in den Armen ihres Sohnes einschläft und dieser ihr täglich sein Herz ein Stück weit mehr öffnet. Die Röte steigt ihr augenblicklich ins Gesicht, als Kati merkt, wie Anja sie mustert. Viel zu sehr ist sie mit ihren Gedanken abgeschweift. Alles andere als angebracht, bedenkt man, dass Anja Pauls Mutter ist!

Grinsend schaut die ältere Frau zu ihr herüber. Mit ihren Ellenbogen lehnt sie auf dem Anmeldetresen, legt ergreifend ihre Hand aufs Herz. »Ihr beide strahlt um die Wette! Ich wünsche euch von Herzen, dass ihr glücklich werdet!«

Ertappt senkt Kati ihren Blick, akribisch schaut sie nun ihre Karteikarten an. Kichernd tritt Anja hinter die Anmeldung, um nach den Unterlagen in Katis Hand zu greifen, und gibt sie ihr wieder zurück. »Wenn du schon so machst, als würdest du die Karteikarten studieren, drehe sie wenigstens richtig herum.«

Erstaunt schaut Kati Anja an, denn bis jetzt weiß niemand, dass sie heimlich das Bett teilen – dazu noch miteinander schlafen. »Ihr zwei denkt nicht ernsthaft, dass uns eure schmachtenden Blicke verborgen geblieben sind? Die Berührungen, wenn Paul dir die Hand reicht, dich mit in seine Wohnung nimmt? Dass Paul nur ein Gästezimmer hat, in dem Greta nächtigt? Dass ...«

»Ja, ja, ist schon gut!«, fällt Kati ihr mit bebender Stimme ins Wort.

»Es ist schön, dass ihr zusammenfindet.« Fröhlich legt sie Kati die Hand auf die Schulter. »Michael und ich – wir freuen uns so für euch!« Eine ehrliche Begeisterung ist in Anjas Gesicht zu lesen.

»Ähm, es ist nicht ganz so, wie es aussieht ... wir sind kein Paar oder etwas dergleichen«, weicht Kati aus, wobei sich ein tiefer Stich des Schmerzes in ihrem Magen ausbreitet. Dasselbe Gefühl spiegelt sich in ihrem Gesicht wider.

»Hab' Geduld«, tröstet Anja in mitfühlendem Ton. »Die Sache mit Jessi hat Paul sehr mitgenommen. Er hatte daran hart zu knabbern. Bitte glaube mir, wenn ich dir als seine Mutter sage: Er empfindet etwas für dich – für dich und Greta. Ihr seid ihm ans Herz gewachsen. Das kann ich jedem Blick, sogar jeder Geste, entnehmen.« Bedächtig lässt Anja ihre Hand an Katis Arm entlang gleiten, bis sie deren Fingern ergreift. »Du bist über beide Ohren in ihn verliebt, mein Kind!« Erneut drückt sie liebevoll Katis Hand. »Ihr werdet glücklich werden! Das sagt mir mein Instinkt!« Als würde sich dieser Instinkt niemals täuschen, zwinkert Anja ihr verschwörerisch zu.

Kati ist froh, nicht antworten zu müssen. Denn Anja scheint ohnehin alles zu wissen, lügen möchte sie keinesfalls.

Nach einigen Sekunden des Schweigens legt Anja spontan die Arme um Katis Hals, um sie an sich zu drücken. »Kopf hoch. Alles zu seiner Zeit, du wirst sehen!«, verspricht die Mutter des Mannes, in den Kati sich verknallt hat.

Noch einmal umarmen sich die beiden, bevor sie von dem Klang einer gehässigen Lache erschrocken auseinanderfahren.

Ein Blick zur Tür lässt Kati das Blut in den Adern gefrieren. Vor ihnen taucht Heike auf – das Sinnbild eines menschlichen Abgrundes. Tiefe Augenringe zieren ihre blasse Haut, ihr Haar steht verfilzt in alle Richtungen ab. Aus eiskalten Augen zielt sie mit einer Waffe auf Kati.

Trotz allem geht die Ernsthaftigkeit der Situation in diesem Schreckmoment absolut unter, verliert vor Kati sogar jegliche Wirkung. Sofort drückt sie die Schultern durch – noch immer ist sie fuchsteufelswild demgegenüber, was Heike ihrer kleinen Greta angetan hat. Am liebsten will Kati der Rothaarigen die Augen ausstechen! Solch ein Monster! »Sag mal, haben sie dir das Gehirn amputiert, oder was?«, bricht es aus Kati heraus. In einem Anflug von Übermut blendet sie die Waffe völlig aus, stemmt ihre Fäuste in die Hüften und geht einen Schritt auf die Irre zu.

Doch Anja hält Kati am Oberarm zurück. »Bleib stehen«, flüstert sie ihr zu.

»Bleib ja stehen!«, fordert Heike fast zeitgleich mit Anja. Die Waffe wackelt in ihrer bebenden Hand, gleichzeitig wischt sie sich eine wirre Haarsträhne von der Stirn.

Als der Pistolenlauf direkt auf Katis Gesicht zielt, wird ihr klar, was hier eigentlich geschieht. Vor Entsetzen klappt ihr der Mund auf. »Was willst du?«

Erneut erfüllt ein exzentrisches Lachen die gefährliche Ruhe in der Praxis, bevor Heike zu sprechen beginnt. »Was ich will? Du hast mein Leben ruiniert, du elendes Miststück. Du und deine Brut ... jetzt werde ich dich umbringen!«

Beide bedrohten Frauen stoßen gleichzeitig einen Schrei aus, während Heike mit der Waffe näher kommt, dabei zielt sie weiterhin direkt auf Katis Kopf.

Zu Tode geängstigt, klammern sich Kati und Anja panisch aneinander. Immerfort redet Anja mit Engelszungen auf Heike ein. Doch diese hat bloß ein Ziel vor Augen – sie möchte Kati ein Loch in den Kopf schießen. »Ich habe nicht dein Leben versaut«, widerspricht Kati leise. »Markus gehört dir, Heike, nur dir! Hunderte von Kilometern liegen zwischen uns. Wie in Gottes Namen kommst du darauf, dass ich dafür verantwortlich bin?« Katis Stimme klingt hysterisch.

Auch Anja ist die Erkenntnis gegenüber dieser ausweglosen Situation anzusehen. »Du bleibst hinter mir!«, befiehlt sie Kati andauernd. Was jedoch wirkungslos an der jüngeren Frau vorbeigeht.

»Wenn deine kleine Missgeburt wieder mal mit *meinem* Mann sprechen wollte, war er danach zu nichts mehr zu gebrauchen. Er hat mich ignoriert, mich beiseitegeschoben, um seiner Tochter hinterherzutrauern! Verstehst du? Ich war nie seine Nummer Eins. Immer nur Greta, Greta, Greta! Ich kotze gleich!« Ein würgendes Geräusch untermalt Heikes Abneigung. »Ich hätte das Gör von dem verfickten Turm stoßen sollen, dann wäre das Drama schon lange beendet!« Die letzten Worte spuckt sie ihnen mit dermaßen viel Abscheu entgegen, dass es Kati die Sprache verschlägt.

»Bitte nehmen Sie die Waffe herunter«, beginnt Anja, zu schlichten. »Wir setzen uns zusammen, dann reden wir über

alles. So macht das keinen Sinn. Seien Sie bitte vernünftig!«
Noch einmal versucht Anja, sich Heike mit kleinen Schritten zu nähern, doch diese hebt umgehend ihre Waffe, richtet sie nun gegen Anja.

»Heike, *bitte*!«, fleht Kati. »*Bitte* nimm die Pistole runter. Lass uns reden. Mach keinen Unsinn!«

»Pff, das kannst du dir sonst wohin stecken. Hier wird jetzt abgerechnet, es gibt kein Zurück mehr!«, flüstert sie eiskalt.

In diesem Moment öffnet sich hinter Heike beinahe lautlos die Praxistür. Michael verharrt in der Tür. Das Lächeln, mit dem er die Tür aufgemacht hat, verwandelt sich in eine Maske des Entsetzens, als er die Tragik der Situation überblickt.

Indessen steht Anja wie zur Eissäule erstarrt vor Heike, hält die Hände beschwichtigend in die Höhe. Erneut versucht sie, auf Heike einzureden. Gleichzeitig verspricht Kati der Irren, sich von Markus und Brunsbek fernzuhalten. Sie wird nicht mal mehr an Brunsbek denken.

Währenddessen greift Michael instinktiv nach dem schweren, eisernen Garderobenständer, welcher unmittelbar neben dem Eingang steht. Auf leisen Sohlen schleicht er sich heran. Dabei hält er die Garderobe schräg, um direkt zuschlagen zu können. Dadurch rutscht ein lang in Vergessenheit geratener Hut von der Ablage. Ebendieser fliegt Heike prompt vor die Füße.

Erschrocken fährt sie zusammen. In diesem Moment löst sich in einer Höllenlautstärke ein Schuss aus der Pistole. Zeitgleich trifft die Garderobe Heike mit voller Wucht im Nacken. Der Ständer fällt mit der regungslosen Heike zu Boden.

Schreiend sinkt Kati nieder. Von Panik ergriffen, bettet sie Anjas Kopf auf ihrem Schoß. Mit aufgerissenen Augen starrt Anja ins Leere. Blut rinnt ihr durchs Auge, über die ganze Hälfte ihres Gesichtes.

Warum blinzelt sie nicht? Anja muss blinzeln! Das Blut ist doch störend im Auge. Verzweifelt wischt Kati ihr das Blut weg, dennoch bewegt Anja sich nicht. Warum nicht? »Michael, mach was!«, brüllt Kati ihn an. Tränen verschleiern ihren Blick. Ihr Atem kommt viel zu schnell.

Nachdem Michael zu Anja und Kati geeilt ist, bleibt er ruckartig stehen. In Zeitlupentempo hebt er die Finger an seinen Mund. Mit geweiteten Augen starrt er auf Anja herab. Schließlich geht er in die Knie, damit er sich über seine Frau beugen kann. Rasch greift Michael nach ihrem Handgelenk. Er schüttelt den Kopf, während sein Atem schneller wird. Zwei Finger legen sich auf ihre Halsschlagader, doch von Michael kommt immer nur die eine Reaktion – ein Kopfschütteln. »Da ist nichts mehr«, flüstert er erstickt.

»*Mach was, Michael!*«, kreischt Kati hysterisch, während sie an seinem Hemdärmel zerrt.

»Sie ist tot!«, haucht er. Kraftlos lässt er seinen Kopf auf Anjas Brust sinken. Ein markerschütternder Schrei verlässt seine Kehle.

Was hat Michael gesagt? In ihren Ohren erklingt ein unerträgliches Rauschen, während sich vor Katis innerem Auge das Bild, wie Anja neben ihr aufschreit, nur Sekunden später mit dem Kopf an den Aktenschrank knallt, dann zu Boden sinkt, endlos wiederholt.

Anja!

Warum kann Kati ihr nicht helfen? Immerzu wischt sie über das Einschussloch, knapp oberhalb der rechten Augenbraue. Die Erkenntnis, dass Anja nicht mehr lebt, breitet sich siedend heiß in ihr aus. Mit vor Schmerz verzerrtem Gesicht, schüttelt sie unaufhörlich den Kopf. »Nein, das darf nicht wahr sein. Nein! Nein! Nein! Mach doch endlich was, Michael. Warum tust du denn nichts?« Ein Schluchzen lässt Katis gesamten Körper erbeben. Ihre Hände sind voller Blut. Anjas Blut.

So schnell wird Kati unter keinen Umständen aufgeben. Behutsam legt sie Anjas Kopf auf dem Boden ab, damit sie beherzt, auf deren Brust einpressen kann. Trotz der rhythmischen Wiederbelebungsversuche bewegt sich Anja einfach nicht. Das darf nicht wahr sein! Gleich erwacht Kati aus einem bösen Traum und alles ist gut. So muss es sein! Alles andere wäre viel zu grausam. Herrgott, wenn du wirklich existierst, lass mich jetzt bitte aufwachen – schickt Kati ein kleines Stoßgebet gen Himmel – es ändert nichts.

Durch ihren tränenverschleierten Blick schaut sie zu Michael, der aus purer Verzweiflung heraus auf seine Frau einredet, aber keine Reaktion mehr von Anja bekommt. Er streichelt ihr über den Kopf, küsst ihre Stirn, ihre Hand, ihren Arm.

Anja ist tot! Unwiderruflich. Tot.

Einmal schaut Kati ihr noch ins Gesicht, berührt liebevoll ihre Stirn. Eine Träne perlt von Katis Kinn, welche direkt auf Anjas Wange landet. Der Tropfen bahnt sich seinen Weg, bis er im Nichts verschwindet. Kati beugt sich weiter zu Anja herab, damit sie ihr einen Kuss auf die Wange geben kann. »Es tut mir so leid, Anja!«, raunt sie mit heiserer Stimme. Danach steht sie auf, um von diesem Ort zu flüchten.

Noch gänzlich unwissend, betritt Betti derweil das Foyer, sofort schaut sie Kati an. Augenblicklich schwindet alle Farbe aus ihrem Gesicht. Doch das ist Kati egal. Wortlos geht sie an der bewusstlosen Heike vorbei und verlässt die Praxis. »Kati, was hast du gemacht? Du bist von oben bis unten voll Blut!«, ruft Betti ihr hinterher.

Zwei Sekunden später hört sie Bettis Aufschrei.

»Es tut mir so leid!«, flüstert Kati vor sich hin. »Es tut mir so unendlich leid!«

Tom begegnet ihr, während sie in den Flur tritt. Nach einem Augenblick hört sie ein entsetztes »Um Gottes willen!« aus Toms Mund.

Wie benebelt taumelt sie zu Pauls Wohnung herüber. Das ist der einzige Ort, an dem sie sich gerade aufhalten möchte. Weg von diesen Leuten! Denn eines hat sie begriffen – das, was dort passiert ist, ist ihre Schuld. Das wird Kati nie wieder in Ordnung bringen können! Ein weiteres Mal hat sie eine glückliche Familie zerstört, einem Menschen das Leben genommen.

Noch immer sind ihre Sinne wie betäubt, außer der sie auffressenden Kälte, spürt sie praktisch nichts. So bemerkt Kati auch gar nicht, wie sie Pauls Badezimmer betritt. Unbewusst sperrt sie hinter sich die Tür ab. Mit geschlossenen Augen lehnt sie ihre Stirn gegen das kalte Holz. Das Brausen in ihren Ohren wird lauter, bis es tief in ihrem Inneren widerhallt. Dadurch verstärkt sich ihr Frösteln spürbar. Anja! Eine herzensgute und liebevolle Person, einfach fort. Mein Gott!

Als Kati schwer nach Luft japsend in die Knie sinkt, blendet sie alles um sich herum aus. Seitlich lässt sie sich auf dem kalten Boden nieder, rollt sich wie ein Igel in einer Schutz suchenden Pose zusammen. Ihre Sicht verschwimmt. Während sie dem Rauschen in ihren Ohren lauscht, dringt langsam aber sicher in ihr Bewusstsein ein, dass Anja wirklich tot ist!

XXII

Das Handy vibriert in Pauls Tasche. Welcher Depp mag das denn jetzt sein? Es weiß doch jeder, dass er ab acht Uhr unterrichtet. Bevor er sein Mobiltelefon möglichst unauffällig zur Hälfte aus der Hosentasche zieht, um darauf zu schielen, schreibt er den Satz an der Tafel zu Ende. Das Display zeigt den Namen seines Bruders. Was will Tom jetzt von ihm?

Schlagartig breitet sich ein ungutes Gefühl in ihm aus, sofort zieht er das Handy aus seiner Tasche, damit er die Mailbox abhören kann. Dabei ist es ihm völlig egal, dass seine Schüler ihn telefonierend sehen. Wenn Tom ihn mitten im Unterricht anruft, muss es wichtig sein.

Durch die Mailbox sagt Tom ihm nur vier Worte: »Paul, komm schnell heim!«

Das ist genug. Die Dringlichkeit in Toms Stimme versetzt Paul einen heftigen Schlag. Etwas stimmt nicht, etwas stimmt ganz und gar nicht. Eine beißende Angst breitet sich urplötzlich in Paul aus. Ohne einen Blick zurückzuwerfen, rennt er zu Liza. Hastig gibt er ihr den Auftrag, Greta zu sich zu nehmen, zudem soll sie sich um eine Vertretung für seine Klasse kümmern. Kaum hat er zu Ende gesprochen, greift er Lizas Autoschlüssel und düst mit quietschenden Reifen zur Villa.

Knappe fünf Minuten später kann er schon vor der Einfahrt das Polizeiaufgebot, Krankenwagen und Notarztwagen sehen. Die Angst frisst sich wie scharfkantige Eisspitzen in seine Eingeweide. Was ist hier los? Unachtsam lässt er Lizas Auto auf dem Hof stehen, läuft geradewegs an dem Tumult aus Menschen vorbei und direkt hinein in den blanken Horror.

Die Furcht hat ihn fest im Griff, als er sich den Weg in die Praxis bahnt. Der erste Blick fällt auf Betti, die sich weinend an Tom festkrallt. Auch Pauls Bruder ringt sichtlich um seine Fassung. Mit zittrigen Beinen sowie vor Schreck geweiteten Augen, betritt Paul in Zeitlupentempo das Foyer. In seinen Ohren rauscht das Blut, das Herz schlägt ihm bis zum Hals. Mittlerweile weiß er genau, dass er nicht mögen wird, was ihn erwartet. Aber wie eine Motte, die auf das Licht zufliegt, läuft er immer weiter. Sein Atem stockt, als sein Blick hinter die Anmeldung schweift.

»Papa!«, kommt es irritiert über seine Lippen. Sein Vater steht an die Wand gelehnt, die Arme hängen kraftlos an ihm herab. Er sieht aus, als wäre er um zwanzig Jahre gealtert. Über und über mit Blut beschmiert ... er weint. Das ist unmöglich. Niemals! Ein Michael Kirschen weint nicht! Irgendetwas Grausames muss passiert sein. Sein ganzer Körper bebt, als seine Beine ihn einen weiteren Schritt nach vorne tragen. Dann offenbart sich ihm das Grauen. »Mein Gott!«, krächzt Paul.

Sein Vater reagiert gar nicht, starrt weiterhin auf die am Boden liegende Frau. Pauls Mutter.

In einer Mischung aus Panik, Schock und Höllenqualen reibt sich Paul über die Augen. In diesem Moment greift Tom Paul an die Schulter, doch er muss erst realisieren, was sich hier gerade abspielt. »Mama!«, flüstert er. »Ist sie bewusstlos?«, versucht er, das Offensichtliche auszuschließen. Anja liegt auf dem Boden, ihr Kopf in einer Blutlache. Der Notarzt dreht sich zu Paul herum.

»Es tut mir leid«, sagt er mit ernstem Gesicht, macht danach hinter der Anmeldung Platz.

Ein paar Beamte treten nun zu ihnen, bitten sie, den Weg für die Spurensicherung freizuhalten.

Im Augenwinkel bemerkt er, wie Tom seinen Vater, der teilnahmslos zusieht, in Behandlungszimmer Drei zerrt.

Starr steht Paul vor seiner toten Mutter. Die Luft weicht aus seinen Lungen, sodass er das Gefühl hat, zu ersticken. Geräuschvoll zieht er den Atem ein. Tränen lösen sich aus seinen Augenwinkeln. Alles scheint sich zu drehen, die Zeit stillzustehen. Ein Beamter fordert ihn nochmals auf, Platz für die Spurensicherung zu machen. Daraufhin betritt Paul geschockt und kaum aufnahmefähig Behandlungszimmer Drei.

Unter Aufbringung all seiner Selbstbeherrschung erklärt ihm Tom, was passiert ist. Immer wieder muss sein Bruder innehalten, weil er seine Fassung verliert, oder Betti neben ihm droht, zusammenzubrechen. »Kati ist weggelaufen. Die Polizei sucht sie«, bringt Tom letztendlich hervor. »Sie kam mir entgegen, völlig fertig, über und über mit Blut beschmiert.« Tom setzt sich zu Betti auf die Liege, ihren Kopf bettet er auf seinem Schoß.

»Die Kugel galt ihr?«, fragt Paul nun mit gebrochener Stimme.

»Das weiß man nicht ...«, setzt Tom an, doch wird er von dem scharfen Tonfall seines Vaters unterbrochen.

»Sie hat meinetwegen geschossen. Ich habe mich von hinten angeschlichen. Als ihr dieser dämliche Hut vor die Füße flog, hat sie sich dermaßen erschrocken, dass sie blindlings abgedrückt hat – ohne zu zielen! Ist das klar?« Die letzten Worte bringt er nur noch bebend hervor, dennoch ist jedem seiner Söhne die Ernsthaftigkeit des Gesagten bewusst. Eines jedoch weiß Paul, sein Vater ist nicht Schuld an dem Tod seiner Mutter. Das ist einzig und alleine Heikes Verschulden.

Kurz darauf geht Michael hinter den Schreibtisch. Nachdem er sich hingesetzt hat, vergräbt er sein Gesicht in den Händen.

Ausschließlich seine bebenden Schultern zeugen davon, dass er um seine verstorbene Frau weint.

Ein leises Klopfen ertönt, danach wird die Tür geöffnet. Zwei Beamte kommen herein und treten vor Michaels Schreibtisch. Mit mitleidigen Zügen im Gesicht bittet einer der beiden: »Herr Kirschen, dürfen wir Ihnen ein paar Fragen stellen?«

Getrieben durch seinen inneren Kampf, verlässt Paul den Raum. Keine Sekunde länger wird er hierbleiben. Er muss raus. Um nicht an der Anmeldung und somit an seiner toten Mutter vorbei zu müssen, geht Paul unmittelbar in den Sterilisationsraum. Dort öffnet er die Terrassentür und hechtet davon. Die Luft in seinen Lungen brennt wie Feuer, sein Kopf scheint ihm zu zerspringen. Alleine sein, das will er. Niemand soll ihn sehen oder ansprechen.

Der Weg führt ihn an Toms Haus hinter der Villa vorbei, hinein in den angrenzenden Wald. Von hier aus geht er querfeldein, immer weiter. Nach einer Weile lässt er sich zurück in das vertrocknete Laub fallen. Das Blau des Himmels leuchtet hell. Nichts deutet daraufhin, dass sich unten auf der Erde Dramen abspielen. Als kleiner Junge lag er sehr oft in diesem Wald, hat dem wehenden Laub über sich zugeschaut. Das gab ihm das Gefühl von Freiheit, aber auch von Glück. Doch heute ist alles anders.

Ein Schluchzen tief aus seinem Inneren verlässt sein vor Schmerz verzerrtes Gesicht. Die Bilder seiner toten Mutter in ihrer eigenen Blutlache liegend, lassen ihn nicht ruhen. Getrieben von Kummer und Zorn rappelt er sich augenblicklich auf die Beine. Sofort dreht er sich zum nächsten Baum um, damit er seine Faust mit voller Wucht gegen die Rinde des Holzes stoßen kann. Untermalt von einem markerschütternden Schrei, schlägt er ein zweites Mal zu. Der Schmerz schießt ihm mit einem Ruck durch den ganzen Arm, sodass Paul wieder zu sich kommt. Mit dem Rücken sinkt er gegen den Baum, gleitet daran herab. Irgendwann sitzt er einfach nur noch da. Schluchzer bahnen sich den Weg in die Stille der Natur, bevor seine Dämme brechen. Endlich lässt er der Trauer um seine verstorbene Mutter freien Lauf. Tiefe Verzweiflung kriecht ihm die Kehle empor. Seine Mutter ist tot ... wie sie da lag ... an alldem ist diese kranke Heike schuld! Kati muss sich schreckliche Vorwürfe machen.

Kati! Wo ist sie überhaupt? Sie muss sich elendig fühlen.

In der Stunde des größten Schmerzes trauert Paul nicht nur um seine verstorbene Mutter. Nein, er macht sich auch gewaltige Sorgen um Kati. In diesem Moment wird ihm klar, dass er weitaus mehr für sie empfindet, als er sich bislang eingestanden hat. Er verspürt das Bedürfnis, sich bei ihr anzulehnen, mit ihr um den Verlust zu trauern. Er möchte sie in dieser schweren Zeit bei sich haben. Sie soll ihn stützen und er wiederum sie. Gegenseitig können sie sich Kraft geben, um das Kommende gemeinsam zu überstehen.

Fest entschlossen, Kati aufzusuchen, stützt sich Paul beim Versuch aufzustehen, mit seiner verletzten Hand auf dem Boden ab. »Scheiße!«, flucht er lauthals, als er wie ein nasser Sandsack erneut auf den Boden fällt. Der Schmerz, der in seiner lädierten Hand ausgelöst wird, schießt ihm den ganzen Arm entlang, bis in seine Schulter. Keuchend stemmt er sich auf dem anderen Arm hoch, nur schwerlich kommt er auf die Beine.

Mit sich im Kreis drehenden Gedanken, tritt er schlussendlich den Heimweg an.

♥♥♥

Auf dem Hof der Villa hat sich einiges getan. Der Rettungswagen und die Notärzte sind schon weg, dafür parken jetzt weitere Polizeiautos quer auf dem Hof verteilt.

Dieselbe Tür, die er zuvor als Fluchtweg benutzt hat, nimmt er nun als Eingang. Sekunden später steht Paul wieder in Behandlungszimmer Drei. Sein Vater sitzt immer noch am Schreibtisch, während er von den Beamten befragt wird. Hingegen verweilen Betti und Tom auf der Behandlungsliege, sich gegenseitig Kraft gebend. Sein Vater sieht nicht gut aus. Michaels Körperhaltung lässt ihn alt und schwach wirken. In seinem Gesicht ist tiefe Trauer zu erkennen.

Als Paul das Zimmer betritt, wirft ihm sein Bruder einen besorgten Blick zu. Betti dagegen springt auf, um geradewegs auf Paul zuzusteuern. Vor ihm bleibt sie stehen. Mit Tränen in den Augen hebt sie die Arme, damit sie diese um seinen Hals legen und ihn fest an sich drücken kann. Das Gefühl, innerlich zusammenzubrechen, kriecht durch Pauls Körper hindurch, doch er reißt sich mit aller Kraft zusammen. Entschlossen wischt er sich eine Träne aus dem Augenwinkel. Kraftlos löst er sich von seiner Schwägerin. Er muss sich einige Male räuspern, bevor er sprechen kann. »Wo ist Kati?«, möchte er mit rauer Stimme wissen.

Kurz schließt Betti die Augen, während sie den Kopf schüttelt. »Wir haben keine Ahnung«, gibt sie ihm leise zur Antwort, ergreift seinen Unterarm, um ihn mit sich ziehen zu können. Gemeinsam gehen sie zu Tom zur Liege zurück, um sich darauf niederzulassen.

»Warst du im Wald?«, fragt Tom seinen Bruder, der ganz genau zu wissen scheint, wie Paul tickt. Dieser nickt nur, zischend zieht er die Luft ein, als er seine Hand etwas unglücklich auf dem Bein ablegt. Das bleibt natürlich nicht unbemerkt, erweckt augenblicklich den Mediziner in Tom zum Leben.»Was hast du gemacht?«, will er hastig wissen, als er aufsteht und Pauls verletzte Hand vorsichtig abtastet. Gefoltert von der Pein, lässt er Toms Untersuchung wortlos über sich ergehen. »Du Idiot«, platzt es aus seinem Bruder heraus. »Deine Hand ist gebrochen«, sagt er in einem verärgerten, zugleich aber besorgten Tonfall.

Paul entzieht ihm seine Hand. Das alles wird ihm zu viel. Er hat das Gefühl, dieser ganzen Last nicht länger standhalten zu können. Außerdem möchte er jetzt langsam mal wissen, wo Kati ist. »Lass mich«, sagt er zu seinem Bruder, während er sich von der Liege abstößt.

»Das muss geröntgt werden«, will Tom ihn zum Bleiben überreden. Doch er kennt Pauls Macken, weiß genau, dass er gerade dicht macht. »Wo willst du hin?«, fragt er ihn deshalb, damit er ihn später wieder aufsuchen kann.

»Kati suchen! Es scheint hier ja sonst niemanden zu interessieren, wo sie abgeblieben ist!«, gibt er ihm zischend zur Antwort, bevor er sich abwendet. Mittlerweile liegt seine Mutter nicht mehr im Anmeldebereich. Bloß ein paar Beamte sind noch vor Ort, schauen sich alles genau an, machen Fotos, derweil sich die Kollegen besprechen.

Mit starr auf den Ausgang gerichteten Blick, verlässt er die Praxis. Zu allererst geht er zu seiner Wohnung. Ungeduldig reißt er die Tür auf. Er muss Kati finden! Immerhin könnte sie auch hier sein, es ist ihr vorübergehender Wohnsitz. Falsch! Es *ist* ihr Wohnsitz. Das weiß sie nur noch nicht.

Jedes Zimmer sucht Paul ab, bis ihn plötzlich die verriegelte Badezimmertür stutzig werden lässt. »Kati?«, fragt er. Doch er bekommt keinerlei Antwort. Er klopft und ruft erneut ihren Namen. Keine Reaktion. Nachdenklich schaut er sich um.

Kann es einen anderen Grund für die verschlossene Tür geben? Hat er irgendetwas übersehen? Im Eifer des Gefechts vergessen? Nein! Die Gewissheit, dass sich Kati dort drin aufhält, sogar eingesperrt hat, trifft ihn eiskalt.

Mit der gesunden Faust hämmert er nun heftig auf die Tür ein. Immer wieder wartet er einige Sekunden, hofft darauf, ihre Stimme zu hören. Die Stille scheint ihn aufzufressen. Was, wenn sie da drin etwas Dummes anstellt? In einem Anflug von Panik tritt Paul einen Schritt zurück, hebt sein Bein, damit er mit aller Kraft, die er nur irgendwie aufbringt, gegen das Schloss stoßen kann. Mit einem splitternden Geräusch springt die Tür auf, wird jedoch sogleich von der auf dem Boden liegenden Kati abgefangen. Kurz zuckt Kati zusammen, ohne sich ernsthaft darum zu scheren, was gerade passiert.

Bedächtig schiebt Paul die Tür einen Spalt weiter auf, sodass er den Raum betreten kann. »Um Himmels willen«, flüstert er entsetzt, als er das ganze Blut auf Katis Klamotten sieht. »Kati«, spricht Paul sie an. Seine Hand findet in Zeitlupentempo den Weg zu ihrer Wange, die er dann hauchzart mit seinen Fingerspitzen streift, als würde sie unter seiner Berührung zerbrechen. »Kati?«, fragt er erneut lautstark. Eine einzelne Träne löst sich aus ihrem Augenwinkel, was ihm zeigt, dass sie nicht völlig apathisch ist.

Entschlossen setzt er sich auf den Boden neben sie, lehnt seinen Rücken gegen die Wand, greift Kati unter die Arme und versucht, sie auf seinen Schoss zu ziehen. Wegen seiner gebrochenen Hand kommt ihm immer wieder ein schmerzerfüllter Laut über die Lippen, doch das ist jetzt unwichtig. Kati braucht ihn, also wird er für sie da sein, egal was es ihn kostet. Nachdem er es geschafft hat, ihren Oberkörper auf sich zu ziehen, bettet er ihren Kopf an seine Brust.

Minimal dreht sich Kati, sodass sie ihre Nase gegen den Stoff von Pauls Kleidung drücken kann – das soll die einzige Reaktion bleiben, die von ihr kommt.

Dass sie einen Schock erlitten hat, ist nicht mehr von der Hand zu weisen. Deswegen greift Paul nach seinem Handy, um Tom anzurufen.

»Paul?«, meldet dieser sich sogleich.

»Komm rüber!«

»Wohin? Was ist los?«, fragt Tom alarmiert.

»In meine Wohnung. Beeil dich!« Pauls dunkler Befehlston lässt keinen Raum für Widerworte.

»Ich stehe vor deiner Tür. Machst du mir auf, oder soll ich durchs Schlüsselloch kriechen?«

»Das ist mir scheißegal, sonst hast du auch keine Probleme, in meine Wohnung einzudringen … jetzt beeil dich!« Paul wirft sein Handy zur Seite, versucht dann, die Position für Kati und ihn etwas zu erleichtern.

Es dauert nur fünf Minuten, bis die Wohnungstür aufgerissen wird und danach wieder ins Schloss fällt. Toms tiefe Stimme hallt durch den Flur. »Paul?«

»Im Bad!«, antwortet dieser knapp. Kaum hat Paul es ausgesprochen, betritt sein Bruder schon das Badezimmer.

»Was ist mit ihr?«, fragt er besorgt, bevor er vor ihnen in die Knie geht. Mit seinen Fingern tastet er rasch nach Katis Puls. »Schnell und flach«, murmelt er mehr zu sich selbst, als zu irgendjemand. »Kati? Hörst du mich?« Er hebt leicht ihren Kopf an, um zu schauen, ob sie reagiert. Genau das tut sie auch. Augenblicklich dreht sie ihren Kopf noch ein Stück weiter, um ihn komplett an Pauls Brust verstecken zu können. »Sie hat einen leichten Schock. Bringen wir sie ins Bett. Da kann sie sich ausruhen«, meint Tom fachmännisch.

»Hilf mir, ich pack sie nicht mit einer Hand«, fordert Paul seinen Bruder auf. »Kati, Tom trägt dich ins Bett, okay?«, flüstert er sachte in ihr Haar.

Immerzu redet Tom auf sie ein, während er sie ins Schlafzimmer bringt. Nachdem er sie aufs Bett gelegt hat, setzt sich Paul daneben.

»Ich zieh dir jetzt die Klamotten aus, die sind voll Blut, okay? Danach sollten wir uns unterhalten!«, wirft er in den Raum, ohne eine Antwort zu erwarten. Folglich entkleidet er Kati, so gut es mit einer Hand geht. Auch Kati bewegt sich nun etwas und hilft ihm dabei. Als sie abrupt nach Pauls Hand greift, erstarrt er. Ihr Anblick erschüttert ihn, bis in die Tiefen seiner Seele. Als er die Ernsthaftigkeit in ihrem Blick erkennt, stockt ihm sein Atem.

»Paul.« Gefolgt von einem Schluchzer sowie einigen Tränen, die ihr über die Wangen laufen, beginnt sie zu sprechen. »Ich … ich wollte das nicht. Mein Gott, ich … ich habe auf Heike eingeredet – andauernd!« Erneut wird sie von einem verzweifelten Aufschluchzen beeinträchtigt. Ihre Hände zittern. »Deine Mutter … ich konnte es einfach nicht verhindern!« Ihr Atem wird zusehend hektischer, während ihre Stimme nur noch einem leisen Fiepen gleichkommt. »Ich bin schuld an Anjas Tod. Ich habe dem Menschen, den ich liebe, seine Mutter genommen!« Immer schneller atmet sie, bis sie schwankt. »Ich liebe dich, Paul!«, wiederholt Kati mit tränenerstickter Stimme.

Doch Paul fühlt sich außerstande, etwas zu sagen. Die Kontrolle über die Situation hat er schon lange verloren. Vor nicht mal einer Stunde wurde seine Mutter ermordet, aber Kati liebt ihn. Was für ein heilloses Chaos. Dennoch ist ihm eines gewiss: an dem Tod seiner Mutter ist nicht Kati schuld, und … ja, verflucht, Paul liebt sie auch!

»Paul, sie steht kurz vor einer Hyperventilation!«, unterbricht Tom das große Schweigen, seine Stimme klingt alarmierend.

Wie vom Blitz getroffen, kommt Paul wieder zu sich. Kati atmet wirklich viel zu schnell, hat mittlerweile kraftlos ihren Kopf an die Wand gelehnt. Blass, mit Schweißtropfen auf der Stirn versucht sie zwanghaft, den Blickkontakt zu ihm aufrecht zu erhalten. Daraufhin rückt Paul näher an sie heran, legt seine gebrochene Hand auf ihre verweinte Wange und erwidert gefühlvoll ihren Blick. »Ich liebe dich auch, Kati!«, flüstert er mit seiner dunklen Stimme. Hinter sich kann er ein Räuspern vernehmen, ein paar Schritte, dann hört er das Schloss in die Tür fallen.

»Ich fühle schon länger so für dich«, gesteht er ihr. Paul greift nach Katis Hand, um sie zu seinem Herzen zu führen. Dort hält er sie fest, lässt sie nicht mehr los. Eine einzelne Träne läuft ihm über die Wange, als er weiterspricht. »Doch ich wollte mir nicht eingestehen, dass ich tatsächlich schon so weit bin, jemand Neues zu lieben.« Aufmerksam hört Kati ihm zu. »Meine Mutter ...«, beginnt er zögernd, zügig schließt er die Augen. »Ich kann es kaum fassen, dass sie nicht mehr lebt. Bitte lass mich nicht alleine, Kati. Ich brauche dich. Wir stehen das zusammen durch.« Seine Stimme klingt belegt, als er Kati schlussendlich umarmt und ihr nochmals beteuert, dass er sie liebt.

Ein Klingeln an der Tür reißt beide aus ihrer intimen Zweisamkeit. Nach dem vierten Klingeln wischt sich Paul mit den Händen übers Gesicht. Danach löst er sich widerwillig von Kati, um die Tür zu öffnen. Vor ihm steht Tom mit zwei Polizisten im Schlepptau. Tonlos flüstert Tom ein leises »Tut mir leid«.

»Ihr Bruder hat uns gerade berichtet, dass sich Kati Eisenhauer bei Ihnen aufhält. Wir müssen ihr ein paar Fragen stellen, lassen Sie uns bitte zu ihr?«, fragt ein junger Beamter mit Vollbart und schwarzer Hornbrille.

»Ja, sie ist hier. Allerdings geht es ihr wirklich miserabel. Gehen Sie bitte in die Küche, ich führe sie zu Ihnen.« Der zweite Beamte gibt nach Pauls Worten übers Funkgerät durch, dass die verschwundene Hauptzeugin gefunden wurde. Danach führt Tom die uniformierten Männer in die Küche.

Zurück im Schlafzimmer schaut Paul Kati entgegen. »Du musst mit der Polizei sprechen, Kati. Sie warten in der Küche auf dich. Schaffst du das?« Gedankenverloren nickt Kati. Nach ein paar Sekunden schlägt sie mit einer fahrigen Geste die Decke zur Seite. Sichtlich geschwächt setzt sie sich auf die Bettkante, von dort aus zieht sie sich mit Pauls Hilfe frische Klamotten an. Als sie soweit sind, hilft Paul Kati mit einer Hand stützend auf die Beine.

»Es tut mir so leid!«, bricht es abermals aus Kati heraus. Verzweifelt wischt sie sich mit dem Ärmel ihres Pullovers die Tränen aus den Augen.

Mit seinem gesunden Arm greift Paul um sie herum, zieht sie fest an sich. Sein Gesicht in ihre Halsbeuge geschmiegt, flüstert er: »Bitte, Kati, du trägst keine Schuld. Das musst du mir glauben. Lass uns nachher in aller Ruhe darüber reden, die Polizisten warten.« In dem Moment klopft es an die Zimmertür. Statt zwei Beamte treten wenig später ein Gefolge von Tom, Betti und Michael in den Raum.

Von ihren Schuldgefühlen innerlich zerfressen, kann Kati Michael und den anderen nicht in die Augen sehen. Mit aller Gewalt drückt sie ihr Gesicht gegen Paul, hofft in einem Anflug von Naivität, der Konfrontation zu entkommen.

Die Initiative wird letztlich von Michael ergriffen, als er auf Kati zutritt. Er stellt sich einfach nur neben sie, legt eine Hand auf ihre Schulter, zeigt ihr mit dieser Geste, dass auch er ihr nicht die Schuld für das Geschehene gibt. Ein weiterer Arm schlingt sich um Kati. Das ist Betti. Sie drückt ihr einen Kuss auf die Wange, während sie laut schnieft. Zu guter Letzt kommt Tom dazu, der eine Hand auf die Schulter seines Vaters und die andere auf die seines Bruders legt.

Getrieben von der schmerzenden Trauer, wird die schreiende Stille, die Kati vorhin noch am Atmen hinderte, zu ihrem sicheren Rückhalt. Das Gefühl der Zusammengehörigkeit ist greifbar, lässt alle Anwesenden weiteratmen. Gemeinsam werden sie das durchstehen.

Fest drückt sie ihr Gesicht in Pauls Halsbeuge, einige Male inhaliert sie seinen Duft. Ein paar kostbare Augenblicke später, stößt Kati sich leicht von Paul ab, sodass dieser den Griff um sie etwas lösen muss. Langsam schaut sie auf, sieht in die Augen des Mannes, der ihr eben seine Liebe gestanden hat. Dann wendet sie ihren Kopf zu Michael, in dessen Augen nur Trauer, Ratlosigkeit, aber keinesfalls Schuldzuweisungen zu lesen sind.

Kati fühlt Pauls Hand an ihrer Wange, weiß automatisch, dass sich gerade ein unsichtbares Band zwischen ihnen bildet. Nicht bloß zwischen Paul und Kati, nein, auch zwischen ihr und Michael, Betti, Tom ... und Anja. Gestärkt durch dieses Gefühl wendet sich Kati abermals zu Michael, der sie nach einem kurzen Blickkontakt direkt in eine Umarmung zieht. Beide lassen ihrem Schmerz Raum, scheuen sich nicht, weitere Tränen zu vergießen.

Die Minuten vergehen. Als Kati nochmals aufschaut, erblickt sie eine Polizistin an der Tür, die die Familie mit mitleidigem Blick betrachtet. «Ich möchte Sie ungerne stören, wir müssen Ihre Aussage aufnehmen, Frau Eisenhauer.»

Entschlossen greift Kati nach Pauls Hand, verlässt mit ihm und allen anderen zusammen das Schlafzimmer, um sich den Fragen der Polizei zu stellen. Gemeinsam werden sie das schaffen.

Epilog

Der Regen prasselt lautstark auf die Schirme. Niemand spricht etwas. Alle starren auf das kleine Loch in der Erde vor ihnen, welches mit einem lebensfrohen Kranz aus kunterbunten Blumen umrandet ist. Nacheinander treten die Leute näher, legen Rosen nieder, verabschieden sich mit einem letzten Gruß oder mit einem traurigen Lächeln auf den Lippen.

Ja, Anja Kirschen war ein wohlgemuter Mensch, sie war stets fröhlich und hätte ihre Beerdigung nicht anders gewollt.

Nachdem alle den Friedhof verlassen haben, ist die Familie ganz für sich. Der Moment des Lebewohlsagens steht unmittelbar bevor. Auf wackeligen Beinen tritt Paul mit Kati nach vorne. Beide halten sich fest an den Händen, senken nur langsam den Blick. Die weiße Urne mit dem großen Engel an der Front, ruht in einem Blumenmeer. Regentropfen rinnen über die glatte Oberfläche hinab, sammeln sich in Anjas Grab zu einer kleinen Pfütze.

Einen Moment lang schließt Paul die Augen. Die ganze Zeit hat er sich tapfer geschlagen, doch jetzt, wo er sich für immer von seiner Mutter verabschieden muss, schwindet seine Kraft. Er kann seine Tränen nicht mehr zurückhalten, lässt ihnen einfach freien Lauf.

Tröstend schlingt Kati unter Pauls schwarzen Mantel die Arme um seinen Körper. Still weint sie an seiner Brust. Das Gesicht in ihre Lockenpracht gedrückt, nimmt sich Paul die Energie, die ihm seine Freundin in dieser schweren Zeit gibt. Danach löst er sich zur Hälfte von Kati, behält sie dabei aber nahe bei sich. Den Schirm legt er zur Seite. Vor dem Loch in der Erde, in dem die Urne seiner Mutter ruht, geht er in die Hocke. Auf seiner Schulter fühlt er Katis Hände. Paul weiß, dass sie bei ihm ist. Vor allem weiß er, dass es nun an der Zeit ist, seiner Mutter für immer Lebewohl zu sagen.

Mit seiner eingegipsten Hand stellt er die Rose direkt neben der Urne ab, einen Moment schaut er dem Regen zu, der scheinbar unbeirrt sein Werk vollzieht. »Mach's gut, Mama!«, flüstert er leise. Nur am Rande bekommt er mit, wie Kati ihre Rose ebenso ablegt.

Neben Michael, Tom und Betti bleiben sie stehen, die sich ebenfalls dem Unausweichlichen stellen, sich von Anja verabschieden zu müssen.

Kraftlos beobachtet Paul, wie sein Vater schmerzerfüllt auf das Grab seiner geliebten Ehefrau herunterschaut. Anja hat nicht bloß zwei trauernde Söhne mit Freundin, Schwiegertochter und Enkelinnen hinterlassen. Nein, auch einen gebrochenen Ehemann.

Nachdem Michael seine Rose abgelegt hat, legen ihm beide Söhne eine Hand auf die Schulter. Sie werden für ihn da sein – das ist ein Versprechen.

Kurz darauf verlässt die Familie geschlossen den Friedhof.

ENDE

DANKSAGUNG

Für alle Liebenden da draußen!

Ich danke allen von Herzen, die mich in irgendeiner Art unterstützt haben.

Dazu gehören:
Sabrina Rudzick, Aurelia Velten, Stefanie Leiendecker, Peter Bingel, Johanna Gabler, Linda Schürmann, Julia Dest, Carsten Lohse und Viktoria Linnea

Ohne Euch wäre das Buch nicht zu dem geworden, was es jetzt ist!

Am Ende siegt das Glück
von Caro Line

Elisabetta Frank ist siebzehn Jahre alt und hat ein Ziel vor Augen: Sie möchte sich von ihrem trostlosen Dasein und dem sozialen Abseits befreien. Denn sie lebt zusammen mit ihrer alkoholkranken Mutter in einer alten und umgebauten Kaserne. Man nennt sie auch das Saarburger Ghetto. Ihr Ziel vor den Augen, konzentriert sie sich voll und ganz auf die Arbeit im städtischen Kinderhort und vermeidet alles, was sie von ihrem Vorhaben ablenken könnte. Doch meistens kommt es anders, als man denkt, und so steht sie eines Tages vor dem frisch verwitweten Tom und seiner dreijährigen Tochter Emma!

Eine romantische Kurzgeschichte mit einigen Höhen und Tiefen, gespickt mit einem Schuss Dramatik, einer Prise Spannung und ganz viel Gefühl.

♥♥♥

Leseempfehlung von Caro Line

Freundschaft Plus-Minus: Scheinwelt
von Sabrina Rudzick (Erotik)

Mina und Gordon sind glücklich verheiratet, zumindest bis zu dem Tag, an dem Mina feststellt, dass sie sich etwas vormacht. Der Sex ist nicht nur weniger geworden, sondern auch langweiliger, und sie sehnt sich nach Abenteuer, die weit über das Normale hinaus gehen. Sie beschließt Leon zu treffen – ihren Liebhaber, dem sie verfallen war, bevor Mina sich auf die Ehe einließ. Er kennt die Neigungen seiner großen Liebe und das dunkle Geheimnis, was sie mit sich trägt. Nicht ganz zufällig, läuft sie Rick - seinerzeit Leons bester Freund und ein außerordentlich wohlhabender Traumtyp - über den Weg. Unglaubliche Ereignisse stürzen auf sie ein, die ein unverhofftes Gefühlschaos hervorrufen. Intrigen, Lügen, fesselnde Begierde und ein scheinbar unerreichbarer Mann bestimmen ihr Dasein!

♥♥♥

Leseempfehlung von Caro Line

Madeleines zum Frühstück
von Jo Henslin (Young Adult)

Claire, Inhaberin eines Cafés in einem verschlafenen Städtchen an der Küste von Neuengland, steht vor dem geschäftlichen Ruin. Ihr Ex-Freund hat sich mit ihren letzten Ersparnissen aus dem Staub gemacht. Nur ein Haufen Schulden und das renovierungsbedürftige Seaside Café sind ihr geblieben. Als eine Bäckereikette das Café übernehmen will, setzt Claire alles daran, dies zu verhindern, doch ihre Konkurrenz kämpft mit harten Bandagen und unfairen Mitteln. Verständlich, dass Claire keine Zeit für romantische Gefühle bleibt. Bis sie Ben begegnet. Kann sie wenigstens ihm vertrauen oder treibt auch er ein falsches Spiel mit ihr?

♥♥♥

Leseempfehlung von Caro Line

Vergangenes Jahr
von Aurelia Velten (Liebesroman)

James Gibbson ist in seiner Basketballmannschaft für Zurückhaltung und Höflichkeit bekannt. Immer hat er alles unter Kontrolle. Doch nach einem schweren Autounfall liegen plötzlich zwei seiner Teamkollegen im Krankenhaus und dann bekommt er auch noch diese furchtbare Diagnose – Krebs. Seine Mitspieler haben genug Sorgen, also verlässt James wortlos das Team. Weil keiner den Grund für seinen Ausstieg kennt, zieht er als Verräter abgestempelt den Hass ganz Bostons auf sich. Auch diese nervige, schnippische Krankenschwester der Nachbarstation ist da keine Ausnahme. Diana Juarez' vorlaute Art treibt James schier in den Wahnsinn! Bald erkennt er jedoch, wie viel mehr hinter ihrer harten tätowierten Schale steckt. Als ihm alles zu entgleiten droht, ist ausgerechnet Diana für ihn da. Sein persönlicher Engel ist ein wenig verrückt, aber vielleicht genau aus diesem Grunde richtig?

♥♥♥

Leseempfehlung von Caro Line

Mousse au Chocolat & andere Katastrophen
von Emily Frederiksson (Liebesroman)

Was würdet ihr machen, wenn ihr unglaubliche Tage zu zweit verbracht habt und die Gefühle auf einem Dauerhoch schweben? Was, wenn das Herz euch sagt: Genauso muss es sein! Keine Frage, ihr würdet den Menschen, der euch so tief berührt, festhalten und nie wieder loslassen. In „Mousse au Chocolat & andere Katastrophen" spielt das Schicksal ein anderes Spiel, eine Woche verändert das ganze Leben und wenige Stunden lassen gemeinsame Träume zerplatzen. Sophies anfängliche Hoffnung geht in tiefe Enttäuschung über und ihr Leben wird durch unvorhergesehene Ereignisse völlig auf den Kopf gestellt. Jonas hingegen hadert zunehmend mit sich und der Welt, wobei ihn immer mehr die Erkenntnis quält, eine gravierende Fehlentscheidung getroffen zu haben

. ♥♥♥